Jeunesse

LE TRAIN BLEU

AGATHA CHRISTIE

LE TRAIN BLEU

Traduction nouvelle de Etienne Lethel

Qui est l'auteur ?

Agatha Christie (1890-1976), l'une des gloires du roman policier britannique, est née d'un père américain et d'une mère anglaise. Elle signe ses livres du nom de son premier mari, même après son divorce et son remariage avec un archéologue dont elle partagera les travaux. Elle a inventé, dit-on, son premier « mystère » en 1920, pour éprouver la perspicacité de sa sœur, grande lectrice de romans policiers. À sa mort, elle laissera plus de cent romans et pièces de théâtre : trois cents millions d'exemplaires en cent langues différentes – sans compter quelques histoires sentimentales publiées sous un pseudonyme.

1

L'homme aux cheveux blancs

Il était presque minuit lorsqu'un homme traversa la place de la Concorde. Malgré son superbe manteau de fourrure, il avait quelque chose de chétif et de misérable dans l'allure.

Un petit homme à face de rat, incapable sans doute d'occuper jamais des fonctions importantes au sein de la société. Pourtant, il ne fallait pas s'y fier. Car cet homme, aussi insignifiant qu'il parût, jouait un rôle considérable dans la destinée du monde. Dans un empire dirigé par des rats, il était le roi des rats.

En ce moment même, une ambassade attendait son retour. Mais il avait d'abord une mission à accomplir – une mission dont l'ambassade n'avait pas connaissance officielle. Son visage brillait, pâle et anguleux, à la lumière de la lune. Son nez fin était légèrement recourbé. C'était le fils d'un tailleur juif polonais qui aurait volontiers pris sa place cette nuit-là pour se charger d'une telle mission.

L'homme traversa la Seine puis s'enfonça dans l'un des quartiers les plus mal famés de la capitale. Il s'arrêta devant une grande maison délabrée et monta au quatrième étage. Il avait à peine frappé qu'une femme lui ouvrait la porte. De toute évidence, elle l'attendait. Elle lui ôta son manteau, sans cérémonie, puis le conduisit dans un salon au mobilier criard. La lumière électrique, atténuée par un abat-jour rose et poussiéreux, adoucissait mais ne corrigeait pas le visage lourdement fardé de la jeune femme. Ni son origine mongole. La profession d'Olga Demiroff ne faisait aucun doute, pas plus que sa nationalité.

— Tout va bien, mon petit ?

— Oui, tout va bien, Boris Ivanovitch.

— Je ne pense pas avoir été suivi, murmura-t-il.

Cependant sa voix trahissait une certaine inquiétude. Il s'approcha de la fenêtre, écarta très légèrement les rideaux et regarda attentivement dans la rue. Il recula aussitôt.

— Il y a deux hommes, sur le trottoir d'en face. Il me semble bien que...

Il se tut et commença à se ronger les ongles, comme toujours lorsqu'il était nerveux.

— Ils étaient là avant votre arrivée, dit la jeune femme russe en hochant la tête de façon rassurante.

— Peu importe. Ils surveillent la maison...

— C'est possible, reconnut-elle avec indifférence.

— Mais alors... ?

— Alors quoi ? Même s'ils *savent* – ce n'est pas forcément vous qu'ils suivront.

Il eut un sourire cruel.

— Oui, vous avez raison.

Après un instant de réflexion il ajouta :

— Après tout, cet imbécile d'Américain n'a qu'à se débrouiller tout seul.

— Sans doute.

Il s'approcha à nouveau de la fenêtre.

— Des types plutôt coriaces, marmonna-t-il avec un petit rire. Certainement fichés par la police. Eh bien, je souhaite bonne chasse à notre Frère l'Apache.

Olga Demiroff secoua la tête.

— Si cet Américain est à la hauteur de sa réputation, il faudra plus que deux misérables voyous pour en venir à bout... Je me demande...

— Quoi donc ?

— Rien. C'est seulement que quelqu'un est passé deux fois dans la rue ce soir. Un homme aux cheveux blancs.

— Et alors ?

— Eh bien, il a laissé tomber son gant devant ces deux types. L'un d'entre eux l'a ramassé, puis le lui a rendu. Le truc classique.

— Vous voulez dire que cet homme aux cheveux blancs est leur patron ?

— Quelque chose de ce genre.

Le Russe paraissait inquiet et agité.

— Êtes-vous bien sûre que le colis est à l'abri ?

Qu'on n'y a pas touché ? On a tellement raconté d'histoires à ce propos... beaucoup trop d'ailleurs.

Il se rongea à nouveau les ongles.

— Jugez-en vous-même.

Elle se pencha vers l'âtre et écarta prestement les morceaux de charbon. Dessous, au milieu de boules de papier froissé, se trouvait un paquet rectangulaire, enveloppé d'un journal souillé. Elle le prit et le lui tendit.

— Ingénieux, admit-il.

— L'appartement a été fouillé par deux fois et mon matelas éventré.

— C'est bien ce que je disais. On a trop parlé. Ce marchandage... cela a été une erreur.

Il ôta le papier journal. À l'intérieur, il trouva un petit colis enveloppé de papier brun. Il en vérifia le contenu, puis refit le paquet à la hâte. Au même moment, la sonnette de la porte d'entrée se fit entendre.

— L'Américain est ponctuel, dit Olga en jetant un coup d'œil à la pendule.

Elle sortit et revint, suivie d'un inconnu imposant, aux larges épaules, dont il était aisé de deviner l'origine outre-atlantique. Il examina les deux autres d'un œil perçant.

— Monsieur Krassnine ? demanda-t-il poliment.

— Lui-même, répondit Boris. Vous voudrez bien m'excuser de... l'incongruité de ce lieu de rendez-vous. Mais la discrétion est indispensable. On ne doit à aucun prix pouvoir établir un lien entre moi et cette affaire.

— Vraiment ?

— Vous m'avez donné votre parole qu'aucun détail de la transaction ne serait divulgué, n'est-ce pas ? C'est une des conditions de... la vente.

L'Américain fit un signe de tête affirmatif.

— Nous nous étions déjà entendus sur ce point, dit-il sans émotion. Si vous me montriez la marchandise maintenant ?

— Vous avez l'argent ? En billets ?

— Oui, dit l'Américain sans faire mine de le lui remettre.

Après un moment d'hésitation, Krassnine lui montra le petit paquet posé sur la table.

L'Américain s'en empara et l'ouvrit. Il en examina le contenu avec la plus grande minutie, à la lumière d'une lampe électrique. Satisfait, il tira de sa poche un épais portefeuille de cuir, dont il sortit une liasse de billets de banque, qu'il tendit au Russe. Celui-ci les compta soigneusement.

— C'est exact ?

— C'est parfait. Je vous remercie, monsieur.

— Très bien ! dit l'autre qui fourra négligemment le paquet dans sa poche, puis salua Olga. Bonsoir, mademoiselle. Bonsoir, monsieur Krassnine.

Lorsqu'il eut refermé la porte, Olga et le Russe échangèrent un regard.

— Je me demande s'il pourra atteindre son hôtel,

murmura Krassnine en passant sa langue sur ses lèvres desséchées.

D'un même mouvement, ils se dirigèrent vers la fenêtre. Ils arrivèrent juste à temps pour voir l'Américain sortir de l'immeuble, tourner à gauche et s'éloigner d'un bon pas sans se retourner. D'une porte cochère, deux ombres surgirent et le suivirent en silence. Poursuivants et poursuivi s'évanouirent dans la nuit.

— Il arrivera sans encombre, dit Olga. Ne craignez – ou n'espérez rien : tout dépend de ce que vous désirez.

— Pourquoi pensez-vous qu'il ne court aucun risque ? demanda Krassnine, étonné.

— Un homme qui a réussi à gagner autant d'argent n'est certainement pas un imbécile. Et à propos d'argent...

Elle regarda Krassnine d'un air éloquent.

— Eh bien ?

— Ma part, Boris Ivanovitch.

À contrecœur, Krassnine lui tendit deux billets. Elle le remercia d'un signe de tête, avec une totale absence d'expression, puis les glissa sous son bas.

— Bon, dit-elle, satisfaite.

— Vous ne regrettez rien, Olga Vassilovna ? demanda-t-il étonné.

— Par exemple ?

— De ce qui vous avait été confié. La plupart des femmes sont folles de ces choses-là.

— Vous avez raison, fit-elle après un temps de

12

réflexion. Les femmes en sont folles d'habitude. Pas moi. Mais je me demande maintenant...

Elle s'interrompit brusquement.

— Eh bien ? insista-t-il, curieux.

— L'Américain arrivera sain et sauf, j'en suis sûre. Mais après...

— Eh bien ? Après ?

— Il les donnera à une femme, évidemment, dit Olga pensive. Et je me demande ce qui se passera ensuite...

Avec une sorte d'impatience, elle se secoua et s'approcha de la fenêtre. Soudain elle poussa un cri.

— Regardez ! Il descend la rue. C'est l'homme dont je vous ai parlé.

Ils l'observèrent tous les deux. Élégant et svelte, avançant d'un pas tranquille, il était vêtu d'un chapeau claque et d'un pardessus. Comme il passait devant un réverbère, une mèche d'épaisse chevelure blanche brilla dans la lumière.

2

M. le Marquis

Indifférent à ce qui l'entourait, l'homme aux cheveux blancs poursuivait son chemin sans hâte. Il prit une rue à droite, puis une autre à gauche. De temps à autre, il fredonnait un petit air.

Soudain, il s'arrêta net et tendit l'oreille. Il avait entendu un bruit... L'éclatement d'un pneu ou un coup de revolver ? Il eut un curieux sourire et reprit sa marche tranquille.

Au coin de la rue, il rencontra une certaine animation. Deux ou trois passants attardés regardaient un policier qui prenait des notes sur son calepin.

— Il s'est passé quelque chose ? demanda poliment l'homme aux cheveux blancs.

— Mais oui, monsieur. Deux voyous ont attaqué un vieux monsieur américain.

— Ils l'ont blessé ?

— Non, répondit l'autre en riant. L'Américain avait un revolver dans sa poche, et avant même qu'ils aient pu l'attaquer, il a tiré plusieurs coups si près d'eux qu'ils ont pris peur et se sont enfuis. La police, comme d'habitude, est arrivée trop tard.

— Ah ! fit l'homme aux cheveux blancs avec indifférence.

Il reprit sa flânerie nocturne et traversa bientôt la Seine en direction des quartiers cossus de Paris. Vingt minutes plus tard environ, il s'arrêtait devant une maison, dans une rue tranquille et aristocratique.

La boutique, car il s'agissait d'une boutique, était petite et modeste. D. Papopolous, antiquaire, était si connu qu'il n'avait besoin d'aucune publicité, et l'essentiel de ses affaires se traitait ailleurs. Il possédait un superbe appartement sur les Champs-Élysées, et à cette heure tardive, il eût paru plus logique de le chercher là-bas. Mais l'homme aux cheveux blancs semblait sûr de son fait. Il sonna, non sans avoir d'abord jeté un coup d'œil autour de lui.

Son attente ne fut pas déçue. La porte s'ouvrit et un homme apparut. Il avait le teint basané et portait des anneaux d'or aux oreilles.

— Bonsoir, dit l'inconnu. Votre maître est là ?

— Mon maître est là, mais il ne reçoit pas à cette heure de la nuit, grommela l'autre.

— Moi, il me recevra. Dites-lui que son ami le Marquis est ici.

L'homme écarta un peu le battant de façon à laisser entrer le visiteur.

Celui qui s'était présenté comme le Marquis se cachait le visage derrière sa main. Lorsque le domestique revint pour lui dire que M. Papopolous serait ravi de le recevoir, l'homme avait changé. Le domestique devait être soit très peu observateur, soit très stylé, car il ne manifesta aucune surprise en apercevant le petit masque de satin noir que portait maintenant le visiteur. Il le conduisit au fond du vestibule, ouvrit une porte et annonça respectueusement :

— M. le Marquis.

Celui qui se leva pour accueillir cet étrange visiteur ne manquait pas de prestance. Le front haut, une magnifique barbe blanche, et des manières d'ecclésiastique donnaient à M. Papopolous une allure à la fois vénérable et patriarcale.

— Mon cher ami, dit M. Papopolous, en français.

Il avait une voix profonde et moelleuse.

— Je vous prie d'excuser une visite si tardive, dit l'étrange visiteur.

— Ne vous excusez pas. Cette nuit est particulièrement intéressante. Vous avez dû avoir également une soirée très intéressante, non ?

— Pas moi, répondit M. le Marquis.

— Pas vous..., répéta M. Papopolous. Bien sûr, cela va sans dire. Il y a du nouveau ?

Il lui lança un coup d'œil pénétrant, un coup d'œil qui n'avait plus rien de bienveillant ni de patriarcal.

— Non. L'attentat a échoué. Mais je ne m'attendais pas à autre chose.

— Bien entendu. Toute cette grossièreté...

De la main il exprima son profond mépris pour la grossièreté, sous toutes ses formes. M. Papopolous et son commerce d'antiquités n'avaient en effet rien de grossier. Il était connu de la plupart des cours européennes, et les rois l'appelaient amicalement par son prénom, Demetrius. Il était connu pour son absolue discrétion. Celle-ci, ajoutée à la noblesse de ses manières, lui avait procuré la faveur de participer à diverses transactions peu recommandables.

— L'agression directe..., observa M. Papopolous en hochant la tête, est rarement la solution.

Son visiteur haussa les épaules.

— Cela fait gagner du temps, fit-il remarquer, et l'échec ne coûte rien, ou quasiment rien. L'autre plan n'échouera pas.

— Ah ! dit M. Papopolous, en le regardant de ses yeux perçants.

Le Marquis hocha la tête.

— J'ai la plus grande confiance dans votre... euh... réputation, reprit l'antiquaire.

Le Marquis sourit gentiment.

— Je pense pouvoir vous dire que vous ne serez pas déçu.

— Vous disposez d'atouts essentiels, dit l'antiquaire, avec une pointe de jalousie.

— Ils sont mon œuvre, répliqua le Marquis.

Il se leva et prit le manteau qu'il avait négligemment posé sur une chaise.

— Vous serez tenu au courant, monsieur Papopolous, par les réseaux habituels, mais il ne doit pas y avoir la moindre faille dans vos plans.

M. Papopolous eut l'air peiné.

— Il n'y a jamais de faille dans mes plans.

L'autre se contenta de sourire, et, sans un mot d'adieu, il sortit.

M. Papopolous demeura un instant songeur, à caresser sa vénérable barbe blanche, puis il se dirigea vers une porte qui ouvrait vers l'intérieur. Quand il tourna la poignée, une jeune femme, qui de toute évidence avait écouté, l'oreille collée à la serrure, fut projetée dans la pièce. Papopolous ne manifesta ni surprise ni irritation.

— Eh bien, Zia ?

— Je ne l'ai pas entendu partir, expliqua-t-elle.

C'était une belle jeune fille, une Junon aux yeux noirs étincelants, qui ressemblait tellement à M. Papopolous qu'il eût été difficile de ne pas reconnaître en elle sa fille.

— C'est bien ennuyeux, continua-t-elle dépitée, qu'on ne puisse pas à la fois regarder et entendre par un trou de serrure.

— Cela m'a souvent gêné, reconnut M. Papopolous.

— Voilà donc M. le Marquis, déclara doucement Zia. Porte-t-il toujours un masque, père ?

— Toujours.

Ils demeurèrent silencieux un instant.

— Il s'agit sans doute des rubis ?

Son père acquiesça.

— Que penses-tu, ma chérie ? demanda-t-il, avec amusement.

— De M. le Marquis ?

— Oui.

— Je pense, dit-elle lentement, qu'il est très rare de rencontrer un Anglais de la bonne société parlant aussi bien le français.

— Tu crois ?

Selon son habitude, il ne s'engagea pas et se contenta de la regarder avec bienveillance.

— Je pense aussi que sa tête a une drôle de forme, ajouta Zia.

— Un peu grosse, en effet. Mais les perruques font toujours cette impression-là.

Ils se regardèrent et échangèrent un sourire.

3

Cœur de feu

Rufus Van Aldin franchit la porte tournante du Savoy.
Le réceptionniste lui adressa un sourire respectueux.

— Je suis heureux de vous revoir, monsieur Van
Aldin.

Le millionnaire américain lui adressa un petit salut
de la tête.

— Tout va bien ? demanda-t-il.

— Oui, monsieur. Mr Knighton vous attend en haut.

Van Aldin hocha de nouveau la tête.

— Du courrier ? demanda-t-il d'un ton condescen-
dant.

— Tout a été monté, monsieur Van Aldin. Oh !
attendez un instant.

Il plongea la main dans un casier et en retira une
lettre.

— Elle vient d'arriver, expliqua-t-il.

En voyant l'écriture – une gracieuse écriture de

femme – Rufus Van Aldin changea soudain d'expression. Ses traits sévères s'adoucirent et sa bouche crispée se détendit. Il était devenu un autre homme. Il se dirigea vers l'ascenseur, la lettre à la main et le sourire toujours aux lèvres.

Dans le salon de sa suite, un jeune homme, assis devant un bureau, dépouillait le courrier avec une aisance qui dénotait une longue pratique. Il bondit lorsque Van Aldin entra.

— Bonjour, Knighton !

— Ravi de vous revoir, monsieur. Tout s'est bien passé ?

— Plus ou moins, répondit Van Aldin, impassible. Paris est aujourd'hui un trou perdu. Cependant... j'y ai trouvé ce que j'étais allé chercher.

Il sourit.

— Le contraire m'eût étonné, dit en riant le secrétaire.

— Effectivement, répondit l'autre d'un ton neutre, comme s'il énonçait une évidence.

Il se débarrassa de son lourd pardessus et s'approcha du bureau.

— Rien d'urgent ?

— Je ne crois pas, monsieur. Le courrier habituel, pour l'essentiel. Mais je n'ai pas encore tout dépouillé.

Van Aldin fit un bref signe de tête. C'était un homme qui exprimait rarement un reproche ou un compliment. Il usait envers ses employés d'une méthode fort simple : il les mettait honnêtement à l'essai et renvoyait sans tarder ceux qui se montraient en dessous de leur tâche. Il avait une façon assez peu conventionnelle de les choisir. Knighton, par exemple, il l'avait rencontré par hasard deux mois auparavant, dans une station hivernale de Suisse. L'homme lui avait plu. Il avait jeté un coup d'œil sur son livret militaire et compris ainsi pourquoi il boitait. Knighton n'avait pas caché qu'il cherchait du travail et, d'un air embarrassé, avait demandé à Van Aldin s'il pouvait l'aider à en trouver. Celui-ci se souvenait avec un certain amusement de la surprise du jeune homme quand il lui avait offert de devenir son propre secrétaire.

— Mais je n'ai aucune expérience des affaires, avait balbutié Knighton.

— Cela n'a pas d'importance, avait répondu Van Aldin. J'ai déjà trois secrétaires qui s'occupent de cela. Mais je serai probablement en Angleterre les six prochains mois et j'ai besoin d'un Anglais qui..., eh bien, qui connaisse les usages de ce pays et puisse s'occuper de l'aspect social des choses.

Jusqu'à présent, Van Aldin ne pouvait que se féliciter de son choix. Knighton s'était montré efficace, intelligent, homme de ressources et, de plus, il était plein de charme.

Le secrétaire signala trois ou quatre lettres mises à part sur un coin du bureau.

— Peut-être feriez-vous bien de jeter un coup d'œil sur celles-ci, monsieur. Celle du dessus concerne le contrat Colton...

Rufus Van Aldin l'arrêta d'un geste.

— Je n'ai pas l'intention de regarder quoi que ce soit ce soir, déclara-t-il. Ces lettres peuvent toutes attendre demain matin. Sauf celle-ci, ajouta-t-il, en désignant celle qu'il tenait à la main.

Le même étrange sourire transforma ses traits. Richard Knighton lui renvoya un sourire plein de compréhension.

— Mrs Kettering ? murmura-t-il. Elle a téléphoné hier et encore aujourd'hui. Elle a l'air très impatiente de vous voir, monsieur.

— Vraiment ?

Son sourire s'effaça. Il déchira l'enveloppe et il en sortit la lettre. Son visage s'assombrit, sa bouche reprit le pli dur et sinistre qu'on lui connaissait si bien à Wall Street, et ses sourcils se rejoignirent d'un air menaçant. Knighton se détourna avec tact, et se remit à dépouiller le courrier. Van Aldin laissa échapper un juron et frappa du poing sur la table.

— Je ne tolérerai pas cela, dit-il entre ses dents. Pauvre petite ! Heureusement que son vieux père est encore là pour l'aider.

Il arpenta la pièce, l'air soucieux. Knighton semblait toujours absorbé par son travail. Soudain, Van Aldin s'arrêta net et saisit son pardessus.

— Vous sortez, monsieur ?

— Oui, je vais voir ma fille.

— Si on téléphone de chez Colton ?

— Envoyez-les au diable !

— Très bien, répondit le secrétaire sans s'émouvoir.

Van Aldin avait déjà endossé son pardessus et enfoncé son chapeau sur la tête. À la porte, il s'arrêta.

— Vous êtes un bon garçon, Knighton. Vous me laissez tranquille lorsque je suis énervé.

Knighton esquissa un petit sourire, mais ne répondit rien.

— Ruth est mon unique enfant, reprit Van Aldin, et personne ne peut comprendre ce qu'elle représente pour moi.

Son visage s'adoucit et il glissa la main dans sa poche.

— Voulez-vous voir quelque chose, Knighton ? dit-il en revenant vers lui.

Il tira de sa poche un paquet grossièrement enveloppé de papier d'emballage. Il en sortit un grand coffret à bijoux de velours rouge élimé dont le couvercle portait en son milieu des initiales entrelacées, surmontées d'une couronne. Van Aldin l'ouvrit et le secrétaire en eut le souffle coupé. Sur un fond blanc défraîchi, les pierres précieuses flamboyaient telles des gouttes de sang.

— Mon Dieu ! monsieur. Est-ce qu'elles sont... vraies ?

Van Aldin eut un petit gloussement amusé.

— Cela ne m'étonne pas que vous me posiez la question. Les trois plus gros rubis du monde se trouvent là. Catherine de Russie les a portés, Knighton. Celui-ci, au milieu, est connu sous le nom de Cœur de feu. Il est absolument parfait.

— Ils doivent valoir une fortune, murmura le secrétaire.

— Quatre ou cinq cent mille dollars, répondit Van Aldin, si l'on ne tient pas compte de leur valeur historique.

— Et vous les transportez comme ça, dans votre poche ?

Van Aldin ne put s'empêcher de rire.

— Bien sûr. Voyez-vous, c'est un cadeau pour ma petite Ruth.

— Je comprends maintenant l'inquiétude de Mrs Kettering au téléphone, murmura le secrétaire avec un sourire.

Mais Van Aldin secoua la tête et reprit son air sévère.

— Vous vous trompez. Elle ne sait rien de tout ça. C'est une surprise.

Il referma le coffret et commença lentement à refaire le paquet.

— On peut faire si peu de chose pour ceux qu'on aime, Knighton. Je pourrais acheter pour Ruth une bonne partie de la terre... mais cela ne lui servirait à rien. Je peux lui passer ces joyaux autour du cou, je lui procurerai ainsi quelques moments de bonheur, mais... lorsqu'une femme n'est pas heureuse dans son foyer...

La phrase resta inachevée. Le secrétaire approuva d'un signe de tête discret. Il connaissait, mieux que personne, la réputation de l'honorable Derek Kettering. Avec un soupir Van Aldin glissa le paquet dans sa poche et sortit.

4

Curzon Street

L'honorable Mrs Kettering habitait Curzon Street. Le domestique qui ouvrit la porte reconnut Rufus Van Aldin et le salua d'un petit sourire. Il le conduisit au premier étage dans le salon. La femme qui était assise près de la fenêtre se leva avec un cri de surprise.

— Oh, papa ! Quelle chance ! J'ai passé ma journée à téléphoner à Knighton pour essayer de te joindre, mais il ne savait pas exactement quand tu devais rentrer.

Ruth Kettering avait vingt-huit ans. Sans être belle, ni même jolie au sens propre du terme, elle avait des couleurs admirables. Dans sa jeunesse, on avait surnommé Van Aldin « Poil de Carotte » et sa fille avait les cheveux carrément auburn. Avec cela des yeux et des cils très noirs, dont l'effet était encore accentué par l'artifice. Elle était grande, élancée, et savait se mouvoir. Pour un regard superficiel, elle ressemblait à une Madone de Raphaël. Mais si on l'examinait avec plus d'attention, on remarquait qu'elle avait la mâchoire et le menton de Van Aldin. Ils trahissaient une même dureté et une même détermination. Cependant, ce qui était bien chez un homme, l'était beaucoup moins chez une femme. Depuis sa plus tendre enfance, Ruth Van Aldin n'en faisait qu'à sa tête et quiconque aurait essayé de s'opposer à ses projets se serait vite aperçu que la fille de Van Aldin ne cédait jamais.

— Knighton m'a dit que tu avais téléphoné. Je suis arrivé de Paris il y a à peine une demi-heure. Que signifie cette histoire à propos de Derek ?

Le visage de Ruth Kettering s'empourpra.

— C'est insensé ! Il dépasse les bornes. Il n'écoute rien de ce que je lui dis ! s'écria-t-elle, à la fois stupéfaite et furieuse.

— Moi, il m'écoutera ! dit sévèrement son père.

— Je l'ai à peine vu ce mois-ci, reprit Ruth. Il s'affiche partout avec cette femme.

— Quelle femme ?

— Mireille. Tu sais bien, cette danseuse du Parthénon.

D'un hochement de tête, Van Aldin l'encouragea à poursuivre.

— Je suis allée à Leconbury la semaine dernière et j'ai parlé à lord Leconbury Il s'est montré très gentil et m'a promis de parler sérieusement à Derek.

— Ah !

— Que veut dire ce « Ah ! », papa ?

— Tu sais très bien ce qu'il signifie, ma petite Ruth. Ce pauvre Leconbury est un incapable. Bien sûr, il t'a témoigné de la sympathie et a cherché à te consoler. Mais son héritier de fils a épousé la fille de l'un des hommes les plus riches d'Amérique et il ne tient pas à faire des remous. Tout le monde sait qu'il a déjà un pied dans la tombe. Tout ce qu'il pourra dire sera sans effet sur Derek.

— Et toi, papa, tu ne peux rien faire ? demanda soudain Ruth après un silence.

— Si. Je peux faire des tas de choses, mais il n'y en a qu'une qui serait efficace. Jusqu'où va ton courage, ma petite Ruth ?

Ruth le regarda, interdite.

— Je répète ma question. As-tu le courage d'admettre devant le monde entier que tu as commis une erreur ? Il n'existe qu'un seul moyen pour te sortir de là, ma petite Ruth. Il faut faire la part du feu et recommencer.

— Tu veux dire...

— Divorcer.

— Divorcer !

— Tu prononces ce mot comme si tu ne l'avais jamais entendu, ironisa Van Aldin. Et pourtant tu as des amies qui divorcent tous les jours autour de toi.

— Oh ! je sais, mais...

Elle se tut et se mordit la lèvre.

— Je sais, Ruth, fit son père, plein de compréhension. Tu es comme moi, tu supportes mal l'idée

29

d'abandonner. Mais j'ai appris, et tu apprendras aussi, que c'est quelquefois la seule solution. Je pourrais trouver un moyen de rappeler Derek auprès de toi, mais le résultat serait le même. *Il ne vaut rien*, Ruth. Il est pourri jusqu'à la moelle. Je me repens d'avoir consenti à ce mariage. Mais tu semblais tellement tenir à lui et il paraissait si bien disposé ; et puis, je t'avais déjà contrariée une fois, ma chérie...

Il détourna le regard. Sinon, il aurait vu sa fille rougir soudain.

— C'est exact, dit-elle d'une voix dure.

— Je ne me sentais pas la force de m'opposer une seconde fois à tes désirs. Pourtant, je le regrette amèrement. Tu as beaucoup souffert ces dernières années.

— Cela n'a pas été très... agréable, reconnut Mrs Kettering.

— C'est pourquoi il faut mettre un terme à cette histoire ! dit son père en frappant du poing sur la table. Même si tu es encore attachée à cet homme, *il faut couper court*. Rends-toi à l'évidence. Derek Kettering t'a épousée uniquement pour ton argent. Débarrasse-toi de lui, Ruth.

Ruth Kettering baissa les yeux un instant, puis demanda sans relever la tête :

— Et s'il s'y oppose ?

Van Aldin parut étonné.

— Il n'aura pas son mot à dire dans cette affaire.

La jeune femme rougit et se mordit la lèvre.

— Oui, bien sûr. Je voulais seulement dire...

— Que voulais-tu dire ? insista Van Aldin sans la quitter des yeux.

— Je...

Ruth prit le temps de choisir ses mots avec soin :

— Il ne l'acceptera peut-être pas sans bouger.

Van Aldin redressa la tête.

— Tu veux dire qu'il se battra ? Eh bien, qu'à cela ne tienne ! Mais tu te trompes. Il n'en fera rien. N'importe quel avocat lui dira qu'il n'a aucune chance.

— Tu ne penses pas... – elle hésita – tu ne crois pas que... par pure méchanceté... il pourrait vouloir me rendre les choses difficiles ?

Son père la regarda plutôt surpris.

— Tu veux dire se battre, refuser le divorce ? s'étonna-t-il. Non, cela me semble peu probable. Vois-tu, il faudrait une raison valable.

Comme Mrs Kettering ne répondait pas, Van Aldin la regarda plus attentivement.

— Allons, Ruth, parle. Tu me caches quelque chose. De quoi s'agit-il ?

— Mais non ; il n'y a rien du tout, dit-elle sans conviction.

— Tu redoutes la publicité, c'est cela ? Laisse-moi faire. Je m'arrangerai pour que tout se passe en douceur.

— Très bien, papa, si tu penses que c'est la meilleure solution...

— Tu l'aimes toujours, hein ?

— Non, répondit-elle.

Satisfait, Van Aldin lui tapota l'épaule.

— Tout se passera bien, ma petite fille. Ne te tourmente plus. Et maintenant, oublions tout ceci. Je t'ai rapporté un cadeau de Paris.

— Pour moi ? quelque chose de joli ?

— J'espère qu'il sera à ton goût, dit Van Aldin en souriant.

Il sortit le paquet de sa poche et le lui tendit. Elle l'ouvrit et ne put réprimer un cri d'admiration. Ruth Kettering adorait les bijoux – elle les avait toujours adorés.

— Oh papa, c'est... merveilleux !

— Plutôt unique, non ? dit Van Aldin assez content de lui. Il te plaît ?

— S'il me plaît ? Papa, c'est merveilleux. Où as-tu trouvé ce collier ?

— Ah ! C'est mon secret, dit Van Aldin. C'est un achat non officiel. Ces pierres sont très connues. Tu vois celle qui se trouve au centre ? Tu en as peut-être entendu parler. C'est le fameux Cœur de feu. Le vrai.

— Cœur de feu ! répéta Ruth.

Elle avait sorti le collier du coffret et le tenait contre sa poitrine. Van Aldin ne pouvait s'empêcher de penser à toutes les femmes qui avaient porté ce bijou. Cœurs brisés, jalousie, désespoir... Comme tous les bijoux célèbres, il traînait derrière lui son cortège de tragédies et de violence. Pourtant, entre les mains assurées de Ruth Kettering, il semblait perdre son pouvoir maléfique. Rien n'était plus étranger à cette Occidentale calme et équilibrée que les drames passionnels. Ruth replaça le collier dans le coffret, et sauta au cou de son père.

— Merci ! Merci mille fois ! Ce bijou est superbe. Tu m'offres toujours des cadeaux merveilleux.

— Bien, bien, dit Van Aldin en lui tapotant l'épaule. Je n'ai que toi, tu sais, ma petite Ruth.

— Tu restes dîner, n'est-ce pas, père ?

— Je ne pense pas. Tu allais sortir, je crois.

— Oui, mais je peux très bien annuler. Rien de bien excitant d'ailleurs.

— Non. Ne change rien à tes plans, j'ai beaucoup à faire. À demain, ma chérie. Je te téléphonerai et nous pourrons peut-être nous retrouver chez Galbraith. Qu'en dis-tu ?

MM. Galbraith, Galbraith, Cuthbertson et Galbraith étaient les avocats de Van Aldin à Londres.

— Très bien, papa... Je pense que tout cela ne m'empêchera pas d'aller sur la Riviera ? ajouta-t-elle après une courte hésitation.

— Quand pars-tu ?

— Le 14.

— Oh, ça ira. Ces choses-là prennent beaucoup de temps. À propos, Ruth, je n'emporterais pas ces rubis en voyage, si j'étais toi. Laisse-les à la banque. Il ne faudrait pas que tu sois volée ou assassinée pour ce Cœur de feu, dit Van Aldin d'un ton jovial.

— Tu l'as bien apporté dans ta poche, rétorqua Ruth, amusée.

— Oui...

Quelque chose, une hésitation peut-être, attira son attention :

— Qu'y a-t-il, papa ?

— Rien, répondit-il. Je pense à une petite aventure qui m'est arrivée à Paris.

— Une aventure ?

— Oui, la nuit où j'ai acheté ces rubis.

— Oh ! Raconte-moi.

— Il n'y a rien à raconter, ma petite Ruth. Des voyous ont tenté de m'attaquer. J'ai tiré sur eux et ils ont pris la fuite. C'est tout.

— Tu es redoutable, papa ! fit-elle d'un ton admiratif.

— Bien sûr, ma petite Ruth !

Il l'embrassa tendrement et partit. De retour à l'hôtel Savoy, Van Aldin donna ses instructions.

— Knighton, tâchez de joindre un dénommé Goby : son adresse figure dans mon carnet personnel. Je veux qu'il soit ici demain matin à 9 h 30.

— Bien, monsieur.

— Je souhaite aussi voir Mr Kettering. Débrouillez-vous pour le trouver. Essayez à son club. Arrangez-vous en tout cas pour qu'il vienne ici demain matin. Pas trop tôt, vers midi. Les gens de son espèce ne se lèvent pas de bonne heure.

Le secrétaire alla exécuter ces ordres, tandis que Van Aldin se remettait entre les mains de son valet de chambre. Son bain était prêt. Une fois allongé dans l'eau chaude, il se remémora la conversation qu'il avait eue avec sa fille. Dans l'ensemble, il était plutôt satisfait. Il pensait depuis longtemps qu'un divorce était la seule issue possible et Ruth avait accepté cette solution plus vite qu'il ne l'avait espéré. Pourtant, malgré son accord, il éprouvait une vague sensation de malaise. Quelque chose dans l'attitude de sa fille ne lui semblait pas tout à fait normal.

— Je me fais peut-être des idées, murmura-t-il en fronçant les sourcils. Et pourtant, je parierais bien qu'elle me cache quelque chose.

5

Un homme de ressources

Lorsque Knighton entra, Rufus Van Aldin venait de terminer son petit déjeuner. Du café et des biscottes. C'était tout ce qu'il se permettait.

— Mr Goby est en bas, monsieur. Il vous attend.

La pendule marquait exactement 9 h 30.

— Très bien. Faites-le monter.

Mr Goby ne tarda pas à arriver. C'était un petit vieillard aux vêtements fripés et dont les yeux se promenaient partout, sans jamais se poser sur son interlocuteur.

— Bonjour, Goby, dit Van Aldin. Asseyez-vous.

— Merci, monsieur.

L'homme s'assit, les mains sur les genoux et les yeux rivés sur le radiateur.

— J'ai un travail à vous confier.

— Oui, monsieur ?

— Comme vous le savez peut-être, ma fille est mariée à l'honorable Derek Kettering.

Goby transféra son regard du radiateur au tiroir gauche du bureau et sourit d'un air d'excuse. Il savait quantité de choses, mais se refusait toujours à l'admettre.

— Sur mon conseil, elle est sur le point d'entamer une procédure de divorce. C'est l'affaire d'un avocat, bien sûr. Mais pour des raisons personnelles, je veux des renseignements complets.

— Sur Mr Kettering ? murmura Goby, les yeux au plafond.

— Précisément.

— Très bien, monsieur, dit Goby en se levant.

— Pour quand ?

— Vous êtes pressé, monsieur ?

— Je le suis toujours.

Goby sourit d'un air entendu à la cheminée.

— 2 heures cet après-midi, monsieur ?

— Parfait. Au revoir, Goby.

— Au revoir, monsieur.

— Quel homme précieux ! déclara Van Aldin lorsque, Goby sorti, le secrétaire refit son entrée. C'est un spécialiste dans sa branche.

— Laquelle ?

— Le renseignement. Donnez-lui vingt-quatre heures, et il vous dévoilera toute la vie privée de l'archevêque de Canterbury.

— En effet, c'est un homme précieux, reconnut Knighton avec un sourire.

— Il m'a rendu service une ou deux fois, dit Van Aldin. Et maintenant, Knighton, au travail.

Dans les heures qui suivirent, une quantité impressionnante d'affaires se trouva résolue. Il était midi et demi lorsque le téléphone sonna pour annoncer Mr Kettering. Knighton regarda Van Aldin et interpréta son signe de tête.

— Dites-lui de monter, s'il vous plaît.

Le secrétaire rassembla ses papiers. Sur le seuil de la porte, il croisa le visiteur. Celui-ci le laissa passer, entra et referma la porte derrière lui.

— Bonjour, monsieur. Vous êtes impatient de me voir, m'a-t-on dit ?

Cette voix nonchalante empreinte d'ironie réveilla une foule de souvenirs chez Van Aldin. Comme toujours, elle n'était pas dépourvue de charme. Van Aldin examina son gendre. Derek Kettering avait trente-quatre ans, il était grand, mince, et son visage allongé et bronzé avait quelque chose de juvénile.

— Entrez et asseyez-vous, dit Van Aldin sèchement.

Kettering se laissa choir dans un fauteuil. Il regardait son beau-père avec une espèce d'indulgence amusée.

— Il y a longtemps que nous ne nous sommes pas rencontrés, remarqua-t-il d'un ton aimable. Deux ans au moins. Et Ruth ?

— Je l'ai vue hier soir, répondit Van Aldin.

— Elle a l'air très en forme, n'est-ce pas ?

— Je ne pensais pas que vous aviez eu l'occasion d'en juger, répliqua Van Aldin sèchement.

Derek Kettering leva les sourcils.

— Oh ! Vous savez, nous nous rencontrons quelquefois dans la même boîte de nuit, dit-il avec légèreté.

— Je ne tournerai pas autour du pot, dit Van Aldin. J'ai conseillé à Ruth d'entamer une procédure de divorce.

Derek resta impavide.

— Voilà qui est radical ! murmura-t-il. Je peux fumer ?

Il alluma une cigarette, expira un nuage de fumée, et poursuivit d'un ton nonchalant :

— Et qu'en pense Ruth ?

— Ruth est décidée à suivre mon conseil.

— Vraiment ?

— C'est tout ce que vous trouvez à dire ? demanda Van Aldin, acerbe.

Kettering secoua sa cendre dans la cheminée.

— Vous savez, je pense, dit-il d'un air détaché, qu'elle commet là une lourde erreur ?

— De votre point de vue, sans aucun doute.

— Allons, allons. Évitons les remarques désobligeantes. Je ne pensais pas à moi, mais à Ruth. Vous savez que mon vieux père n'en a plus pour longtemps ; tous ses médecins le disent. Qu'elle patiente encore quelques années, je serai lord Leconbury, et elle sera châtelaine de Leconbury, ce pour quoi elle m'a épousé.

— Je ne tolérerai pas votre insolence, rugit Van Aldin.

Derek Kettering sourit, toujours impavide.

— Je suis d'accord avec vous. C'est une ambition désuète. Les titres ne signifient plus rien de nos jours. Cependant, Leconbury est un domaine charmant et, après tout, nous sommes l'une des plus anciennes familles d'Angleterre. Ruth regretterait de divorcer et de me retrouver marié à quelqu'un qui régnerait à sa place sur les propriétés.

— Je ne plaisante pas, jeune homme.

— Moi non plus, riposta Kettering. Ma situation financière est au plus bas et un divorce m'enfoncerait dans le trou. Après tout, si Ruth a tenu pendant dix ans, pourquoi ne tiendrait-elle pas encore un ? Je vous donne ma parole d'honneur que le vieil homme ne durera pas plus de dix-huit mois et, comme je vous l'ai déjà dit, il serait dommage que Ruth n'obtienne pas ce qu'elle cherchait en m'épousant.

— Vous prétendez que ma fille vous a épousé pour votre titre et votre rang ?

Kettering eut un rire sans joie.

— Vous ne pensez tout de même pas que nous avons fait un mariage d'amour ?

— À Paris, il y a dix ans, vous teniez un tout autre langage, dit lentement Van Aldin.

— Vraiment ? C'est possible. Ruth était très belle. Elle ressemblait à un ange ou une sainte descendue de sa niche à l'église. Je me souviens, j'étais plein de bonnes intentions, décidé à tourner la page, à m'ins-

41

taller et à vivre selon les plus nobles traditions anglaises avec une épouse délicieuse et qui m'aimerait.

Il rit de nouveau, d'un rire encore plus discordant.

— Vous ne me croyez pas, j'imagine ?

— Je ne doute pas un instant que vous ayez épousé Ruth pour son argent, répliqua Van Aldin tranquillement.

— Et qu'elle m'a épousé par amour ? demanda l'autre, sarcastique.

— Bien entendu.

Derek Kettering observa Van Aldin en silence, puis hocha la tête pensivement.

— Je vois que vous le croyez vraiment, dit-il. Moi aussi je l'ai cru à l'époque. Mais je vous assure, cher beau-père, que j'ai été très vite désabusé.

— Je ne sais pas où vous voulez en venir et je ne veux pas le savoir, dit Van Aldin. Vous avez traité Ruth de façon indigne.

— Effectivement, reconnut Kettering d'un ton léger. Mais elle n'est pas tendre, vous savez. Elle a de qui tenir. Sous son apparente douceur, elle est dure comme le granit. Vous êtes connu pour votre dureté, c'est du moins ce que l'on m'a dit, mais votre fille l'est plus que vous. Vous, au moins, vous aimez quelqu'un plus que vous-même. Ce qui n'est pas et ne sera jamais le cas de Ruth.

— En voilà assez, dit Van Aldin. J'ai demandé à vous voir pour vous faire connaître mes projets sans ambiguïté. Ma fille a droit au bonheur et n'oubliez jamais qu'elle a sur qui s'appuyer.

Derek Kettering se leva et alla jeter sa cigarette dans la cheminée.

— Que voulez-vous dire par là ? demanda-t-il, très calmement.

— Que vous feriez bien de ne pas vous y opposer.

— Oh ! C'est une menace ?

— Prenez-le comme vous voudrez.

Kettering approcha une chaise de la table et s'assit en face de lui.

— Et si, juste par esprit de contradiction, je refusais le divorce ?

Van Aldin haussa les épaules.

— Vous n'avez aucune chance, petit imbécile ! Demandez à vos avocats, ils vous le diront. Votre conduite est notoirement connue, tout Londres en fait des gorges chaudes.

— Oh, je vois ! Ruth a dû vous raconter des histoires à propos de Mireille. Ce n'est pas très adroit de sa part. Je ne m'occupe pas de ses amis, moi !

— Que voulez-vous dire ? demanda sèchement Van Aldin.

Derek Kettering se mit à rire.

— Je vois que vous ne savez rien, monsieur. Et, bien sûr, vous avez toutes sortes d'idées préconçues.

Il prit son chapeau, sa canne et se dirigea vers la porte.

— Je n'ai pas l'habitude de donner des conseils. Mais, dit-il, lançant sa dernière pointe, dans ce cas, je serais plutôt favorable à une parfaite franchise entre le père et la fille.

Il sortit très vite et avait déjà refermé la porte quand Van Aldin sauta sur ses pieds.

« Que diable a-t-il voulu dire ? » se demanda-t-il en se laissant retomber dans son fauteuil.

Il eut de nouveau une impression de malaise. Il y avait dans cette affaire un point non élucidé. Le téléphone était à portée de sa main ; il saisit le combiné et demanda le numéro de sa fille :

— Allô ! Allô ! Mayfair 81907 ? Mrs Kettering est-elle là ? Ah ! elle est sortie ? Elle déjeune en ville ? Savez-vous quand elle rentrera ? Non ? Très bien. Non, il n'y a pas de message.

Il raccrocha, excédé. À 2 heures, il arpentait sa chambre en attendant Goby. Celui-ci arriva à 2 h 10.

— Eh bien ? vociféra Van Aldin.

Mais le petit Mr Goby n'aimait pas qu'on le bouscule. Il s'assit, sortit de sa poche un calepin miteux, puis se mit à lire d'une voix monotone. Van Aldin l'écoutait attentivement, avec une satisfaction croissante. Goby se tut et chercha des yeux la corbeille à papiers.

— Hum ! Cela me semble clair. L'affaire sera réglée en un clin d'œil. L'hôtel est une preuve suffisante, j'imagine ?

— Du béton, répondit Mr Goby en fixant d'un œil malveillant le bois doré d'un fauteuil.

— Il est dans une situation financière difficile et il tente d'obtenir un emprunt, dites-vous ? Il a pratiquement déjà engagé la totalité de ses espérances... Lorsque la nouvelle du divorce se répandra, il ne trouvera plus un sou, on pourra racheter ses obligations et il sera facile alors de faire pression sur lui. Nous le tenons, Goby ; il ne peut plus nous échapper.

Il frappa du poing sur la table d'un air menaçant.

— Tout cela, dit Mr Goby d'une petite voix, me paraît satisfaisant...

— Il faut que j'aille à Curzon Street maintenant. Merci, Goby. Vous avez fait du bon travail.

Un pâle sourire de gratitude éclaira la figure du petit bonhomme.

— Merci, monsieur ; j'essaie de faire de mon mieux.

Van Aldin n'alla pas directement à Curzon Street. Il se rendit d'abord dans la City, où il eut deux entrevues qui ajoutèrent encore à sa satisfaction. Puis il prit le métro jusqu'à Down Street. Comme il marchait dans Curzon Street, il croisa un homme qui sortait du n° 160. Tout d'abord, Van Aldin avait cru reconnaître Derek Kettering ; il avait à peu près la même taille et la même allure. Mais il s'aperçut vite que cet homme lui était inconnu. Pas tout à fait cependant, car ce visage lui rappelait vaguement quelque chose, quelque chose de désagréable. En vain fouilla-t-il dans sa mémoire. Il poursuivit son chemin en secouant la tête d'un air mécontent. Il n'aimait pas être mis en échec.

Manifestement, Ruth Kettering l'attendait. Elle se jeta dans ses bras et l'embrassa.

— Eh bien, papa, quoi de neuf ?

— Tout va très bien ; mais il faut que je te parle.

Il sentit qu'un changement s'opérait en elle : une certaine méfiance avait fait place à la spontanéité de son accent.

— Qu'y a-t-il, papa ? demanda-t-elle en s'asseyant dans un grand fauteuil.

— J'ai vu ton mari ce matin.

— Tu as vu Derek ?

— Qui. Il a beaucoup parlé, il s'est surtout montré insolent. Mais au moment de partir, il a ajouté quelque chose que je n'ai pas compris. Il m'a conseillé la franchise, entre toi et moi. Qu'a-t-il voulu dire, ma petite Ruth ?

Mrs Kettering s'agita quelque peu dans son fauteuil.

— Je... Je ne sais pas, papa. Comment le saurais-je ?

— Mais si, tu le sais. Il a également dit qu'il avait ses amis et qu'il ne s'occupait pas des tiens. Qu'entendait-il par là ?

— Je ne sais pas, répéta Ruth Kettering.

Van Aldin s'assit, la bouche crispée.

— Écoute-moi bien, Ruth. Je ne vais pas me lancer dans cette affaire à l'aveuglette. Je ne suis pas sûr que ton mari ne cherchera pas le scandale. Pour l'instant, il ne peut rien faire. J'en suis sûr et j'ai les moyens de le faire taire une fois pour toutes si je veux, mais il faut que je sache s'il est nécessaire que j'emploie ces moyens. Que signifie cette allusion à tes amis ?

Mrs Kettering haussa les épaules.

— J'ai beaucoup d'amis, dit-elle d'une voix un peu hésitante. Je ne vois pas de quoi il veut parler.

— Mais si, tu vois, dit Van Aldin.

Il s'adressait à elle maintenant comme à un concurrent en affaires.

— Je vais être plus clair encore. Qui est cet homme ?

— Quel homme ?

— *L'homme*. Celui auquel pensait Derek. Un de tes amis. Ne t'inquiète pas, ma chérie, je sais bien qu'il s'agit d'une accusation sans fondement, mais il faut examiner l'affaire sous tous les aspects qu'elle pourra prendre devant le tribunal. Ils peuvent fouiner partout, tu sais. Je veux savoir qui est cet homme, et jusqu'où va ton amitié avec lui.

Ruth ne répondit pas mais ses mains trahissaient sa nervosité.

— Allons, ma chérie, fit Van Aldin d'une voix plus douce. N'aie pas peur de ton vieux père. Je n'ai jamais été bien sévère, même cette fois, à Paris. Mon Dieu !

Il s'arrêta net, pétrifié.

— C'était lui ! murmura-t-il pour lui-même. Je savais bien que je le connaissais !

— De qui parles-tu, papa ? Je ne comprends pas.

Il s'approcha d'elle à grands pas et lui saisit le poignet.

— Dis-moi, Ruth, pourquoi as-tu revu cet individu ?

— Qui donc ?

— Celui qui a fait tant d'histoires il y a quelques années. Tu sais très bien de qui je parle.

— Tu veux dire... Tu penses au comte de la Roche ?

— Le comte de la Roche ! ricana Van Aldin. À l'époque, je t'avais expliqué que cet individu était un escroc. Tu t'étais mise dans une situation impossible, mais j'avais réussi à te sortir de ses griffes.

— Oui, tu as réussi, dit-elle avec amertume. Et j'ai épousé Derek Kettering.

— C'est toi qui l'as voulu, dit Van Aldin sèchement.

Elle haussa les épaules.

— Et maintenant, reprit-il lentement, tu le vois de nouveau, malgré tout ce que j'ai pu dire. Il est venu ici aujourd'hui. Je l'ai rencontré en arrivant mais, sur le moment, je ne l'avais pas reconnu.

Ruth Kettering avait retrouvé son calme.

— Il faut que je te dise quelque chose, papa. Tu as une fausse opinion d'Armand... du comte de la Roche. Oh ! je sais bien que de regrettables incidents ont marqué sa jeunesse. Il m'a tout raconté. Mais... il tient à moi depuis toujours. Il a eu le cœur brisé lorsque tu nous as séparés à Paris, et maintenant...

Un cri d'indignation l'interrompit.

— Alors tu aimes ce gredin ! Toi, ma propre fille ! Seigneur Dieu !

Il leva les bras au ciel.

— Les femmes sont folles !

6

Mireille

Derek Kettering sortit si précipitamment de chez Van Aldin qu'il bouscula une femme dans le couloir. Elle accepta ses excuses avec un sourire, puis continua son chemin, lui laissant une impression de douceur et le souvenir de jolis yeux gris.

Malgré les apparences, l'entrevue avec son beau-père l'avait affecté plus qu'il voulait se l'avouer. Il déjeuna seul puis, fâché contre lui-même, se rendit chez la dénommée Mireille. Une accorte domestique française l'introduisit dans un somptueux appartement.

— Entrez, monsieur. Madame se repose.

Il pénétra dans le grand salon aux meubles orientaux qu'il connaissait si bien. Mireille était étendue sur le divan, garni d'un nombre incroyable de coussins, tous de nuance ambrée, en harmonie avec son teint doré. La danseuse était une fort belle femme. Malgré l'épaisse couche de fard, le visage, un peu inexpressif, exerçait néanmoins un charme étrange. Elle adressa un sourire engageant à Derek Kettering.

Celui-ci l'embrassa et se laissa choir dans un fauteuil.

— Qu'est-ce que tu as fait ce matin ? Tu viens de te lever, je suppose ?

Ses lèvres orange s'écartèrent dans un sourire.

— Non, j'ai travaillé, répondit-elle.

De sa main blanche, elle lui montra le piano, couvert de partitions en désordre.

— Ambroise est venu et m'a joué son nouvel opéra.

Kettering hocha machinalement la tête. Claude Ambroise et son adaptation de la pièce d'Ibsen, *Peer Gynt*, ne l'intéressaient pas du tout. Mireille non plus, d'ailleurs, qui ne voyait là qu'une occasion d'interpréter le rôle d'Anitra.

— C'est une danse merveilleuse, murmura-t-elle. Je veux y mettre toute la passion du désert. Je danserai couverte de bijoux. Ah ! à propos, mon ami, j'ai vu hier une perle dans Bond Street, une perle noire.

Sans en dire davantage, elle le regarda d'un air interrogateur.

— Ma chère petite, il est tout à fait inutile de me parler de perles noires. En ce qui me concerne, il y a le feu aux poudres.

Rapide à réagir elle se redressa les yeux grands ouverts.

— Qu'est-ce que cela signifie, Derek ? Que s'est-il passé ?

— Mon estimé beau-père est sur le point de se fâcher.

— Comment ?

— Autrement dit, il veut que Ruth divorce.

— C'est idiot ! Pourquoi divorcerait-elle ?

Derek Kettering sourit.

— À cause de toi, chérie !

Mireille haussa les épaules.

— Ridicule, fit-elle.

— Tout à fait ridicule, reconnut Derek.

— Qu'est-ce que tu vas faire ?

— Ma chère amie, que puis-je faire ? D'un côté, un millionnaire, de l'autre, un homme criblé de dettes. L'issue ne fait aucun doute.

— Ils sont extraordinaires, ces Américains ! Ce n'est pas comme si ta femme était amoureuse de toi !

— Eh bien, dit Derek, qu'allons-nous faire ?

Il s'approcha d'elle et lui prit les deux mains.

— Tu vas rester avec moi ?

— Tu veux dire... après ?

— Oui, dit Kettering. Lorsque les créanciers fondront sur moi comme des loups. Je t'aime, Mireille. Tu ne vas pas me laisser tomber.

Elle lui retira ses mains.

— Tu sais bien que je t'adore, Derek.

Elle se dérobait.

— Alors, c'est comme ça ? Les rats quittent le navire ?

— Oh, Derek !

— Adieu, fini, tu vas me flanquer dehors, c'est ça ?
Elle haussa les épaules.

— Je t'aime beaucoup, mon ami – je t'aime vraiment beaucoup. Tu es charmant, beau garçon, mais ça ne suffit pas pour vivre.

— Tu es un luxe que seuls les riches peuvent s'offrir ?

— Si c'est ainsi que tu le vois...
Elle s'allongea de nouveau, la tête sur les coussins.

— Je t'aime quand même, Derek.

Il s'approcha de la fenêtre et resta là un instant, le dos tourné. La danseuse se redressa sur un coude.

— À quoi penses-tu, mon ami ?

Il se retourna et lui adressa un sourire étrange qui lui donna un vague sentiment de malaise.

— Je pensais justement à une femme, ma chère.

— À une femme, vraiment ? (Elle bondit sur le sujet.) À une autre femme ?

— Oh ! Ne t'inquiète pas. Ce n'est qu'une vision. « Vision d'une femme aux yeux gris. »

— Quand l'as-tu rencontrée ? demanda Mireille sèchement.

Derek Kettering se mit à rire, d'un rire ironique et moqueur.

— Je l'ai heurtée dans le couloir de l'hôtel Savoy.

— Et qu'a-t-elle dit ?

— Autant que je me le rappelle, j'ai dit : « Je vous demande pardon » et elle m'a répondu : « Ce n'est pas grave » ou quelque chose de ce genre.

— Et ensuite ?

Kettering haussa les épaules.

— Et ensuite, rien. L'incident était clos.

— Je ne comprends pas un traître mot à ce que tu me racontes.

— Vision d'une femme aux yeux gris, murmura Derek. Il vaut peut-être mieux que je ne la revoie jamais.

— Pourquoi ?

— Elle pourrait me porter malheur. Comme toutes les femmes.

Mireille se leva lentement, s'approcha de lui, et glissa autour de son cou un bras pareil à un serpent.

— Tu es stupide, Derek, murmura-t-elle. Tu es vraiment stupide. Tu es un beau garçon et je t'adore, mais je ne suis pas faite pour la pauvreté. Non, décidément je ne tiens pas à mener une existence misérable. Et maintenant, écoute-moi. C'est très simple. Il faut que tu arranges les choses avec ta femme.

— J'ai bien peur que cela ne soit pas la meilleure politique à suivre, répliqua sèchement Derek.

— Je ne comprends pas ce que tu veux dire.

— Van Aldin, ma chère, ne fait pas de concessions. Sa décision prise, c'est le genre d'homme qui ne change pas de cap.

— J'ai entendu parler de lui. Il est très riche, non ? L'homme le plus riche d'Amérique ou à peu près. Il y a quelques jours, à Paris, il a acheté le plus beau rubis du monde : le Cœur de feu...

Comme Kettering ne répondait pas, la danseuse poursuivit, d'un air songeur :

— C'est une pierre magnifique... une pierre qui devrait appartenir à une femme comme moi. J'adore les bijoux, Derek. Ils me parlent. Ah ! Porter un rubis comme le Cœur de feu !

Elle poussa un petit soupir, puis redevint pratique.

— Tu ne comprends rien à ces choses-là, Derek. Tu n'es qu'un homme. Van Aldin offrira sans doute ces rubis à sa fille. C'est son unique enfant ?

— Oui.

— Alors, lorsqu'il mourra, elle héritera de toute sa fortune. Elle sera riche.

— Elle l'est déjà, dit sèchement Kettering. Il lui a offert deux millions pour son mariage.

— Deux millions ! Mais c'est énorme. Si elle mourait soudainement, tout cela te reviendrait ?

— Dans la situation actuelle, dit lentement Kettering, oui. Pour autant que je le sache, elle n'a pas fait de testament.

— Mon Dieu ! s'écria la danseuse. Si elle mourait, cela arrangerait tout.

Derek Kettering éclata de rire.

— J'apprécie ton esprit pratique, Mireille, mais tu prends tes désirs pour des réalités. Ma femme est en excellente santé.

— Eh bien ! s'exclama Mireille, les accidents, ça existe.

Derek la regarda froidement mais ne répondit pas.

— Tu as raison, mon ami. Nous ne devons pas

tabler sur des rêves. Et maintenant, mon petit Derek, il ne doit plus être question de divorce. Il faut que ta femme abandonne cette idée.

— Et si elle refuse ?

— Elle acceptera. Elle est de celles qui doivent craindre le scandale. Il y a une ou deux petites histoires qu'elle préférerait ne pas lire dans les journaux.

— Que veux-tu dire ?

Mireille éclata de rire.

— Parbleu ! Je parle du monsieur qui se fait appeler le comte de la Roche. Je sais tout de lui. N'oublie pas que je suis parisienne. C'était son amant avant qu'elle ne t'épouse, non ?

Kettering la saisit brusquement par les épaules.

— C'est un mensonge éhonté ! Après tout, tu parles de ma femme.

— Vous êtes extraordinaires, vous autres les Anglais, dit Mireille en changeant de ton. Mais tu as peut-être tout de même raison. Les Américains sont si froids... En tout cas, permets-moi de dire, mon ami, qu'elle était amoureuse de lui avant de t'épouser, et que son père est intervenu pour renvoyer le comte à ses affaires. La petite demoiselle a beaucoup pleuré, mais elle a obéi. Cependant tu dois savoir comme moi, Derek, que la situation a beaucoup changé depuis. Elle le voit presque tous les jours maintenant, et, le 14, elle part le rejoindre à Paris.

— D'où tiens-tu tout ça ?

— Moi ? J'ai des amis à Paris qui connaissent le comte intimement. Tout est arrangé. Elle va dire qu'elle part pour la Riviera, mais en fait elle va retrouver le comte à Paris et... qui sait ? Oui, oui, tu peux me croire, tout est arrangé.

Derek Kettering était pétrifié.

— Si tu sais y faire, tu l'auras dans le creux de la main. Tu peux lui rendre la vie très difficile.

— Oh ! Pour l'amour de Dieu, tais-toi. Langue de vipère !

Mireille se jeta sur le divan en riant. Kettering ramassa au passage son chapeau et son pardessus, et sortit en claquant la porte. Assise sur son divan, la danseuse souriait. Elle n'était pas mécontente de son œuvre.

7

Des lettres

Mrs Samuel Harfield présente ses compliments à miss Katherine Grey et tient à préciser qu'étant donné les circonstances, miss Grey ne sait peut-être pas que...

Mrs Harfield, ayant écrit ces quelques mots d'une seule traite, s'arrêta soudain, face à un obstacle qui aurait été également insurmontable pour beaucoup d'autres – en l'occurrence la difficulté de s'exprimer à la troisième personne.

Elle hésita, déchira la feuille et recommença.

Chère miss Grey, tout en appréciant la façon dont vous vous êtes acquittée de votre tâche auprès de ma cousine Emma (dont la mort récente nous a tous cruellement frappés), je ne puis que...

Une fois de plus, Mrs Harfield s'arrêta et jeta la feuille au panier. Ce fut seulement après quatre tentatives maladroites que Mrs Harfield s'estima satisfaite du résultat. Dûment cachetée et affranchie, la lettre fut adressée à miss Katherine Grey, Little Crampton, St. Mary Mead, Kent.

Le lendemain matin, elle se trouvait sur la table du petit déjeuner de miss Grey, en même temps qu'une missive à l'air beaucoup plus important, enfermée dans une longue enveloppe bleue.

Katherine Grey lut d'abord celle de Mrs Harfield, rédigée en ces termes :

Chère miss Grey,

Mon mari et moi souhaitons vous exprimer notre gratitude pour votre dévouement auprès de notre pauvre cousine Emma. Sa mort nous a cruellement frappés, même si nous savions, bien sûr, qu'elle n'avait plus toute sa tête depuis bien longtemps. Je crois savoir que ses dernières dispositions testamentaires sont tout à fait particulières et n'auraient aucune valeur devant n'importe quel tribunal. Je ne doute point qu'avec votre bon sens habituel, vous ne vous en soyez déjà rendu compte. Un accord à l'amiable est, selon mon mari, la solution la plus simple. Nous serons heureux de vous fournir les meilleures références pour vous permettre de trouver un emploi équivalent, et espérons que vous accepterez de notre part un modeste cadeau.

Croyez, chère miss Grey, à mes meilleurs sentiments.

Mary-Anne Harfield

Katherine Grey lut la lettre jusqu'au bout, sourit, puis la relut. Elle la reposa avec une expression amusée. Puis elle prit l'autre lettre et l'ouvrit. Après y avoir jeté un coup d'œil, elle la reposa sur la table, le regard fixé droit devant elle. Cette fois-ci, elle ne souriait pas. Il aurait été difficile à un observateur de deviner les émotions qui se cachaient derrière ce regard calme et pensif.

Katherine Grey avait trente-trois ans. Elle était issue d'une bonne famille, mais son père avait perdu toute sa fortune, et, très tôt, elle avait dû travailler pour gagner sa vie. Elle avait à peine vingt-trois ans lorsqu'elle était devenue dame de compagnie de Mrs Harfield, une vieille femme réputée « difficile ». Chez elle, les dames de compagnie se succédaient à une vitesse surprenante. Elles arrivaient pleines d'espoir et repartaient le plus souvent en larmes. Mais après l'arrivée de Katherine Grey à Little Crampton, il y a dix ans, la paix avait régné dans la maison. Personne n'avait pu expliquer ce changement soudain. On naît charmeur de serpents, on ne le devient pas. Katherine Grey était née avec le pouvoir d'apprivoiser les vieilles dames, les chiens et les petits garçons.

À vingt-trois ans, c'était une jeune fille tranquille aux yeux superbes. À trente-trois, une femme paisible, avec les mêmes yeux gris, regardant le monde avec une sorte de sérénité que rien ne semblait pouvoir troubler. En outre, elle était née avec un sens de l'humour qu'elle n'avait toujours pas perdu.

Rêveuse, elle prenait son petit déjeuner lorsque la sonnette résonna, accompagnée d'un coup vigoureux sur la porte d'entrée. La petite bonne arriva tout essoufflée, et annonça :

— Le Dr Harrison.

Un homme corpulent, dans la force de l'âge, entra avec une énergie et une vivacité non sans rapport avec le coup qu'il avait frappé sur la porte.

— Bonjour, miss Grey.

— Bonjour, docteur Harrison.

— Je suis venu de bonne heure pour le cas où vous auriez reçu des nouvelles des cousins Harfield, notamment d'une dénommée Mrs Samuel, une véritable peste.

Sans un mot, Katherine saisit la lettre de Mrs Harfield et la lui tendit. Elle le regarda lire avec un certain amusement. Il fronça les sourcils, poussa quelques grognements pour exprimer sa désapprobation et finit par jeter la lettre sur la table.

— C'est monstrueux ! fulmina-t-il. Ils racontent n'importe quoi. Mrs Harfield était aussi saine d'esprit que vous ou moi, et personne ne pourra dire le contraire. Ils n'ont pas la moindre preuve, et ils le savent très bien. Toute cette histoire de tribunal n'est qu'un bluff. Ils essayent de vous coincer mais ne vous laissez pas prendre à leurs paroles mielleuses. Par scrupule de conscience, n'allez pas vous fourrer dans la tête qu'il est de votre devoir de rendre l'argent, ou quelque autre ânerie de ce genre.

— Je n'ai pas le moindre scrupule, dit Katherine. Ces gens-là sont de lointains parents du mari de Mrs Harfield, et ils ne sont jamais venus la voir ni prendre de ses nouvelles de son vivant.

— Vous êtes une personne sensée. Mieux que personne, je sais ce que vous avez souffert ces dix dernières années. Vous avez le droit maintenant de profiter des économies de la vieille dame, quel qu'en soit le montant.

— Quel qu'en soit le montant, répéta-t-elle, songeuse. Docteur, avez-vous une idée du chiffre de sa fortune ?

— Eh bien, suffisant pour rapporter cinq cents livres par an, j'imagine.

— C'est ce que je pensais aussi. Mais lisez ça.

Elle lui tendit la lettre qu'elle avait sortie de la grande enveloppe bleue. Il la parcourut et poussa une exclamation de stupeur.

— C'est impossible, murmura-t-il, impossible.

— Elle a été l'une des premières actionnaires de Mortauld. Il y a quarante ans, elle devait toucher une rente de huit ou dix mille livres par an. Elle n'a jamais dépensé plus de quatre cents livres par an, j'en suis sûre. Elle surveillait ses dépenses de près. J'ai toujours cru qu'elle était obligée de compter chaque centime.

— Et pendant ce temps-là, ses revenus se sont accrus en intérêts composés. Ma chère, vous allez devenir une femme très riche.

— En effet, répondit-elle d'un ton indifférent, comme si l'histoire ne la concernait pas.

— Eh bien, toutes mes félicitations, dit le docteur qui s'apprêtait à partir. Et ne tenez aucun compte de cette femme et de sa détestable lettre, ajouta-t-il avec une chiquenaude à la lettre de Mrs Samuel Harfield.

— Sa lettre n'a rien de détestable, répliqua miss

Grey avec indulgence. Étant donné les circonstances, sa démarche me semble tout à fait naturelle.

— Vous m'inspirez parfois les plus graves inquiétudes, dit le docteur.

— Pourquoi donc ?

— À cause de toutes ces choses que vous trouvez parfaitement naturelles.

Katherine Grey se mit à rire.

Le Dr Harrison annonça la grande nouvelle à sa femme à l'heure du déjeuner. Elle en fut tout excitée.

— La brave vieille Mrs Harfield avait donc tant d'argent ? Je suis heureuse qu'elle l'ait laissé à Katherine Grey. Cette fille est une sainte.

— J'ai toujours pensé que les saints devaient avoir très mauvais caractère, dit le docteur avec une grimace. Katherine Grey est trop humaine pour une sainte.

— C'est une sainte avec le sens de l'humour, répliqua sa femme. Et bien que tu ne l'aies sans doute jamais remarqué, elle est extrêmement jolie.

— Katherine Grey ? fit le docteur sincèrement surpris. Elle a de très beaux yeux, ça oui.

— Oh ! Vous les hommes... Tous myopes comme des taupes ! Katherine a tout ce qu'il faut pour faire une jolie femme. Il ne lui manque que l'habit.

— L'habit ? Mais elle est toujours très bien habillée.

Mrs Harrison poussa un soupir, exaspérée. Avant de partir faire sa tournée, le docteur lui dit :

— Tu devrais aller la voir, Polly.

— Certainement, répondit Mrs Harrison sans hésiter.

Vers 3 heures elle arrivait chez Katherine Grey.

— Je suis très heureuse, mon petit, dit-elle en lui serrant chaleureusement la main. Et tout le village le sera également.

— C'est très gentil à vous de venir me dire cela. J'espérais bien vous voir pour vous demander des nouvelles de Johnnie.

— Oh ! Johnnie. Eh bien...

Johnnie était le fils cadet de Mrs Harrison. Elle partit aussitôt dans une longue histoire largement dominée par les amygdales et les végétations de Johnnie. Katherine écoutait patiemment. Les habitudes ne se perdent pas si facilement. Écouter, tel avait été son rôle au cours de ces dix dernières années. « Je vous ai déjà raconté le bal des officiers de marine à Portsmouth, quand lord Charles m'a fait des compliments sur ma robe ? » demandait Mrs Harfield. Et Katherine, aimable, répondait : « Il me semble que oui, mais j'ai oublié. Pouvez-vous me la raconter encore une fois ? » Alors, la vieille dame repartait dans son histoire, y ajoutant des correctifs, faisant des arrêts, donnant des détails supplémentaires. Katherine n'écoutait qu'à moitié, répondait machinalement lorsque la vieille dame s'interrompait...

C'est avec le même sentiment curieux de dualité qu'elle écoutait à présent Mrs Harrison.

Au bout d'une demi-heure, celle-ci se ressaisit soudain.

— Je n'ai pas cessé de parler de moi ! s'exclama-t-elle. Alors que j'étais venue ici pour m'intéresser à vous et à vos projets.

— Pour l'instant, je n'en ai aucun.

— Vous n'allez quand même pas rester ici, mon enfant ?

Katherine ne put s'empêcher de sourire de son ton horrifié.

— Non. J'ai envie de voyager. Je ne connais presque rien du monde, vous savez.

— En effet. Quelle vie vous avez dû avoir, cloîtrée ainsi pendant des années !

— Je ne sais pas, dit Katherine. Cela me donnait beaucoup de liberté.

Devant la stupeur de son interlocutrice, elle rougit.

— Bien sûr, cela doit vous paraître stupide. J'avais évidemment peu de liberté de mouvement...

— C'est bien ce qu'il me semble, dit Mrs Harrison qui savait que Katherine avait rarement eu l'occasion de connaître ce qu'on appelle un jour de congé.

— Mais d'une certaine façon, cette contrainte physique procure une certaine liberté d'esprit. On est toujours libre de penser. C'est une sensation déli-cieuse...

— Je vous comprends mal.

— Oh ! Si vous aviez été à ma place, vous comprendriez. Mais maintenant, j'ai envie de changement. Je voudrais... eh bien, qu'il arrive quelque chose. Oh ! Pas à moi, je n'y pensais pas. Mais je voudrais participer – ne serait-ce qu'en spectatrice – à quelque chose de passionnant. Et à St. Mary Mead, il ne se passe jamais rien...

— C'est bien vrai, reconnut Mrs Harrison avec conviction.

— Je me rendrai d'abord à Londres. Je dois de toute façon entrer en rapport avec les avocats. Ensuite, je pense que je partirai pour l'étranger.

— Très bonne idée.

— Mais bien sûr, avant tout, il faut que...

— Oui ?

— Il faut que je m'achète de quoi m'habiller.

— C'est exactement ce que je disais à Arthur ce matin ! À mon avis, Katherine, vous seriez remarquablement belle si vous faisiez ce qu'il faut pour ça.

Katherine se mit à rire.

— Oh ! Vous ne ferez jamais de moi une beauté, dit-elle sincèrement convaincue. Mais j'aimerais posséder quelques jolies choses. Enfin... Je parle beaucoup trop de moi, c'est horrible !

Mrs Harrison la regarda attentivement.

— Quelle aventure pour vous, n'est-ce pas ?

Avant de quitter le village, Katherine alla faire ses adieux à la vieille miss Viner. De deux ans l'aînée de Mrs Harfield, elle était surtout frappée de lui avoir survécu.

— Vous n'auriez jamais cru que je vivrais plus longtemps que Jane Harfield, n'est-ce pas ? demanda-t-elle avec un accent de triomphe. Nous avons été ensemble à l'école. Et voilà ! elle est partie et je suis là. Qui aurait pu le deviner ?

— C'est sans doute parce que vous avez toujours mangé du pain noir pour votre dîner, murmura Katherine machinalement.

— Vous ne l'avez pas oublié ? Oui, si Jane Harfield avait pris une tranche de pain noir chaque soir accompagnée d'un petit stimulant, elle serait peut-être encore là aujourd'hui.

La vieille dame s'arrêta et hocha la tête. Puis elle ajouta, comme si elle s'en souvenait soudain :

— J'ai entendu dire que vous aviez hérité d'une grosse fortune. C'est bien. Ayez-en soin. Alors, vous allez à Londres pour prendre un peu de bon temps ? Ne songez pas à vous marier, surtout, vous n'y arriveriez pas. Vous n'êtes pas du genre qui attire les hommes. Et puis, vous n'êtes plus de la première jeunesse. Quel âge avez-vous maintenant ?

— Trente-trois ans.

— Ma foi... cela n'est pas encore si terrible... Évidemment vous avez perdu votre première fraîcheur.

— J'en ai bien peur, répondit Katherine très amusée.

— Mais vous êtes très gentille, dit aimablement miss Viner. Et les hommes feraient bien de vous prendre pour femme, plutôt que l'une de ces écervelées qui exhibent leurs jambes au-delà de ce que Dieu a jamais permis. Au revoir, mon enfant, je vous souhaite beaucoup de bonheur, malheureusement, dans la vie, les choses tournent rarement comme on le voudrait.

Encouragée par toutes ces prophéties, Katherine partit enfin. La moitié du village vint lui dire au revoir à la gare, y compris Alice, la bonne à tout faire, qui lui remit un petit bouquet en pleurant à chaudes larmes.

— Il n'y en a pas beaucoup comme elle, sanglotait Alice lorsque le train s'ébranla. Quand Charles m'a laissée tomber pour cette fille de la laiterie, elle a été tellement gentille, et même si elle était un peu maniaque pour les cuivres et la poussière, elle remarquait toujours lorsqu'on faisait des efforts. Je me serais laissé couper en morceaux pour elle, à coup sûr. Une vraie dame, voilà ce qu'elle était.

C'est ainsi que Katherine quitta St. Mary Mead.

8

La lettre de lady Tamplin

— Ah ! ça par exemple ! s'exclama lady Tamplin.

Elle posa le *Daily Mail* et contempla les eaux bleues de la Méditerranée. Une branche de mimosa en fleur qui tombait juste au-dessus de sa tête formait comme un cadre pour un tableau des plus charmants : une femme aux cheveux d'or et aux yeux bleus, vêtue d'un élégant déshabillé. Les cheveux et le teint devaient beaucoup à l'artifice, mais les yeux bleus, en revanche, étaient un don de la nature, et, à quarante-quatre ans, lady Tamplin pouvait encore être considérée comme une beauté.

Toute charmante qu'elle était, elle ne pensait pas à elle pour une fois. Ou plutôt, elle ne pensait pas à son apparence physique. Des problèmes plus graves la préoccupaient.

Lady Tamplin était une personnalité célèbre sur la

Riviera, et on vantait à juste titre ses soirées de la villa Marguerite. C'était une femme de grande expérience qui avait été mariée quatre fois. Son premier mari n'avait été qu'un péché de jeunesse, et elle évitait d'en parler. Il avait eu le bon goût de mourir rapidement et elle s'était remariée avec un riche fabricant de boutons. Après trois ans de mariage – au cours, racontait-on, d'une sympathique soirée avec de joyeux compagnons – il l'avait quittée, lui aussi, pour un autre univers. Après lui, le vicomte Tamplin avait solidement installé Rosalie sur les hauteurs où elle désirait évoluer. Elle avait conservé son titre lorsqu'elle s'était mariée pour la quatrième fois. Elle s'était lancée dans cette quatrième aventure par pur plaisir. Mr Charles Evans, un très élégant jeune homme de vingt-sept ans, aux manières raffinées, amateur passionné de sport et des biens de ce monde, n'avait pas un sou en poche.

Lady Tamplin se montrait en général satisfaite de la vie, mais elle avait de temps en temps quelques soucis d'argent. Le fabricant de boutons lui avait laissé une fortune considérable, mais elle avait coutume de déplorer certaines « circonstances malheureuses » (la dévaluation des actions entraînée par la guerre, et les extravagances de feu lord Tamplin). Malgré tout lady Tamplin vivait dans une confortable aisance. Mais une confortable aisance n'était pas suffisante pour quelqu'un comme Rosalie Tamplin.

Aussi, l'entrefilet qu'elle lut dans le journal un certain matin de juin lui fit écarquiller les yeux et prononcer cette monosyllabe : « Ah ! » La seule autre personne présente sur la terrasse était sa fille, Lenox Tamplin. Une fille comme Lenox était une véritable épine dans le pied de lady Tamplin : sans tact, avec l'air plus vieille que son âge, elle faisait montre d'un humour sardonique tout à fait déroutant.

— Ma chérie, dit lady Tamplin. Tu ne devineras jamais...

— Quoi donc ?

Lady Tamplin lui tendit le journal et agita le doigt sur le paragraphe intéressant.

Lenox lut l'article sans le moindre émoi apparent et lui rendit le journal.

— Eh bien ? dit-elle. Ces choses-là arrivent tous les jours. Dans les villages, les vieilles grippe-sou meurent toujours en laissant des millions à leurs humbles dames de compagnie.

— Oui, ma chérie, je sais bien. Et je dirai même que cette fortune n'est sans doute pas aussi importante qu'ils le prétendent ; les journalistes écrivent souvent n'importe quoi. Mais même en divisant par deux...

— De toute façon, cela ne nous concerne pas.

— Pas directement, ma chérie. Mais cette Katherine Grey est en fait une cousine à moi. Une Grey du Worcestershire, de la branche d'Edgeworth. Ma propre cousine ! Te rends-tu compte ?

— Ah ! Ah !

— Et je me demandais...

— ... Ce que nous pourrions en tirer, acheva

71

Lenox, avec ce sourire en coin que sa mère n'avait jamais su interpréter.

— Oh ! ma chérie ! s'écria Lady Tamplin, sur un ton de léger reproche.

Léger, parce que Rosalie Tamplin était habituée à la franchise de sa fille et à ce qu'elle appelait sa façon embarrassante de présenter les choses.

— Je me demandais si…, reprit lady Tamplin, en fronçant ses sourcils artistiquement dessinés. Oh ! bonjour, mon gros Loulou ! Vous allez jouer au tennis ? Quelle charmante idée !

Le « gros Loulou » lui sourit gentiment, remarqua en passant : « Ce déshabillé couleur pêche vous va à ravir », et poursuivit son chemin.

— Quel amour ! dit lady Tamplin en le regardant avec attendrissement. Voyons… où en étais-je ? Ah ! oui. Je me demandais…

— Oh ! Pour l'amour de Dieu, achevez ! Voilà trois fois que vous répétez la même chose.

— Eh bien, ma chérie, je pense que ce serait gentil d'écrire à cette chère Katherine pour lui suggérer de nous rendre une petite visite. Elle doit être coupée de la société, et ce serait plus agréable pour elle d'y être introduite par sa propre famille. Ce serait un avantage à la fois pour nous et pour elle.

— Combien pensez-vous lui faire cracher ? demanda Lenox.

Sa mère lui adressa un regard de reproche et murmura :

— Il faudra que nous trouvions un arrangement

financier, bien sûr. Avec la guerre... et ton pauvre père...

— Et maintenant Loulou..., dit Lenox. C'est un luxe qui revient cher...

— J'ai le souvenir d'une gentille fille, poursuivit lady Tamplin, tranquille et réservée, pas spécialement belle, et qui ne cherche pas à mettre le grappin sur les hommes.

— Elle ne se jettera pas sur Loulou, alors.

— Loulou ne ferait jamais..., commença lady Tamplin.

— Non, dit Lenox, je ne pense pas. Il sait trop bien de quel côté sa tartine est beurrée.

— Ma chérie, tu as une façon si vulgaire de dire les choses !

— Désolée, répondit Lenox.

Lady Tamplin ramassa le *Daily Mail*, son déshabillé, son sac et quelques lettres.

— Je vais écrire à cette chère Katherine immédiatement, dit-elle. Je lui rappellerai le bon vieux temps à Edgeworth.

L'air résolu, elle rentra dans la maison.

À la différence de Mrs Samuel Harfield, elle avait la plume facile. Elle écrivit quatre pages d'un seul jet, et ne modifia pas un mot à la relecture.

Katherine reçut la lettre le matin de son arrivée à Londres. Qu'elle ait su lire ou pas entre les lignes, toujours est-il qu'elle glissa l'enveloppe dans son sac et se rendit à son rendez-vous avec les avocats de Mrs Harfield.

C'était un cabinet établi de longue date à Lincoln's Inn Fields. Au bout de quelques minutes, Katherine fut introduite dans le bureau du directeur, un aimable vieillard aux yeux bleus perçants et aux manières paternelles.

Ils discutèrent une vingtaine de minutes du testament et de diverses questions de droit, puis Katherine lui tendit la lettre de Mrs Samuel.

— Je ferais mieux de vous la montrer, bien qu'elle soit plutôt ridicule.

Lavocat la lut en souriant.

— Une tentative bien maladroite, miss Grey. Inutile de vous dire que ces gens n'ont aucun droit à l'héritage, et que s'ils essayent de contester le testament, aucun tribunal ne leur donnera raison.

— C'est bien ce que je pensais.

— La nature humaine n'est pas toujours très sage. À la place de Mrs Harfield, je me serais plutôt adressé à votre générosité.

— Je tenais justement à vous parler de cela. J'aimerais leur donner une certaine somme d'argent.

— Vous n'y êtes pas du tout obligée.

— Je sais.

— Et ils interpréteront mal votre geste. Ils ne refuseront pas, mais ils penseront que vous voulez les acheter pour leur faire renoncer au reste.

— J'en suis consciente, mais je n'ai pas d'autre solution.

— Je vous conseille, miss Grey, d'abandonner cette idée.

Katherine secoua la tête.

— Vous avez sûrement raison, mais j'y tiens.

— Ils se jetteront sur l'argent, ce qui ne les empêchera pas de vous injurier ensuite.

— Eh bien ! dit Katherine, laissons-les faire si cela leur chante. Chacun s'amuse comme il peut. Après tout, ils sont les seuls parents de Mrs Harfield, et même s'ils l'ont méprisée et traitée en parente pauvre de son vivant, il me semblerait injuste qu'ils n'aient droit à rien de son héritage.

Elle finit par convaincre l'obstination de l'avocat et se retrouva bientôt dans la rue avec le sentiment fort agréable de pouvoir dépenser sans compter et échafauder tous les projets qu'elle voudrait. Elle décida d'aller tout d'abord chez un tailleur renommé.

Elle fut reçue par une vieille dame française qui ressemblait plutôt à une duchesse, telle qu'on se les imagine.

— Je me remets entre vos mains, déclara naïvement Katherine. J'ai été très pauvre toute ma vie. Je ne connais rien à la mode, mais j'ai un peu d'argent maintenant et je voudrais me sentir élégante.

La Française fut charmée par cette candeur. Son tempérament d'artiste avait été mis à rude épreuve, le matin même, par une reine argentine de la viande qui tenait absolument à acheter les modèles les moins adaptés à son type de beauté tapageuse. Elle examina Katherine d'un œil expert.

— Bien... bien. Cela va être un plaisir. Mademoiselle est très bien faite et les lignes simples sont celles

75

qui lui conviendront le mieux. Mademoiselle a aussi un type très anglais. Cette remarque déplairait à certaines personnes, mais pas à Mademoiselle. Une belle Anglaise, rien n'est plus délicieux.

Ses manières de duchesse l'abandonnèrent soudain. Elle se mit à crier :

— Clothilde, Virginie, vite, mes petites, le tailleur gris clair et la robe de soirée « soupir d'automne » ! Marcelle, mon enfant, le costume mimosa en crêpe de Chine !

Ce fut une matinée délicieuse. Marcelle, Clothilde et Virginie, toutes trois d'humeur assez boudeuse, défilaient lentement, en se tortillant comme il est de mise pour un mannequin. La duchesse prenait des notes sur un petit carnet.

— Un excellent choix. Mademoiselle a très bon goût. Mademoiselle ne trouvera pas mieux que ces petits ensembles si, comme je l'imagine, elle se rend cet hiver sur la Riviera.

— Montrez-moi encore une fois cette robe du soir, demanda Katherine. La rose mauve.

Virginie revint en tournant lentement sur elle-même.

— C'est la plus jolie de toutes, dit Katherine en examinant les ravissants drapés mauves, gris et bleus. Comment l'appelez-vous ?

— Soupir d'automne. Oui, oui, c'est la robe qu'il faut à Mademoiselle.

Qu'y avait-il donc dans ces mots qui l'avait attristée ? se demanda Katherine lorsqu'elle se retrouva dans la rue. *Soupir d'automne ; c'est exactement ce qu'il faut à Mademoiselle...* L'automne oui, c'était l'automne pour elle. Elle n'avait connu ni le printemps ni l'été, et ne les connaîtrait jamais. Ce qu'elle avait perdu ne pourrait jamais lui être rendu. Des années de servitude à St. Mary Mead, tandis que la vie passait...

« Quelle idiote je suis, se dit Katherine. Que me faut-il donc ? J'étais plus heureuse il y a un mois qu'aujourd'hui ! »

Elle tira de son sac la lettre de lady Tamplin reçue le matin même. Katherine n'était pas stupide. Elle saisissait très bien les sous-entendus de cette lettre, et les raisons de cette soudaine manifestation d'affection pour une cousine depuis longtemps oubliée ne lui échappaient pas. C'était l'intérêt et non le plaisir qui rendait lady Tamplin si désireuse d'avoir la compagnie de sa chère cousine. Eh bien, pourquoi pas ? L'intérêt serait des deux côtés.

« Allons-y », se dit Katherine.

Elle descendit Piccadilly, entra chez Cook pour régler les formalités de son voyage et attendit son tour. L'homme qui était devant elle se rendait lui aussi sur la Riviera. Tout le monde y allait, semblait-il. Pour la première fois de sa vie, elle allait faire comme « tout le monde »...

L'homme qui était devant elle s'écarta brusquement et elle prit sa place. Elle expliqua ce qu'elle voulait à l'employé, l'esprit occupé par autre chose : cet homme... il lui semblait vaguement familier. Où

77

l'avait-elle donc déjà vu ? Soudain, elle se souvint. En sortant de sa chambre à l'hôtel Savoy, elle l'avait bousculé dans le couloir. Étrange coïncidence que ces deux rencontres dans la même journée. Elle jeta un coup d'œil en arrière, mal à l'aise, sans raison. L'homme était à la porte et la regardait. Un frisson glacial la parcourut. Une sensation de drame, de menace imminente...

Puis son bon sens reprit le dessus, elle se secoua et se montra enfin attentive à ce que lui disait l'employé.

9

Une proposition repoussée

Derek Kettering s'emportait rarement. Son naturel insouciant et tranquille lui avait permis de tenir bon dans les moments les plus difficiles. Même maintenant, il avait à peine quitté Mireille, qu'il avait déjà retrouvé son calme. Il en avait besoin. La situation était plus grave que jamais, des événements inattendus s'étaient produits et pour l'instant il n'en voyait pas la solution.

Il marchait les sourcils froncés, perdu dans ses pensées. Sa désinvolture habituelle avait disparu. Plusieurs possibilités lui traversèrent l'esprit. On aurait pu dire de Derek Kettering qu'il était moins stupide qu'il n'en avait l'air. Plusieurs chemins s'ouvraient à lui – dont un en particulier. Provisoirement, il reculait encore. Mais aux grands maux les grands remèdes. Il appréciait son beau-père à sa juste valeur. Une lutte entre Derek Kettering et Rufus Van Aldin ne pouvait avoir qu'une seule issue. Derek maudit en lui-même l'argent et le pouvoir de l'argent. Il remonta St. James's Street jusqu'à Piccadilly et se dirigea d'un pas tranquille vers Piccadilly Circus. En passant devant les bureaux de Messrs. Thomas Cook Sons, il ralentit l'allure, sans s'arrêter cependant, absorbé dans ses pensées. Finalement, il hocha la tête, et fit demi-tour si brusquement qu'il heurta le couple juste derrière lui. Il revint sur ses pas et, cette fois-ci, entra chez Cook. Il n'y avait pas grand monde et on s'occupa de lui tout de suite.

— Je voudrais me rendre à Nice la semaine prochaine. Pourriez-vous me renseigner ?

— Quel jour exactement, monsieur ?

— Le 14. Quel est le meilleur train ?

— Eh bien, le meilleur train, c'est bien entendu le « Train Bleu ». Il vous évite les pénibles formalités de douane à Calais.

Derek acquiesça d'un signe de tête. Il savait cela mieux que personne.

— Le 14, murmura l'employé. C'est un peu juste. Le Train Bleu est en général déjà complet.

— Voyez s'il vous reste une couchette, sinon...

Il ne termina pas sa phrase, et eut un curieux sourire.

L'employé revint au bout de quelques minutes :

— Tout va bien, monsieur : il reste encore trois couchettes. Je vais vous en réserver une. À quel nom ?

— Pavett, dit Derek qui donna son adresse de Jermyn Street.

L'employé prit note et, après l'avoir poliment salué, s'adressa à la personne suivante.

— Je voudrais partir pour Nice, le 14. Il y a bien un train qu'on appelle le « Train Bleu » ?

Derek se retourna brusquement. Quelle étrange coïncidence ! Il se souvint des paroles curieuses qu'il avait prononcées devant Mireille. « Vision d'une femme aux yeux gris. Je ne la reverrai sans doute jamais. » Et non seulement il la revoyait, mais de plus, elle partait pour la Riviera le même jour que lui.

Il frissonna. D'une certaine façon, il était superstitieux. N'avait-il pas dit, plaisantant à demi, que cette femme lui porterait malheur ? Et si c'était vrai ? De la porte il la regarda parler avec l'employé. Pour une fois, sa mémoire ne l'avait pas trahi. C'était une dame, dans tous les sens du mot. Pas très jeune, pas particulièrement belle. Mais elle avait quelque chose – ces yeux gris, qui voyaient peut-être trop loin. Il sortit de chez Cook, avec le sentiment que cette femme lui serait fatale. D'une certaine façon, elle lui faisait peur.

De retour dans son appartement de Jermyn Street, il appela son valet de chambre.

— Prenez ce chèque, Pavett. Allez chez Cook à Piccadilly, chercher les billets réservés à votre nom et apportez-les-moi.

— Bien, monsieur, fit Pavett en se retirant.

Sur une petite table se trouvait une poignée de lettres dont l'aspect ne lui était que trop familier. Des factures, petites et grosses, demandant toutes à être réglées d'urgence. Le ton demeurait courtois. Mais Derek savait que ce ton ne tarderait pas à changer si... certaines nouvelles s'ébruitaient.

Il se laissa tomber dans un grand fauteuil de cuir. Il était dans un fameux pétrin, oui ! Et les façons de sortir de ce pétrin ne couraient pas les rues.

Pavett entra et toussota discrètement.

— Un monsieur désire vous voir, monsieur : Mr Knighton.

— Knighton ?

Derek se redressa, fronça les sourcils, puis soudain son visage s'éclaira. D'un ton plus doux, presque pour lui-même, il murmura :

— Knighton... Je me demande bien ce qu'il y a dans l'air...

— Faut-il, euh... le faire entrer, monsieur ?

Son maître hocha la tête.

Knighton fut accueilli par le plus charmant des hôtes.

— C'est très aimable à vous de venir me voir, dit Derek.

Knighton semblait nerveux. Derek s'en aperçut immédiatement. La mission dont le secrétaire était chargé lui déplaisait manifestement au plus haut point. Il répondait presque machinalement aux paroles de Derek. Il refusa un verre et, si possible, parut encore plus mal à l'aise. Derek finit par lui dire carrément, d'un ton jovial :

— Eh bien, que me veut donc mon estimé beau-père ? C'est bien lui qui vous envoie, j'imagine ?

— En effet, répondit Knighton prudemment, sans se dérider. Je... j'aurais préféré que Mr Van Aldin choisisse quelqu'un d'autre...

Derek affecta un étonnement quelque peu moqueur.

— C'est si terrible que ça ? J'ai la peau plus dure que vous ne pensez, Knighton.

— Non... mais c'est que..., commença Knighton.

Il s'arrêta, Derek lui lança un regard perçant.

— Allez-y, parlez, lui dit-il gentiment. Je me doute bien que les missions de mon cher beau-père ne sont pas toujours agréables à remplir.

Knighton s'éclaircit la voix :

— Mr Van Aldin m'a chargé de vous faire une proposition précise, déclara-t-il sur un ton officiel, destiné à masquer son embarras.

— Une proposition ?

Derek trahit sa surprise. Cela ne commençait pas comme il s'y attendait. Il offrit une cigarette à Knighton, en prit une autre et se renfonça dans son fauteuil en murmurant non sans ironie :

— Une proposition ? Voilà qui semble intéressant.

— Puis-je poursuivre ?

— Je vous en prie. Excusez mon étonnement, mais on dirait que mon cher beau-père en a rabattu depuis notre petite conversation de ce matin. Et en rabattre, ce n'est pas à quoi on s'attend de la part des hommes forts, Napoléons de la finance et autres. Il trouve sans doute que sa position n'est pas aussi solide qu'il le pensait.

Knighton écouta poliment ce commentaire moqueur sans rien laisser paraître de ses sentiments. Il attendit que Derek ait terminé, et poursuivit tranquillement :

— Je formulerai cette proposition le plus simplement possible.

— Allez-y.

Sans le regarder, Knighton reprit du même ton officiel :

— La proposition est la suivante. Mrs Kettering, comme vous le savez, est sur le point d'entamer une procédure de divorce. Si vous laissez la procédure suivre son cours, vous recevrez cent mille le jour où le divorce sera prononcé.

Derek, qui était en train d'allumer sa cigarette, s'arrêta net.

— Cent mille ! s'exclama-t-il. Dollars ?

— Livres.

Un silence de mort suivit, et se prolongea pendant deux minutes. Kettering réfléchissait. Cent mille livres ! Cela signifiait Mireille et la poursuite d'une vie agréable et insouciante. Cela signifiait aussi que Van Aldin savait quelque chose. Van Aldin n'avait pas l'habitude de payer pour rien. Derek se leva et s'approcha de la cheminée.

— Et si je refuse cette offre alléchante ? demanda-t-il d'un ton poliment froid et ironique.

Knighton fit un geste d'excuse.

— Je vous assure, Mr Kettering, que c'est bien à contrecœur que je vous ai délivré ce message.

— Bon. Bon. Calmez-vous. Ce n'est pas votre faute. À présent, répondrez-vous à ma question ?

Knighton se leva à son tour et déclara avec une plus grande mauvaise volonté encore :

— Si vous refusez cette proposition, Mr Van Aldin m'a chargé de vous dire carrément qu'il vous brisera. C'est tout.

Kettering leva les sourcils mais conserva son attitude enjouée.

— Ah ! Ah ! Je l'en crois fort capable ! Je ne suis certainement pas en mesure de lutter contre un archimillionnaire américain. Cent mille livres ! Si l'on veut corrompre un homme, il faut aller jusqu'au bout. Si je vous disais que pour deux cent mille livres, je serais d'accord, que se passerait-il ?

— Je transmettrais votre message à Mr Van Aldin, répondit Knighton imperturbable. Est-ce là votre réponse ?

— Non, dit Derek. Ce ne serait pas assez drôle. Vous pouvez aller dire à mon beau-père que je les envoie au diable, lui et son pot-de-vin !

— Très bien.

Knighton se leva, hésita, puis rougit.

— Me permettrez-vous de vous dire, monsieur, que je suis content que vous ayez répondu de cette façon ?

Derek ne répliqua pas. Après que son visiteur eut quitté la pièce, il demeura une ou deux minutes plongé dans ses pensées, un étrange sourire aux lèvres.

— Et voilà ! murmura-t-il.

10

Dans le Train Bleu

— Papa !

Mrs Kettering sursauta. Elle était nerveuse ce matin. Très élégamment vêtue d'un long manteau de vison et d'un petit chapeau rouge laqué, elle marchait, perdue dans ses pensées, sur un quai bondé de la gare Victoria, quand son père était apparu à l'improviste.

— Eh bien, Ruth ! Tu en as fait un bond !

— Je ne m'attendais pas à te voir, papa. En partant, hier soir, tu m'as dit que tu avais une réunion ce matin.

— C'est exact. Mais tu comptes plus pour moi que toutes ces satanées réunions. Comme je vais rester longtemps sans te voir, je suis venu jeter un dernier coup d'œil sur toi !

— C'est très gentil de ta part, papa. Si seulement tu pouvais venir avec moi...

— Et si je te prenais au mot ?

C'était une simple plaisanterie. Aussi fut-il très surpris de voir les joues de sa fille s'empourprer. Il eut même un instant l'impression d'apercevoir du désarroi dans son regard. Elle rit, d'un petit rire nerveux.

— J'ai cru un moment que tu parlais sérieusement.

— Cela t'aurait fait plaisir ?

— Bien sûr ! dit-elle avec un peu trop d'enthousiasme.

— C'est bien, dit Van Aldin.

— Ce ne sera pas très long, papa. Le mois prochain, tu viendras me rejoindre.

— Ah ! dit Van Aldin. Il me prend parfois l'envie d'aller chez un de ces grands médecins de Harley Street pour qu'il me dise que j'ai besoin de soleil et qu'il m'ordonne un changement d'air sur l'heure !

— Ne sois pas si paresseux. La côte d'Azur sera tellement plus agréable le mois prochain ! Et puis, tu ne peux pas tout laisser tomber comme ça !

— C'est sans doute vrai, dit Van Aldin en soupirant. Tu ferais bien de monter dans le train maintenant. Où est ton compartiment ?

Ruth Kettering jeta un vague coup d'œil sur le train. À la porte d'une des voitures Pullman, sa femme de chambre, une grande femme mince, toute de noir vêtue, l'attendait. Elle s'effaça pour laisser monter sa maîtresse.

— J'ai placé la valise de toilette de Madame sous la banquette, au cas où elle en aurait besoin. Dois-je aller chercher des couvertures ? En voudrez-vous une ?

— Non, non, je n'en aurai pas besoin. Vous devriez plutôt regagner votre place, maintenant, Mason.

— Bien, madame.

La femme de chambre s'en alla.

Van Aldin monta dans le wagon avec Ruth. Elle trouva sa place, et Van Aldin déposa devant elle, sur la tablette, divers journaux et magazines. Le siège opposé était déjà occupé par quelqu'un dont il conserva l'impression fugitive de beaux yeux gris et d'un élégant costume de voyage. Il échangea encore quelques mots avec Ruth, de ces propos décousus que l'on tient généralement à ceux qui partent.

Au premier coup de sifflet, Van Aldin regarda sa montre.

— Il faut que je descende. Au revoir, ma chérie. Ne t'inquiète pas. Je m'occupe de tout.

— Oh, papa !

Il se retourna vivement, stupéfait par l'accent inhabituel de sa voix. Presque un cri de désespoir. Mais après avoir esquissé un mouvement vers lui, elle s'était déjà reprise.

— Au mois prochain ! dit-elle gaiement.

Deux minutes plus tard, le train s'ébranlait.

Ruth resta sans bouger dans son coin, retenant ses larmes et se mordant la lèvre. Elle se sentait soudain au bord du désespoir. Elle avait une envie folle de sauter du train et de revenir en arrière avant qu'il ne soit trop tard. Elle, toujours si calme, si sûre d'elle, se sentait tout à coup comme une feuille balayée par le vent. Si son père savait... Que dirait-il ?

C'était de la folie ! De la folie pure ! Pour la première fois de sa vie, elle s'était laissé dominer par le sentiment au point de faire quelque chose d'incroyablement stupide et risqué. En digne fille de Van Aldin, elle se rendait compte de sa propre folie, et possédait assez de bon sens pour juger sa propre conduite. Mais elle était aussi sa fille en ce sens qu'elle avait la même volonté de fer. Décidée à obtenir ce qu'elle voulait, une fois sa décision prise, rien ne pouvait plus l'arrêter. Elle était ainsi depuis sa plus tendre enfance et la vie n'avait fait qu'accentuer ce trait de caractère. C'était ce qui la soutenait maintenant. Ma foi, le sort en était jeté. Elle irait jusqu'au bout.

Elle leva les yeux et rencontra ceux de la voyageuse assise en face d'elle. Elle eut brusquement l'impression que celle-ci lisait en elle. Son regard exprimait la sympathie et aussi, mais oui, la pitié...

Ce ne fut qu'une impression fugitive. Elles se recomposèrent bien vite toutes les deux des visages impassibles. Mrs Kettering prit un magazine et Katherine Grey se mit à contempler par la fenêtre le paysage sans fin de rues déprimantes et de maisons de banlieue.

Ruth ne parvenait pas à se concentrer sur sa lecture. Malgré elle, de multiples craintes l'assaillaient. Quelle idiote elle avait été ! Quelle idiote elle était ! Comme tous les gens froids et maîtres d'eux-mêmes, quand elle perdait la tête, elle ne s'arrêtait pas à mi-chemin.

Et il était trop tard maintenant... Était-il trop tard ? Ah ! Si seulement elle pouvait parler, demander conseil à quelqu'un... Elle n'avait encore jamais ressenti ce besoin. Elle n'aurait pas supporté l'idée de faire confiance à un autre jugement que le sien. Que lui arrivait-il donc ? C'était la panique. Oui, le mot panique était celui qui convenait. Elle, Ruth Kettering, était prise de panique.

Elle jeta un coup d'œil à la personne assise en face d'elle.

Si seulement elle connaissait quelqu'un comme ça, gentil, calme, compatissant... Elle avait l'air d'une personne à qui on peut parler. Mais on ne se confie pas, bien sûr, à une inconnue. Ruth sourit à cette idée et retourna à sa lecture. Il fallait qu'elle retrouve son sang-froid. Après tout, elle avait longtemps réfléchi et elle avait pris sa décision toute seule. Quel bonheur avait-elle connu jusqu'à présent dans la vie ? « Pourquoi ne serais-je pas heureuse ? » se demanda-t-elle. Personne n'en saura rien...

Ils arrivèrent à Douvres en un rien de temps. Ruth avait le pied marin, mais elle détestait le froid et fut heureuse de gagner la cabine privée qu'elle avait réservée. Sans se l'avouer, elle était superstitieuse et faisait partie de ces gens pour qui les coïncidences ont un sens. Après avoir débarqué à Calais, elle s'installa avec sa femme de chambre dans son double compartiment du Train Bleu, puis se rendit au wagon-restaurant. Là, elle éprouva un petit choc en se retrouvant assise à table en face de la personne avec qui elle avait voyagé dans le Pullman. Elles esquissèrent toutes les deux un vague sourire.

— Étrange coïncidence, dit Mrs Kettering.

— Les effets du hasard sont en effet bien curieux, répondit Katherine Grey.

Un garçon s'approcha avec cette merveilleuse promptitude propre à la Compagnie Internationale des Wagons-Lits et déposa devant elles deux bols de soupe. Quand l'omelette qui suivit arriva, elles bavardaient déjà amicalement.

— Ce sera paradisiaque de se retrouver au soleil, soupira Ruth.

— Ce sera certainement merveilleux.

— Vous connaissez bien la Riviera ?

— Non, c'est la première fois que j'y vais.

— Imaginez-vous ça !

— Vous y allez tous les ans, sans doute ?

— Pour ainsi dire, oui. Janvier et février sont insupportables à Londres.

— J'ai toujours vécu à la campagne. Là non plus l'hiver n'est pas très excitant. Il est plutôt fait de boue.

— Quelle raison vous a poussée soudain à voyager ?

— L'argent, dit Katherine. Pendant dix ans, j'ai été dame de compagnie et j'avais tout juste de quoi m'acheter de solides chaussures de marche. Mais je viens d'hériter de ce qui me semble être une fortune, même si pour vous cela ne représente pas grand-chose.

— Je me demande ce qui vous fait dire cela.

— Je ne sais pas, dit Katherine en riant. On doit se faire inconsciemment des idées. J'ai tout de suite pensé que vous deviez faire partie des gens très riches, mais ce n'est qu'une impression. Je me trompe, peut-être.

— Non. Vous ne vous trompez pas. J'aimerais beaucoup que vous me disiez ce que vous avez encore pensé de moi, dit Ruth, soudain très sérieuse.

— Je...

— Oh ! Je vous en prie, ne soyez pas si conventionnelle, ajouta Ruth comme l'autre semblait gênée. J'ai besoin de savoir. À la façon dont vous me regardiez, j'ai eu l'impression que vous... eh bien, que vous saviez ce qui se passait en moi.

— Je vous assure que je ne suis pas voyante, affirma Katherine avec un sourire.

— Me direz-vous quand même ce que vous pensez ?

Ruth insistait avec une telle sincérité qu'elle finit par céder.

— Je vous le dirai si vous voulez, mais vous allez me trouver impertinente. Je me suis figuré que, pour une raison quelconque, vous étiez en proie à une grande détresse et je vous plaignais.

— Vous avez raison. Vous avez tout à fait raison. Je suis dans une situation terrible. Je... J'aimerais vous en parler, si je ne vous importune pas trop.

« Mon Dieu, songea Katherine, c'est extraordinaire, le monde est le même partout ! À St. Mary Mead, chacun me racontait ses histoires, et c'est la même chose ici... Je ne tiens absolument pas à connaître les ennuis des autres ! »

Toutefois elle répondit poliment :

— Je vous en prie.

Le repas touchait à sa fin. Ruth but son café, se leva, et sans même remarquer que Katherine n'avait pas commencé à boire le sien, elle l'entraîna :

— Venez dans mon compartiment.

Il s'agissait en fait de deux compartiments communiquant entre eux. Dans le second, la femme de chambre que Katherine avait déjà remarquée à Victoria se tenait assise toute droite, serrant contre elle un sac de maroquin rouge portant les initiales R.V.K. Mrs Kettering ferma la porte de communication et s'assit sur la banquette. Katherine prit place à côté d'elle.

— J'ai des ennuis, je ne sais pas quoi faire. Il y a un homme qui me plaît... qui me plaît même beaucoup depuis l'enfance. Nous avons été séparés de la façon la plus injuste et la plus brutale. Mais à présent, nous nous sommes retrouvés...

— Vraiment ?

— Je... je vais le rejoindre. Oh ! Vous me jugez mal sans doute, mais vous ne connaissez pas la situation... Mon mari est odieux. Il me traite de façon honteuse.

— Vraiment ? dit une nouvelle fois Katherine.

— Ce qui me rend le plus malheureuse, c'est d'avoir menti à mon père. C'est lui qui est venu me dire au revoir à la gare aujourd'hui. Il veut que je divorce et il ne sait pas... que je vais rejoindre cet homme. Il trouverait cela totalement stupide.

— Eh bien, ce n'est pas aussi votre opinion ?

— Si... sans doute...

Ruth Kettering regarda ses mains. Elles tremblaient.

— Mais je ne peux plus reculer, maintenant.

— Pourquoi pas ?

— Tout est... déjà arrangé, et je lui briserais le cœur.

— N'en croyez rien, dit Katherine sans s'émouvoir. Les cœurs sont joliment solides.

— Il pensera que je n'ai ni courage ni volonté.

— Il me semble que vous allez commettre une grosse bêtise, reprit Katherine. Et que vous vous en rendez parfaitement compte.

Ruth Kettering enfouit son visage dans ses mains.

— Je ne sais pas. Je ne sais plus. Depuis que nous avons quitté Victoria, j'ai un horrible pressentiment. J'ai l'impression qu'il va bientôt m'arriver quelque chose... quelque chose que je ne pourrai pas éviter.

Elle serra convulsivement la main de Katherine.

— Vous allez penser que je suis folle, mais je suis sûre qu'il va se produire quelque chose de terrible.

— Ne croyez pas ça, protesta Katherine. Remettez-vous et, si vous voulez, envoyez un câble à votre père en arrivant à Paris. Il viendrait vous chercher tout de suite.

Le visage de Ruth Kettering s'éclaira.

— Oui, je pourrais faire ça... Cher vieux papa.

C'est étrange, je ne m'étais jamais rendu compte à quel point je l'aimais. (Elle se redressa et s'essuya les yeux.) J'ai été stupide. Je vous remercie de m'avoir écoutée. Je ne comprends pas, comment j'ai pu me mettre dans un état pareil.

Katherine se leva.

— Je suis contente que vous vous sentiez mieux, dit-elle d'un ton aussi naturel que possible.

Elle ne connaissait que trop bien la gêne qui suit généralement les confidences. Elle ajouta avec tact :

— Je dois regagner mon compartiment.

Elle sortit dans le couloir au moment même où la femme de chambre sortait du compartiment voisin : Celle-ci regarda au loin, par-dessus sa tête, avec un tel étonnement que Katherine se retourna. Mais le couloir était vide et celui ou celle qui lui avait causé une pareille surprise était déjà rentré dans son compartiment. Katherine regagna sa place dans la voiture suivante. Lorsqu'elle passa devant le dernier compartiment, la porte s'ouvrit, une femme jeta un coup d'œil dans le couloir et referma vivement la porte. C'était un visage qu'on n'oubliait pas facilement, comme Katherine allait le constater lorsqu'elle le reverrait : un ovale ravissant au teint mat, très maquillé mais d'étrange façon. Katherine eut l'impression de l'avoir déjà vu quelque part.

Elle regagna son compartiment sans autre incident et resta assise un moment en pensant aux confidences qu'elle venait de recevoir et en se demandant, mais sans passion, qui était cette femme au vison et comment se terminerait son histoire.

« Si je l'ai empêchée de se ridiculiser, j'ai sans doute bien fait, se dit Katherine. Mais qui sait ? Pour ce genre de femme dure et égoïste, c'est peut-être bon de se conduire comme ça pour une fois... Oh ! Et puis je ne la reverrai probablement jamais. En tout cas elle n'aura sûrement pas envie de me revoir. Voilà où mènent les confidences ! »

Elle espérait qu'elle ne la retrouverait pas à la même place au dîner. Ce serait gênant pour toutes les deux, pensa-t-elle non sans humour. Fatiguée et vaguement déprimée, elle s'installa sur un coussin. Le train arriva à Paris, et le trajet par la Ceinture, avec ses arrêts et ses attentes interminables, se révéla extrêmement fastidieux. À la gare de Lyon, Katherine fut heureuse de descendre et d'aller et venir sur le quai. L'air était vivifiant, après l'atmosphère surchauffée du wagon. Elle remarqua non sans amusement que son amie au vison avait résolu le problème de l'éventuel dîner gênant à sa façon : la femme de chambre prenait livraison d'un panier-repas par la fenêtre.

Lorsque le train repartit, la cloche du dîner retentit dans le couloir et Katherine se rendit au wagon-restaurant très soulagée. Son vis-à-vis ce soir-là fut d'un tout autre type : un homme de petite taille, de toute évidence un étranger, avec une moustache cirée et une tête en forme d'œuf, qu'il tenait légèrement penchée. Il la regardait, les yeux brillant de curiosité.

— Je vois, madame, que vous lisez un roman policier. Vous aimez ce genre de choses ?

— Oui, c'est très amusant, reconnut Katherine.

Le petit bonhomme hocha la tête.

— D'après ce qu'on dit, ces livres ont beaucoup de succès. En connaissez-vous la raison, mademoiselle ? J'étudie la nature humaine, et en conséquence, je serais curieux de savoir pourquoi.

L'amusement de Katherine allait croissant.

— Peut-être est-ce parce qu'ils donnent l'illusion de vivre une existence passionnante ? suggéra-t-elle.

Il acquiesça gravement.

— Oui, c'est une idée...

— Bien sûr, chacun sait que ces choses-là n'arrivent pas, en réalité, poursuivit Katherine.

Il l'interrompit vivement :

— Mais si, mademoiselle, mais si ! Cela arrive parfois. Moi qui vous parle... eh bien j'ai connu ça.

Elle lui jeta un regard intéressé :

— Un jour, peut-être, vous vous trouverez en plein cœur d'une affaire. Le hasard est seul maître.

— C'est très peu probable, dit Katherine. Il ne m'arrive jamais rien de ce genre.

Il se pencha vers elle.

— Vous le regrettez ?

Surprise par la question, elle resta bouche bée.

— Je me trompe peut-être, reprit le petit homme en essuyant sa fourchette avec dextérité, mais je crois que vous rêvez d'événements intéressants. Voyez-vous, mademoiselle, au cours de ma vie, j'ai remarqué que ce qu'on veut, on l'obtient. Qui sait ? (Il fit une grimace plutôt comique.) Vos vœux seront peut-être comblés au-delà de vos espérances.

— C'est une prophétie ? demanda Katherine avec un sourire en se levant de table.

Le petit homme hocha la tête.

— Je ne prophétise jamais, déclara-t-il d'un ton solennel. J'ai toujours raison, c'est vrai, mais je n'en tire aucun orgueil. Bonne nuit, mademoiselle, et puissiez-vous bien dormir.

Katherine retourna à sa place, fort amusée par les propos de son voisin de table. Elle passa devant le compartiment de la femme au vison. Elle regardait par la fenêtre tandis qu'un employé était en train de faire son lit. Le compartiment communicant était vide : des couvertures et des sacs de voyage s'entassaient sur la banquette, mais la femme de chambre n'était pas là.

Katherine trouva son lit déjà fait. Fatiguée, elle se coucha, et éteignit la lumière vers 9 heures et demie.

Elle se réveilla en sursaut. Combien de temps avait-elle dormi ? Elle regarda sa montre : elle était arrêtée. Un malaise croissant s'empara d'elle. Elle finit par se lever, enfila sa robe de chambre et sortit dans le couloir. Le train entier semblait plongé dans le sommeil. Katherine baissa la vitre et respira quelques instants l'air frais de la nuit, essayant en vain de faire taire ses appréhensions. Puis elle décida d'aller au bout du couloir pour demander l'heure exacte au contrôleur. Mais sa petite chaise était vide. Elle hésita un instant, puis continua son chemin et pénétra dans la voiture suivante. À sa grande surprise, elle vit un homme arrêté dans le couloir, devant le compartiment de la femme au vison, une main sur la poignée de sa porte. C'est du moins ce qu'elle pensa d'abord. Mais sans doute faisait-elle erreur, il s'agissait peut-être d'un autre compartiment... L'homme, qui lui tournait le dos, sembla hésiter puis se retourna lentement, et Katherine reconnut en lui, non sans en éprouver une étrange et funeste impression, l'homme qu'elle avait déjà rencontré deux fois : une fois à l'hôtel Savoy, une autre à l'agence Cook. Il ouvrit enfin la porte, entra, et la referma derrière lui.

Une idée traversa l'esprit de Katherine. Et si c'était l'homme dont cette femme lui avait parlé ? Celui qu'elle allait rejoindre ? Non, elle avait tendance à broder. Il s'agissait selon toutes probabilités, d'un autre compartiment.

Katherine regagna sa place. Cinq minutes plus tard, le train ralentissait. Les freins Westinghouse poussèrent un long gémissement et, au bout de quelques minutes, le train s'arrêtait à Lyon.

11

Un crime

Il faisait un soleil éclatant lorsque Katherine se réveilla le lendemain matin. Elle alla prendre son petit déjeuner de bonne heure, mais ne rencontra aucune de ses connaissances de la veille. Lorsqu'elle regagna son compartiment, l'employé achevait juste de le remettre en ordre. C'était un homme au teint sombre, avec une moustache tombante et un visage mélancolique.

— Madame a de la chance, dit-il. Le soleil brille. Les voyageurs sont toujours très déçus quand ils arrivent par un jour gris.

— Cela aurait été mon cas, sans aucun doute.

— Nous sommes un peu en retard, madame, dit-il en partant. Je vous préviendrai juste avant d'arriver à Nice.

Katherine remercia d'un signe de tête. Elle était assise près de la fenêtre, fascinée par la beauté du paysage. Les palmiers, le bleu profond de la mer, le jaune vif des mimosas offraient tout le charme de la nouveauté pour elle qui, depuis quatorze ans, n'avait connu que les mornes hivers anglais.

À Cannes, Katherine descendit du train et se promena quelques instants sur le quai. Curieuse de savoir ce que devenait la femme au vison, elle chercha des yeux son compartiment. Seuls de tout le train, ses stores étaient encore baissés. Katherine s'en étonna et, une fois remontée dans le train, elle longea le couloir et remarqua que les portes de ses deux compartiments étaient encore closes. La femme au vison n'était décidément pas matinale.

Le contrôleur vint lui annoncer qu'ils allaient arriver à Nice dans quelques minutes. Katherine lui glissa un pourboire. Il la remercia mais ne s'éloigna pas. Son comportement était un peu bizarre. Katherine, qui avait d'abord pensé qu'il trouvait son pourboire insuffisant, commença à se demander s'il ne s'agissait pas de quelque chose de beaucoup plus sérieux. Il était blême, il tremblait, paraissait terrifié, et il la regardait de curieuse façon. Tout à coup, il lui dit :

— Je vous prie de m'excuser, madame. Mais êtes-vous attendue par des amis à Nice ?

— Sans doute, répondit Katherine. Pourquoi ?

L'homme se contenta de hocher la tête. Il murmura quelque chose que Katherine ne put comprendre et s'éloigna. Il ne reparut qu'une fois le train arrêté en gare, pour lui passer ses bagages par la fenêtre.

Katherine était plantée sur le quai, un peu perdue, lorsqu'un jeune homme blond au visage ouvert s'approcha d'elle et lui demanda d'un ton hésitant :

— Miss Grey ?

Comme Katherine acquiesçait, le jeune homme murmura avec un sourire angélique :

— Je suis Loulou... le mari de lady Tamplin. J'espère qu'elle vous a parlé de moi, mais elle a peut-être oublié. Vous avez votre reçu de bagages ? J'avais perdu le mien lorsque je suis arrivé cette année et vous n'imaginez pas les histoires qu'on m'a faites. La vraie bureaucratie française !

Katherine sortit son reçu et s'apprêtait à partir avec lui, lorsqu'une voix douce et insidieuse lui murmura à l'oreille :

— Un instant, madame, s'il vous plaît.

Katherine se retourna et aperçut un individu en uniforme qui rachetait sa petite taille par une impressionnante quantité de galons dorés.

— Il y a certaines formalités à remplir, madame. Si vous voulez bien me suivre. Les règlements sont absurdes, sans doute, mais ils existent..., dit-il en levant les bras au ciel.

Sa connaissance du français étant très limitée, Mr Evans comprit de travers cette déclaration.

— C'est tellement français ! murmura-t-il.

Il appartenait à cette classe de patriotes britanniques qui, ayant fait leur un coin de terre étrangère, ne supportent pas les manières de leurs prédécesseurs.

— Ils ne savent pas quoi inventer. Ils ne s'en étaient

pourtant jamais pris aux voyageurs sur le quai jusqu'ici. C'est nouveau, ça ! Il va falloir obéir, j'imagine.

Katherine suivit son guide. À sa grande surprise, il la conduisit vers une voie de garage où stationnait une voiture du Train Bleu. Il l'invita à y monter, la précéda dans le couloir et lui ouvrit la porte d'un compartiment. À l'intérieur se tenait un personnage à l'allure officielle et pompeuse, flanqué d'un individu insignifiant, un employé quelconque. Le personnage à l'allure pompeuse se leva poliment et salua Katherine :

— Je vous prie de m'excuser, madame, mais nous devons accomplir quelques formalités. Vous parlez français, sans doute ?

— Je me débrouille, je pense, répondit-elle dans cette langue.

— C'est parfait. Asseyez-vous, je vous prie. Je suis M. Caux, commissaire de police.

Il bomba le torse d'importance, et Katherine tenta de paraître impressionnée en conséquence.

— Vous voulez voir mon passeport ? demanda-t-elle. Le voici.

Le commissaire la regarda attentivement, grommela quelque chose, le lui prit des mains et s'éclaircit la voix :

— Merci, madame. Mais ce que je désire en réalité, ce sont des renseignements.

— Des renseignements ?

Le commissaire hocha la tête.

— Au sujet d'une femme qui a été votre compagne de voyage. Vous avez déjeuné avec elle hier.

— J'ai bien peur de ne pas pouvoir vous apprendre grand-chose. Nous avons entamé une conversation au cours du repas, mais c'était une inconnue pour moi. Je ne l'avais jamais vue auparavant.

— Et pourtant, dit vivement le commissaire, vous l'avez suivie dans son compartiment après le déjeuner et vous êtes restée à bavarder avec elle un certain temps.

— En effet, c'est exact.

Le commissaire attendait la suite. Il la regarda d'un air encourageant.

— Eh bien, madame ?

— Quoi donc, monsieur ?

— Vous pourriez peut-être me donner une idée du sujet de votre conversation ?

— Je pourrais, en effet. Mais pour l'instant, je n'ai aucune raison de le faire.

En bonne Anglaise, elle était un peu agacée. Ce fonctionnaire étranger lui semblait bien impertinent.

— Aucune raison ? s'exclama le commissaire. Oh ! mais si, madame, il y a une très bonne raison de le faire.

— Peut-être pourriez-vous me la donner ?

Le commissaire se caressa d'abord pensivement le menton sans répondre.

— Madame, dit-il enfin, c'est une raison bien simple. La dame en question a été retrouvée morte ce matin dans son compartiment.

105

— Morte ! s'écria Katherine. Mais... de quoi ? D'une crise cardiaque ?

— Non, répliqua le commissaire d'une voix rêveuse. Non... Elle a été assassinée.

— Assassinée !

— Vous comprendrez à présent, madame, pourquoi nous cherchons à obtenir toute espèce de renseignements...

— Mais sa femme de chambre...

— La femme de chambre a disparu.

— Oh !

Katherine s'arrêta, essayant de rassembler ses idées.

— Comme le contrôleur vous a vue en conversation avec elle, il a tout naturellement signalé ce fait à la police. C'est pourquoi nous vous avons retenue, espérant de vous quelques informations...

— Je suis désolée, dit Katherine. Je ne connais même pas son nom.

— Elle s'appelle Kettering. C'est ce que nous ont appris son passeport et les étiquettes de ses bagages. Si nous...

On frappa à la porte. M. Caux l'entrouvrit, les sourcils froncés, et demanda d'un ton bourru :

— Qu'est-ce que c'est ? Je ne veux pas être dérangé.

La tête en forme d'œuf du petit bonhomme avec lequel Katherine avait dîné la veille apparut. Un large sourire éclairait son visage.

— Je m'appelle Hercule Poirot.

106

— Hercule Poirot ? balbutia le commissaire. Le vrai ?

— Lui-même. Nous nous sommes rencontrés une fois à la Sûreté, à Paris, monsieur Caux, mais vous l'avez sans doute oublié.

— Pas le moins du monde, monsieur, déclara le commissaire d'un ton chaleureux. Entrez, je vous en prie. Vous êtes au courant de cette...

— Oui, justement. Je suis venu voir si je pouvais vous être d'un quelconque secours.

— Nous en serions très honorés, répondit le commissaire. Permettez-moi de vous présenter, monsieur Poirot, à – il consulta le passeport qu'il tenait encore en main – madame, euh !... mademoiselle Grey.

Poirot adressa un sourire à Katherine.

— C'est étrange, non, murmura-t-il, que mes prédictions se soient réalisées aussi vite ?

— Hélas ! Mademoiselle ne sait que peu de chose, dit le commissaire.

— J'expliquais à ces messieurs que cette malheureuse jeune femme m'était totalement inconnue.

Poirot hocha la tête.

— Mais elle vous a parlé, dit-il gentiment. Vous vous en êtes fait une idée, non ?

— Oui, reconnut Katherine, songeuse. Probablement.

— Laquelle ?

— Oui, mademoiselle, intervint le commissaire, faites-nous part de vos impressions.

Katherine réfléchit. Elle avait le sentiment de trahir

une confidence, mais le mot horrible de « meurtre » qui résonnait à ses oreilles lui interdisait de rien cacher. Trop de choses pouvaient en dépendre. Elle répéta donc mot pour mot, aussi fidèlement que possible, la conversation qu'elle avait eue avec la défunte.

— C'est intéressant, dit le commissaire en jetant un coup d'œil à son collègue. N'est-ce pas, monsieur Poirot ? Je ne sais si cela a un rapport avec le crime...

Il ne termina pas sa phrase.

— Ça ne peut pas être un suicide ? demanda Katherine.

— Non, dit le commissaire. C'est impossible. Elle a été étranglée. Avec une cordelette noire.

— Oh ! s'écria Katherine en frissonnant.

M. Caux eut un geste d'excuse.

— Ce n'est pas très joli, en effet. Nos pirates du rail sont sans doute plus brutaux que les vôtres.

— C'est horrible.

— Oui, oui, dit-il d'un ton apaisant, mais vous avez beaucoup de courage, mademoiselle. Dès que je vous ai vue, je me suis dit : « Cette demoiselle a beaucoup de courage. » C'est pourquoi je vais vous demander de faire encore quelque chose... quelque chose de très pénible, mais d'absolument nécessaire.

Katherine le regarda avec appréhension.

Il eut un geste d'excuse.

— Je vais vous demander, mademoiselle, de bien vouloir m'accompagner dans le compartiment voisin.

— Est-ce vraiment indispensable ? demanda Katherine à voix basse.

— Il faut l'identifier, dit le commissaire, et comme la femme de chambre a disparu – il toussa de façon significative –, vous êtes la personne qui avez passé le plus de temps avec elle dans ce train.

— Très bien, dit calmement Katherine. S'il le faut...

Elle se leva. Poirot lui adressa un petit signe de tête approbateur.

— Mademoiselle est raisonnable, dit-il. Puis-je vous accompagner, monsieur Caux ?

— Avec plaisir, mon cher Poirot.

M. Caux déverrouilla la porte du compartiment où se trouvait le cadavre. Les stores avaient été relevés à moitié pour laisser entrer un peu de lumière. La victime était étendue sur la couchette de gauche, dans une posture si naturelle qu'on aurait pu la croire endormie. Les couvertures remontées jusqu'au menton, elle avait la tête tournée vers la paroi, de sorte qu'on ne voyait que sa chevelure auburn et bouclée. M. Caux lui posa une main sur l'épaule et la retourna de façon à faire apparaître le visage. Katherine eut un mouvement de recul et enfonça ses ongles dans la paume de ses mains. Un coup violent l'avait défigurée au point de la rendre presque méconnaissable.

Poirot s'exclama :

— Quand ce coup a-t-il été porté ? Avant ou après la mort ?

— Après, selon le docteur, répondit M. Caux.

— Étrange, déclara Poirot en fronçant les sourcils. (Il se tourna vers Katherine :) Soyez courageuse, mademoiselle. Regardez-la attentivement. Vous êtes sûre que c'est bien avec cette femme-là que vous avez eu une conversation hier ?

Katherine avait les nerfs solides. Elle s'arma de courage, et l'examina longuement et attentivement. Puis elle se pencha et lui prit la main.

— J'en suis tout à fait sûre, dit-elle enfin. Le visage est trop défiguré pour que je puisse le reconnaître, mais sa carrure et sa chevelure sont identiques. De plus, en parlant avec elle, j'avais remarqué ça, dit-elle en montrant le minuscule grain de beauté qu'elle avait sur le poignet.

— Bon, approuva Poirot. Vous faites un excellent témoin, mademoiselle. L'identité ne fait donc aucun doute, c'est tout de même étrange.

Il regarda la victime, les sourcils froncés. M. Caux haussa les épaules.

— Le meurtrier a dû être emporté par la rage, suggéra-t-il.

— Si elle avait été assommée, ce serait compréhensible, dit Poirot. Mais celui qui l'a étranglée s'est glissé derrière elle, à l'improviste. Une plainte étouffée... un petit gémissement, c'est probablement tout ce qu'elle a pu faire entendre. Et après ça, ce coup terrible sur le visage... Pourquoi ? Espérait-il la rendre méconnaissable afin qu'on ne puisse pas l'identifier ? Ou la haïssait-il au point de ne pouvoir résister à l'envie de lui assener ce coup, même après sa mort ?

Katherine frémit. Poirot la regarda gentiment.

— Pardonnez-moi, mademoiselle. Pour vous, tout

ceci est nouveau et abominable. Pour moi, hélas ! c'est une vieille chanson. Attendez encore un instant, s'il vous plaît...

Miss Grey et le commissaire regardèrent Poirot faire rapidement le tour du compartiment. Il prit note des vêtements de la morte soigneusement pliés au bout de la couchette, du grand manteau de vison accroché à une patère, et du petit chapeau rouge posé sur le filet. Puis il passa dans le compartiment contigu, celui où Katherine avait vu la femme de chambre assise. Là, le lit n'avait pas été fait. Trois ou quatre couvertures étaient empilées sur la couchette. Il y avait aussi un carton à chapeau et deux valises. Poirot se tourna soudain vers Katherine.

— Vous étiez là hier soir, dit-il. Voyez-vous quelque chose de changé ? Ou quelque chose qui manque ?

Katherine inspecta soigneusement les deux compartiments.

— Oui, dit-elle. Il manque quelque chose. Une mallette en maroquin rouge, portant les initiales « R.V.K. ». Cela ressemblait à une petite valise de toilette ou à un grand coffret à bijoux. Quand je l'ai vu, la femme de chambre le serrait contre elle.

— Ah ? dit Poirot.

— Mais alors..., dit Katherine enfin. Je... évidemment, je ne connais rien à ces histoires, mais cela paraît plutôt clair... S'il manque à la fois la femme de chambre et le coffret à bijoux...

— Vous pensez que c'est la femme de chambre

111

qui a commis le vol ? Non, mademoiselle. Une sérieuse raison s'y oppose.

— Laquelle ?

— La femme de chambre est restée à Paris, dit M. Caux. (Puis, s'adressant à Poirot :) Je voudrais que vous entendiez vous-même le récit du contrôleur, murmura-t-il sur un ton confidentiel. C'est tout à fait intéressant.

— Mademoiselle voudra l'entendre aussi sans doute, dit Poirot. Vous n'y voyez pas d'objection, monsieur le commissaire ?

— Non, répondit le commissaire, qui y voyait visiblement de nombreuses objections. Certainement pas, monsieur Poirot, si vous pensez que c'est nécessaire... Vous en avez fini, ici ?

— Je pense. Oh ! Une petite minute.

Il avait retourné les couvertures et, maintenant, il en examinait une près de la fenêtre. Il en retira quelque chose.

— Qu'est-ce que c'est ? demanda M. Caux.

— Quatre cheveux auburn. (Il se pencha au-dessus de la morte et déclara :) Oui, ils lui appartiennent.

— Et alors ? Vous pensez que c'est important ?

Poirot reposa la couverture sur la banquette.

— Qu'est-ce qui est important ? Qu'est-ce qui ne l'est pas ? Au stade où nous en sommes, nous l'ignorons mais nous devons noter soigneusement chaque détail.

Ils retournèrent dans le premier compartiment, et firent appeler le contrôleur.

— Vous vous nommez bien Pierre Michel ? demanda le commissaire.

— Oui, monsieur.

— J'aimerais que vous répétiez à ce monsieur – il indiqua Poirot – ce qui s'est passé à Paris.

— Très bien, monsieur le commissaire. Après avoir quitté la gare de Lyon je suis venu faire les lits, pensant que Madame se trouvait au wagon-restaurant. Mais elle s'était procuré un panier-repas. Elle m'expliqua qu'elle avait été obligée de laisser sa femme de chambre à Paris, que je n'avais donc qu'un seul lit à faire. Elle a emporté son panier-repas dans l'autre compartiment pendant que je préparais sa couchette. Puis elle m'a demandé de ne pas la réveiller de bonne heure le lendemain, car elle voulait dormir tout son saoul. Je lui ai dit que je comprenais très bien et je lui ai souhaité une bonne nuit.

— Vous n'êtes donc pas entré dans le compartiment voisin ?

— Non, monsieur.

— Par conséquent, vous n'avez pas remarqué un petit sac de maroquin rouge parmi les bagages ?

— Non, monsieur.

— Un homme aurait-il pu se cacher dans ce compartiment ?

— La porte était entrouverte, dit le contrôleur après avoir réfléchi. Si quelqu'un s'était trouvé derrière, je n'aurais pas pu le voir, mais Madame l'aurait vu quand elle est rentrée.

— Naturellement, dit Poirot. Avez-vous quelque chose à ajouter ?

— Je ne crois pas, monsieur. Je ne me rappelle rien d'autre.

— Et ce matin ? demanda vivement Poirot.

— Comme Madame me l'avait ordonné, je ne l'ai pas dérangée. C'est seulement en arrivant à Cannes, que je me suis risqué à frapper à sa porte. N'obtenant pas de réponse, j'ai ouvert. La dame avait l'air de dormir. Je l'ai prise par l'épaule pour la réveiller, et alors...

— Et alors vous avez vu ce qui s'était passé, acheva Poirot. Très bien. Je pense que vous m'avez dit tout ce que je voulais savoir.

— J'espère, monsieur le commissaire, n'avoir commis aucune faute, dit le contrôleur effondré. Une pareille histoire dans le Train Bleu ! C'est horrible.

— Tranquillisez-vous, dit le commissaire. Tout sera fait pour ne pas ébruiter l'affaire, ne serait-ce que dans l'intérêt de la Justice. Mais je ne pense pas que vous ayez commis la moindre faute.

— C'est ce que Monsieur le commissaire dira à la Compagnie ?

— Certainement, certainement, dit le commissaire, agacé. Vous pouvez disposer à présent.

Le contrôleur s'en alla.

— Selon le rapport du médecin, dit le commissaire, cette femme était probablement morte avant l'arrivée à Lyon. Qui l'a tuée ? D'après la déposition de Mademoiselle, il semble clair qu'elle devait rencontrer l'homme dont elle avait parlé au cours du voyage. Sa volonté de se débarrasser de sa femme de chambre semble à cet égard significative. L'homme est-il monté à Paris et l'a-t-elle caché dans le compartiment voisin ? Dans ce cas, ils se seraient peut-être querellés, et il aurait pu la tuer dans un accès de rage. C'est une première hypothèse. La seconde, qui me semble plus vraisemblable, est la suivante : son agresseur était un voleur voyageant dans ce train. Il aura pénétré dans le compartiment à l'insu du contrôleur, aura tué la voyageuse et se sera enfui avec la mallette en maroquin rouge qui contenait certainement des bijoux de valeur. Selon toute vraisemblance, il sera descendu à Lyon. Nous avons déjà télégraphié à la gare pour avoir des détails sur tous ceux qu'on aura vus quitter le train.

— L'assassin a pu continuer jusqu'à Nice, suggéra Poirot.

— C'est possible, reconnut le commissaire. Mais cela aurait été très risqué !

Poirot réfléchit.

— Vous pensez donc que nous avons affaire à un vulgaire pirate du rail ?

Le commissaire haussa les épaules.

— Cela dépend. Nous devons retrouver la femme de chambre. Elle a peut-être toujours la mallette de maroquin rouge ? Dans ce cas, il s'agirait d'un crime passionnel. Mais l'hypothèse du voleur me paraît la plus vraisemblable. Ces bandits se sont montrés particulièrement audacieux ces derniers temps.

— Et vous, mademoiselle ? Vous n'avez rien vu ni entendu d'anormal la nuit dernière ? demanda Poirot.

— Non.

— Je pense que nous n'avons pas besoin de retenir Mademoiselle plus longtemps.

Le commissaire hocha la tête.

— Elle va quand même nous laisser son adresse ?

Katherine lui donna le nom de la villa de lady Tamplin. Poirot lui fit un petit salut.

— Me permettrez-vous de vous revoir, mademoiselle ? Ou avez-vous tant d'amis que votre temps sera entièrement occupé ?

— Au contraire, dit Katherine. J'aurai beaucoup de temps libre et je serai très heureuse de vous revoir.

— Parfait, dit Poirot en lui adressant un petit signe de tête amical. Ce sera notre roman policier à nous. Nous enquêterons ensemble sur cette affaire.

12

La villa Marguerite

— Ainsi vous étiez au cœur de l'affaire ! s'exclama lady Tamplin avec envie. Ma chère, comme cela a dû être passionnant !

Elle ouvrit tout grands ses yeux bleu porcelaine et poussa un soupir.

— Un véritable assassinat, jubila Mr Evans.

— Bien entendu, Loulou n'avait pas la moindre idée de ce qui se passait, poursuivit lady Tamplin. Il ne pouvait tout simplement pas s'imaginer ce que voulait la police. Quelle chance, ma chère ! Vous savez, je pense que... oui, je crois que l'on devrait pouvoir tirer quelque chose de cette aventure.

Une lueur calculatrice vint ternir ses yeux bleus candides.

Katherine se sentit légèrement mal à l'aise. Ils venaient de finir de déjeuner. Elle regarda chacune des trois personnes assises à table : lady Tamplin toute à ses combines, Mr Evans l'admirant naïvement, et Lenox avec son étrange sourire.

— Quelle chance inouïe, murmura Loulou. Je regrette de n'avoir pas pu vous accompagner et... assister avec vous à tout ça...

Katherine ne répondit pas. La police ne lui avait pas imposé le silence, et il était clair qu'elle ne pouvait pas cacher les faits à son hôtesse. Mais elle le regrettait.

— Oui, dit lady Tamplin sortant soudain de sa rêverie, on doit pouvoir en faire quelque chose. Une sorte de petit reportage, adroitement tourné... Un témoignage oculaire, avec une touche de féminité : *Comment j'ai parlé avec la morte, loin de me douter...*, quelque chose de ce genre, vous voyez.

— Balivernes ! dit Lenox.

— Vous n'avez aucune idée, dit lady Tamplin, de ce que les journaux paieraient pour... un petit entrefilet de ce genre. Rédigé, bien sûr, par une personnalité à la position sociale irréprochable. Vous ne voudrez sans doute pas le faire vous-même, ma chère Katherine, mais donnez-moi les grandes lignes, et je me charge de tout. Mr de Haviland est un de mes bons amis. Nous avons passé un petit accord entre nous. Un homme délicieux, qui n'a rien de ces horribles journalistes. Que pensez-vous de mon idée, Katherine ?

— Je préférerais ne rien faire de tout cela, répondit-elle carrément.

118

Plutôt déconcertée par ce refus catégorique, lady Tamplin soupira et s'intéressa à d'autres détails.

— Une très belle femme, dites-vous ? Je me demande qui c'était... Vous n'avez pas entendu son nom ?

— Si, mais je ne me le rappelle pas. J'étais trop émue.

— Évidemment, dit Mr Evans. Cela a dû vous causer un choc terrible.

Si Katherine s'était rappelé le nom, cela n'aurait sans doute rien changé. L'interrogatoire éhonté de lady Tamplin l'irritait au plus haut point. Lenox, qui était observatrice, l'ayant remarqué, proposa à Katherine de lui montrer sa chambre. Après quoi, elle la quitta en lui disant gentiment :

— Ne vous frappez pas de ce que dit ma mère. Si elle pouvait tirer quatre sous de l'agonie de sa grand-mère, elle le ferait.

Quand Lenox redescendit, sa mère et son beau-père parlaient de la nouvelle venue.

— Présentable, tout à fait présentable, disait lady Tamplin. Et ses vêtements sont très convenables. Cet ensemble gris est le même que celui que portait Gladys Cooper dans *Palm Trees in Egypt*.

— Avez-vous remarqué ses yeux ? demanda Mr Evans.

— Qu'importent ses yeux ! répliqua lady Tamplin d'un ton acerbe. Nous parlons de ce qui compte vraiment.

119

— Oh ! Bien sûr, dit Mr Evans, en rentrant dans sa coquille.

— Elle ne me semble pas très... malléable, reprit lady Tamplin après avoir hésité pour trouver le mot juste.

— Elle a toutes les qualités d'une grande dame, comme on dit dans les livres, intervint Lenox avec un sourire.

— Esprit étroit, murmura lady Tamplin. Inévitable, sans doute, étant donné les circonstances.

— Je pense que vous ferez votre possible pour le lui élargir, répliqua Lenox, mais vous aurez du pain sur la planche. Vous avez dû remarquer qu'elle se bouchait les oreilles et freinait déjà des quatre fers.

— En tout cas, dit lady Tamplin, elle n'a pas du tout l'air avare. Pas comme certaines personnes qui semblent attacher à l'argent une importance ridicule.

— Oh ! Vous lui soutirerez ce que vous voudrez, dit Lenox. Après tout, c'est le principal. C'est bien pour cela qu'elle est ici, non ?

— Il s'agit de ma propre cousine, fit remarquer dignement lady Tamplin.

— Cousine, hein ? fit Mr Evans, de nouveau réveillé. Il faudra que je l'appelle Katherine ?

— Appelez-la comme vous voudrez, Loulou. Cela n'a aucune importance.

— Bien, dit Mr Evans. Dans ce cas, c'est ce que je ferai. Vous pensez qu'elle joue au tennis ? demanda-t-il plein d'espoir.

— Bien sûr que non. Je vous ai dit qu'elle était

dame de compagnie. Et les dames de compagnie ne jouent ni au tennis, ni au golf. Elles peuvent à la rigueur jouer au croquet, mais d'après ce que j'ai compris, elles passent le plus clair de leur temps à filer la laine et à faire la toilette des chiens.

— Mon Dieu ! s'exclama Mr Evans. Vraiment ?

Lenox remonta chez Katherine et, pour la forme, lui proposa son aide. Katherine ayant refusé, elle s'assit sur le bord de son lit, pensive.

— Pourquoi êtes-vous venue ? demanda-t-elle enfin. Chez nous, je veux dire. Nous ne sommes pas votre genre.

— Oh, j'étais désireuse d'entrer dans la bonne société.

— Ne faites pas l'idiote, répliqua promptement Lenox qui avait remarqué chez Katherine l'ombre d'un sourire. Vous savez très bien ce que je veux dire. Vous ne ressemblez pas du tout à ce que je pensais. Vous êtes très bien habillée. (Elle soupira.) Les toilettes ne me vont pas. Je n'ai aucune allure. C'est dommage, j'adore les vêtements.

— Moi aussi, dit Katherine, mais jusqu'ici je n'avais guère eu l'occasion de le manifester. Vous trouvez celui-là joli ?

Elles se mirent à discuter chaque modèle avec l'enthousiasme du connaisseur.

— Vous me plaisez, dit soudain Lenox. Je venais vous mettre en garde contre mère, mais je me rends compte que cela n'est pas nécessaire. Vous êtes terriblement honnête, droite et plein d'autres choses aussi étranges. Mais vous n'êtes pas stupide. Oh ! la barbe ! Que me veut-on encore ?

La voix plaintive de lady Tamplin montait du vestibule :

— Lenox, Derek vient de téléphoner. Il veut venir dîner ce soir. C'est possible ? Je veux dire... nous n'avons rien d'extravagant, des cailles par exemple ?

Lenox la rassura et retourna dans la chambre de Katherine, l'air plus gaie.

— Je suis contente que ce vieux Derek vienne nous voir, dit-elle. Il vous plaira.

— Qui est Derek ?

— C'est le fils de lord Leconbury. Il a épousé une riche Américaine. Toutes les femmes sont folles de lui.

— Pourquoi ?

— Oh, comme d'habitude : le mauvais sujet mais très beau garçon. Tout le monde en est toqué.

— Vous aussi ?

— Parfois. Et parfois je pense que j'aimerais épouser un gentil vicaire, vivre à la campagne et faire pousser des légumes dans des serres. (Après avoir réfléchi un instant, elle ajouta :) Un vicaire irlandais, c'est ce qui me conviendrait le mieux. Je pourrais chasser...

Mais elle revint aussitôt au sujet de conversation précédent.

— Derek a quelque chose de bizarre. Toute la famille est un peu cinglée. Tous joueurs invétérés. Jadis ils jouaient leurs femmes et leurs domaines, et se lançaient dans les aventures les plus insensées, juste pour le plaisir. Derek aurait fait un parfait bandit de grand chemin : joyeux et désinvolte, tout ce qu'il faut. (Elle se dirigea vers la porte.) Bon. Descendez quand vous voudrez...

Restée seule, Katherine se plongea dans ses pensées. Elle se sentait très mal à l'aise et choquée par ce qui l'entourait. La tragédie du train et la façon dont ses nouveaux amis avaient accueilli la nouvelle l'avaient profondément impressionnée. Elle pensa longuement à la femme assassinée. Elle la plaignait mais en toute honnêteté, elle ne pouvait pas dire qu'elle lui avait plu. L'impitoyable égoïsme qu'elle avait senti chez elle, et qui était la clef de sa personnalité, lui faisait horreur.

Elle avait été à la fois amusée et un peu vexée que Ruth, après s'être servie d'elle, l'ait tranquillement congédiée. Elle avait pris une décision, Katherine en était certaine, mais maintenant elle se demandait bien laquelle. En tout cas, quelle qu'elle ait été, la mort l'avait rendue caduque. Bizarre que ce voyage se soit terminé de façon aussi funeste, par un crime odieux...

Soudain, Katherine se souvint d'un petit fait, dont elle aurait peut-être dû informer la police ; un fait qui lui avait échappé au cours de l'interrogatoire. Était-ce important ? Il lui semblait bien avoir vu un homme entrer dans le compartiment de la victime, mais elle avait pu se tromper. Il s'agissait peut-être du compartiment voisin, et de toute façon l'homme en question ne pouvait pas être un pirate du rail. Elle se le rappelait très distinctement, puisqu'elle l'avait déjà vu deux fois – au Savoy, et chez Cook. Non, elle se trompait sûrement. Il n'avait pas pénétré dans le compartiment de la victime, et il valait sans doute mieux qu'elle n'ait rien dit à la police. Elle aurait pu causer des dommages incalculables...

Elle descendit et rejoignit les autres sur la terrasse. À travers les mimosas, on voyait les eaux bleues de la Méditerranée, et tandis qu'elle écoutait d'une oreille distraite le bavardage de lady Tamplin, elle se félicita d'être venue. On était mieux là qu'à St. Mary Mead.

Ce soir-là, elle revêtit la robe mauve « soupir d'automne ». Après s'être regardée dans le miroir en souriant, elle descendit, se sentant, pour la première fois de sa vie, un peu embarrassée.

La plupart des invités de lady Tamplin se trouvaient déjà là et, comme le bruit était la principale attraction des soirées à la villa Marguerite, le vacarme était déjà terrifiant. Loulou se précipita sur Katherine avec un cocktail et la prit sous son aile.

— Oh ! Vous voilà, Derek, s'écria lady Tamplin comme la porte s'ouvrait pour laisser entrer le dernier invité. Nous allons enfin pouvoir manger. Je meurs de faim.

Katherine sursauta. Ainsi c'était lui, Derek... Elle n'en était pas vraiment surprise. Elle avait toujours su qu'elle reverrait cet homme, qu'elle avait déjà rencontré trois fois, par une curieuse série de hasards. Il lui sembla que lui aussi l'avait reconnue. Il s'arrêta brusquement de parler et reprit non sans effort sa conversation avec lady Tamplin. Ils se rendirent tous à table, et Katherine se trouva assise à côté de lui. Il se tourna immédiatement vers elle avec un grand sourire.

— J'étais sûr que je vous reverrais bientôt, s'exclama-t-il, mais je n'aurais jamais supposé que ce serait ici. C'était inévitable, vous savez. Une fois au Savoy et une fois chez Cook... jamais deux sans trois. Ne me dites pas que vous ne vous souvenez pas de moi ou que vous ne m'aviez pas remarqué. De toute façon, je vous obligerai à me dire que vous m'aviez remarqué.

— Oh ! Je le reconnais. Mais ce n'est pas la troisième, c'est la quatrième fois que nous nous rencontrons. Je vous ai vu dans le Train Bleu.

— Dans le Train Bleu ! s'exclama-t-il, avec quelque chose d'indéfinissable dans le ton, comme s'il venait d'essuyer un échec.

Mais il enchaîna aussitôt avec légèreté :

— Pourquoi tout ce remue-ménage, ce matin ? Quelqu'un est mort, paraît-il ?

— Oui, dit Katherine, quelqu'un est mort.

— On ne devrait pas mourir dans les trains, remarqua Derek avec désinvolture. Cela entraîne toutes sortes de complications légales et internationales, et cela justifie des retards encore plus importants que d'habitude.

— Mr Kettering ?

Une Américaine assise en face de Derek, une forte femme, s'adressait à lui, sur ce ton décidé propre à ses compatriotes.

— Vous semblez m'avoir oubliée, Mr Kettering.
Moi qui vous trouvais si charmant !

Derek se pencha vers elle pour lui répondre. Quant
à Katherine, elle était abasourdie.

Kettering ! Bien sûr ! C'était le nom ! Elle s'en souvenait à présent. Mais quelle étrange situation ! Cet
homme, qu'elle avait vu entrer dans le compartiment
de sa femme la nuit dernière et qui l'avait quittée
vivante et bien portante, dînait maintenant tranquillement, sans se douter le moins du monde de son
tragique destin. Aucun doute là-dessus : il n'était au
courant de rien.

Un domestique s'approcha de Derek, lui tendit un
billet et lui murmura quelques mots à l'oreille. Derek
pria son hôtesse de l'excuser et ouvrit la lettre. Son
visage exprima le plus profond étonnement.

— Voilà qui est extraordinaire. Rosalie, je suis
navré de devoir vous quitter. Le préfet de police veut
me voir immédiatement. Je me demande bien pourquoi.

— Vos péchés vous auront rejoint, suggéra Lenox.

— Sûrement, dit Derek. Une idiotie quelconque,
sans doute, mais il faut que je me propulse jusqu'à la
préfecture... Comment ce brave vieux ose-t-il m'arra-
cher à mon dîner ? L'affaire doit être bigrement
sérieuse...

Il se leva et sortit en riant.

13

Van Aldin reçoit un télégramme

L'après-midi du 15 février, un épais brouillard jaune s'abattit sur Londres. Dans sa suite de l'hôtel Savoy, Rufus Van Aldin tirait le meilleur parti du mauvais temps en travaillant deux fois plus qu'à l'ordinaire. Knighton s'en réjouissait. Il avait été difficile, ces derniers temps, d'obtenir l'attention de son patron. Lorsqu'il lui signalait quelque urgence, celui-ci le rabrouait sèchement. Mais à présent Van Aldin était plongé dans le travail avec une énergie redoublée, et son secrétaire tirait le maximum de cette situation. Avec son tact habituel, il éperonnait Van Aldin si discrètement que celui-ci ne s'en rendait même pas compte.

Pourtant, aussi absorbé qu'il fût par ses affaires, quelque chose restait fiché à l'arrière-plan de ses pensées. Quelque chose qu'avait éveillé une remarque faite en toute innocence par son secrétaire. D'abord inconsciente, l'idée avait fini par grandir au point d'occuper maintenant tout son esprit.

Il paraissait écouter Knighton, avec la même attention qu'auparavant, mais en fait n'entendait rien de ce qu'il lui disait. Comme il hochait machinalement la tête, le secrétaire se mit à chercher un document.

— Pourriez-vous me répéter ce que vous me disiez tout à l'heure ? demanda soudain Van Aldin.

— Au sujet de ce rapport, monsieur ? demanda finalement Knighton qui n'avait pas compris la question, en lui montrant les papiers qu'il tenait en main.

— Non, non. À propos de la femme de chambre de Ruth que vous auriez vue à Paris, la nuit dernière. C'est impossible. Vous avez dû faire erreur.

— Je ne peux pas m'être trompé, monsieur. Je lui ai même parlé.

— Dans ce cas, racontez-moi de nouveau tout, depuis le début.

— J'avais conclu l'accord avec Bartheimers, commença Knighton, et j'étais retourné au Ritz pour prendre mes affaires avant de dîner et d'attraper ensuite le train de 9 heures à la gare du Nord. À la réception de l'hôtel, j'ai cru reconnaître la femme de chambre de Mrs Kettering. Je me suis approché d'elle et je lui ai demandé si Mrs Kettering était descendue au Ritz.

— Oui, oui, dit Van Aldin. Bien sûr, je sais. Et elle vous a répondu que Ruth était partie pour la Riviera et l'avait envoyée au Ritz en attendant de nouvelles instructions ?

— Exactement, monsieur.

— C'est étrange, fit remarquer Van Aldin. Très étrange. À moins qu'elle se soit montrée impertinente ou qu'elle ait fait quelque chose...

— Dans ce cas, objecta Knighton, Mrs Kettering lui aurait donné de quoi rentrer en Angleterre. Elle ne l'aurait pas installée au Ritz.

— En effet, murmura Van Aldin. Vous avez raison.

Il allait ajouter quelque chose, mais il s'arrêta. Il aimait beaucoup Knighton et lui accordait toute sa confiance, mais il ne pouvait se permettre de discuter avec lui de la conduite de sa fille. Il s'était déjà senti blessé par le manque de franchise de Ruth, et cette information fortuite n'était pas faite pour effacer ses soupçons.

Pourquoi Ruth s'était-elle débarrassée de sa femme de chambre à Paris ? Quel mobile avait bien pu l'y pousser ?

Il songea un instant à ce curieux hasard. Comment Ruth aurait-elle pu penser, sauf coïncidence extraordinaire, que la première personne que rencontrerait sa femme de chambre à Paris serait le secrétaire de son père ? Ah ! Mais c'était ainsi que les choses arrivaient. Que les secrets se découvraient...

Cette dernière phrase le fit tressaillir. Elle lui était venue à l'esprit tout naturellement. Y avait-il donc un secret à découvrir ? Il répugnait à se poser la question, mais il ne doutait pas de la réponse. La réponse, c'était – il en était sûr – Armand de la Roche.

Que sa propre fille se laisse duper par un individu

129

pareil, voilà qui était amer ! Cependant, il fallait admettre qu'elle se trouvait en bonne compagnie : bien d'autres femmes, toutes plus intelligentes et distinguées les unes que les autres, avaient succombé à la fascination du comte. Les hommes le perçaient à jour, pas les femmes.

Il chercha quelque chose de nature à apaiser les soupçons que son secrétaire aurait pu concevoir.

— Ruth change d'avis à tout bout de champ, dit-il. (Feignant l'indifférence, il ajouta :) La femme de chambre ne vous a donné... euh... aucune explication pour ce changement soudain ?

D'une voix qu'il s'appliqua à rendre naturelle, Knighton répondit :

— D'après elle, Mrs Kettering aurait rencontré par hasard une de ses connaissances.

— Vraiment ?

La note d'inquiétude qui perçait sous ce bref commentaire n'échappa pas à l'oreille exercée de Knighton.

— Je comprends. Un homme ou une femme ?

— Je crois qu'elle a parlé d'un homme, monsieur.

Van Aldin hocha la tête. Ses pires craintes se confirmaient. Il se leva et commença à arpenter la pièce. Incapable de se contenir davantage, il explosa :

— Il y a une chose que l'homme ne pourra jamais obtenir de la femme : c'est qu'elle écoute la raison. D'une façon ou d'une autre, les femmes semblent dénuées de tout bon sens. Ne me parlez pas de l'intuition féminine ! Tout le monde sait que la femme est une proie tout indiquée pour le premier vaurien venu. Pas une sur dix n'est capable de déceler un escroc. Elles se laissent envoûter par n'importe quel beau parleur bien bâti. Si je pouvais...

Il fut interrompu par un groom, porteur d'un télégramme qu'il ouvrit. Il devint soudain livide, agrippa une chaise pour ne pas tomber, et fit signe au groom de sortir.

— Qu'y a-t-il, monsieur ?

Knighton s'était levé, inquiet.

— Ruth ! dit Van Aldin d'une voix rauque.

— Mrs Kettering ?

— Morte !

— Le train a eu un accident ?

Van Aldin secoua la tête.

— Non. On l'a volée aussi. Ils n'emploient pas le mot, Knighton, mais ma pauvre fille a été assassinée !

— Oh, mon Dieu, monsieur !

— Ce télégramme a été envoyé par la police de Nice. Je dois m'y rendre par le premier train.

Toujours efficace, Knighton jeta un coup d'œil à la pendule.

— Il part à 5 heures de Victoria, monsieur.

— Très bien. Vous m'accompagnerez, Knighton. Prévenez mon valet, Archer, et préparez votre valise. Occupez-vous de tout. Je dois faire un saut à Curzon Street.

La sonnerie du téléphone retentit. Le secrétaire décrocha le combiné.

131

— Allô ! De la part de qui ? (Puis s'adressant à Van Aldin :) Mr Goby, monsieur.

— Goby ? Je ne peux pas le recevoir maintenant. Non, attendez. J'ai tout mon temps. Qu'on le fasse monter.

Van Aldin était un homme d'acier. Il avait déjà retrouvé un calme apparent. Rares sont ceux qui auraient remarqué quoi que ce soit d'anormal chez lui quand il reçut Mr Goby.

— Je suis pressé, Goby. Vous avez quelque chose d'important à m'apprendre ?

Mr Goby toussota.

— Les allées et venues de Mr Kettering, monsieur. Vous m'aviez demandé de vous les rapporter.

— Eh bien ?

— Mr Kettering, monsieur, a quitté Londres pour la Riviera hier matin.

— Quoi ?

L'accent fit sursauter Mr Goby. Ce digne gentleman se départit pour une fois de son habitude de ne jamais regarder son interlocuteur : il jeta un coup d'œil sur Van Aldin.

— Par quel train ? demanda Van Aldin.

— Le Train Bleu, monsieur.

Mr Goby toussota encore et, s'adressant à la pendule au-dessus de la cheminée, déclara :

— Mademoiselle Mireille, la danseuse du Parthénon, a pris le même train.

14

La déposition d'Ada Mason

— Je ne saurais trop vous dire, monsieur, les sentiments d'horreur, de consternation, de profonde compassion que nous ressentons...

C'est en ces termes que M. Carrège, juge d'instruction, s'adressa à Van Aldin. Le commissaire, M. Caux, émit quelques grognements de sympathie. D'un geste, Van Aldin repoussa l'horreur, la consternation et la sympathie. Cela se passait dans le bureau du juge d'instruction à Nice. Outre M. Carrège, le commissaire et Van Aldin, un autre personnage se trouvait là. Celui-ci prit la parole.

— Mr Van Aldin veut des actes. Et vite.

— Ah ! s'écria le commissaire. Je ne vous ai pas présenté. Mr Van Aldin, voici M. Hercule Poirot, dont vous avez certainement entendu parler. Il a pris sa retraite depuis quelques années déjà, mais son nom est toujours synonyme du plus grand détective de ce temps.

— Enchanté de faire votre connaissance, monsieur Poirot, dit Van Aldin en utilisant machinalement une formule à laquelle il avait renoncé depuis longtemps. Ainsi, vous n'exercez plus votre profession ?

— En effet, monsieur. Je goûte maintenant les joies de l'existence.

Le petit homme fit un geste grandiloquent.

— Il se trouve que M. Poirot voyageait justement dans le Train Bleu, expliqua le commissaire. Il a bien voulu nous faire profiter de son immense expérience.

Van Aldin l'examina d'un regard perçant. Puis, subitement, il déclara :

— Je suis très riche, monsieur Poirot. On dit souvent que les hommes riches s'imaginent pouvoir acheter tout ce qu'ils désirent. Ce n'est pas vrai. Mais je suis un homme puissant dans mon genre, et un homme puissant peut demander une faveur à son pareil.

Poirot hocha vivement la tête.

— C'est très joliment exprimé, monsieur Van Aldin. Je me mets à votre entière disposition.

— Merci, dit Van Aldin. Demandez-moi ce que vous voudrez, vous ne serez jamais déçu. Et maintenant, messieurs, au travail !

— Je propose d'interroger d'abord la femme de chambre, Ada Mason, dit M. Carrège. Elle est ici, si j'ai bien compris ?

— Oui, dit Van Aldin. Nous l'avons embarquée à

Paris, en passant. Elle est très bouleversée par la mort de sa maîtresse, mais son histoire est assez cohérente.

— Nous allons la faire entrer, dit M. Carrège en agitant une clochette.

Quelques minutes plus tard, Ada Mason se présentait, très strictement vêtue de noir et le bout du nez rouge. Elle avait troqué ses gants gris de voyage contre des gants noirs en suède. Elle jeta un coup d'œil inquiet autour d'elle et sembla soulagée par la présence du père de sa maîtresse. Le juge d'instruction, qui se piquait d'amabilité, fit de son mieux pour la mettre à l'aise, aidé en cela par Poirot, qui servait d'interprète, et dont l'attitude cordiale rassura l'Anglaise.

— Vous vous appelez bien Ada Mason ?

— Ada Béatrice sont mes noms de baptême, répondit-elle d'un air guindé.

— Bon. Nous comprenons très bien, Mason, que ce drame vous bouleverse.

— Oh, oui ! monsieur. J'ai servi beaucoup de dames et j'ai toujours donné satisfaction, j'espère, mais je n'aurais jamais pensé que quelque chose de pareil arriverait dans une de mes places.

— Bien sûr, dit M. Carrège.

— Bien entendu, j'ai déjà lu des histoires de ce genre dans les journaux du dimanche. Je savais que ces trains étrangers...

Elle s'arrêta net, se rappelant soudain que les messieurs qui lui faisaient face étaient de la même nationalité que ces trains.

— Reprenons à présent l'affaire à son début, dit M. Carrège. Si j'ai bien compris, il n'était pas question que vous restiez à Paris lorsque vous avez quitté Londres ?

— Oh ! Non, monsieur. Nous devions aller directement à Nice.

— Aviez-vous déjà accompagné votre maîtresse à l'étranger auparavant ?

— Non, monsieur. Je n'étais à son service que depuis deux mois, voyez-vous.

— Semblait-elle dans son état normal au début du voyage ?

— Elle était comme inquiète et un peu contrariée. Elle était aussi irritable et difficile à contenter.

M. Carrège hocha la tête.

— Et maintenant, Mason, quand a-t-il été question pour la première fois que vous restiez à Paris ?

— À cet endroit qu'ils appellent la gare de Lyon, monsieur. Ma maîtresse voulait descendre du train pour se promener un peu sur le quai. Au moment où elle est sortie dans le couloir, elle a poussé un cri et elle est rentrée dans son compartiment avec un homme. Elle a fermé la porte de communication entre nos deux compartiments, ce qui fait que je n'ai rien vu ni entendu. Soudain, elle a rouvert la porte et m'a annoncé qu'elle avait changé d'avis. Elle m'a donné de l'argent, en me disant de descendre du train et d'aller au Ritz. Elle m'a dit qu'ils la connaissaient bien là-bas et qu'ils me donneraient une chambre. Ensuite, je devais attendre ses instructions. Elle devait me télé-

136

graphier pour me dire ce que je devais faire. J'ai juste eu le temps de rassembler mes affaires et de sauter du train avant qu'il reparte. Ç'a été la course.

— Pendant que Mrs Kettering vous donnait ces instructions, où se trouvait le gentleman ?

— Dans l'autre compartiment, monsieur. Il regardait par la fenêtre.

— Pouvez-vous nous le décrire ?

— Eh bien, monsieur, je l'ai à peine vu. Il m'a tourné le dos presque tout le temps. Il était grand et brun, c'est tout ce que je peux dire. Il était habillé comme tout le monde. Il avait un pardessus bleu foncé et un chapeau gris.

— Voyageait-il dans le même train ?

— Je ne crois pas, monsieur. Pour moi, il était venu voir Mrs Kettering au passage. Mais bien sûr, il aurait aussi pu être dans le train... Je n'y avais pas pensé.

Mason semblait quelque peu troublée par cette suggestion.

Sans insister, M. Carrège passa à un autre sujet.

— Votre maîtresse a demandé au contrôleur de ne pas la réveiller de bonne heure le lendemain. Cela vous paraît-il normal de sa part ?

— Oh ! Oui, monsieur. Ma maîtresse ne prenait jamais de petit déjeuner et comme elle dormait mal la nuit, elle dormait tard le matin.

M. Carrège changea une fois encore de sujet.

— Parmi les bagages se trouvait une mallette de maroquin rouge, n'est-ce pas ? C'était le coffret à bijoux de votre maîtresse ?

— Oui, monsieur.

— L'avez-vous emporté au Ritz ?

— Moi, monsieur ? Emporter le coffret à bijoux de Madame au Ritz ? Oh ! Non, monsieur, s'exclama Mason, horrifiée.

— Vous l'avez laissé dans le train ?

— Oui, monsieur.

— Savez-vous si votre maîtresse avait emporté beaucoup de bijoux ?

— Oui, monsieur, un certain nombre. Cela m'inquiétait d'ailleurs, avec toutes les histoires de vol qu'on raconte dans les pays étrangers. Ils étaient assurés, bien sûr, mais n'empêche, c'était un risque terrible. D'après ce qu'elle m'avait dit, rien que les rubis valaient plusieurs centaines de milliers de livres.

— Les rubis ! Quels rubis ? vociféra Van Aldin.

Mason se tourna vers lui.

— Il me semble que c'est vous qui les lui avez offerts, monsieur, il n'y a pas longtemps.

— Mon dieu ! s'écria Van Aldin. Ne me dites pas qu'elle avait emporté ces rubis ? Je lui avais dit de les déposer à la banque !

Mason fit de nouveau entendre le toussotement discret qui paraissait faire partie de son personnage de femme de chambre. Mais cette fois-ci il était plein de sens. Il exprimait, bien mieux que des paroles, le fait que sa maîtresse n'en faisait jamais qu'à sa tête.

— Il fallait que Ruth soit devenue folle, marmonna Van Aldin. Qu'est-ce qui lui a pris ?

M. Carrège émit à son tour une petite toux pleine de signification, pour attirer l'attention de Van Aldin.

— Ce sera tout pour le moment, dit M. Carrège à Mason. Si vous voulez bien passer dans la pièce à côté, mademoiselle, on va vous lire les questions et vos réponses, et vous donnerez votre accord.

Mason sortit, accompagnée de l'employé.

— Eh bien ? demanda aussitôt Van Aldin.

M. Carrège ouvrit un tiroir de son bureau et en sortit une lettre qu'il tendit à Van Aldin.

— Elle a été trouvée dans le sac à main de Madame.

Chère amie. Je vous obéirai. Je me montrerai prudent, discret – toutes choses haïssables pour un amant. Paris aurait sans doute été imprudent, mais les îles d'Or sont retirées du monde, et soyez certaine que rien ne transpirera. C'est bien de vous et de votre divine sensibilité de vous intéresser ainsi au livre que j'écris sur les bijoux célèbres. Ce sera pour moi un extraordinaire privilège de voir et de toucher ces rubis historiques. Je consacre un chapitre spécial au « Cœur de feu ». Mon unique aimée ! Je vous ferai bientôt oublier toutes ces longues années de tristesse et de séparation. Votre adorateur pour l'éternité.

Armand

15

Le comte de la Roche

Van Aldin lut la lettre en silence, mais devint rouge de colère. Les veines saillirent sur son front et, incons- ciemment, il serra les poings. Il rendit la lettre sans un mot. M. Carrège fixait attentivement son bureau, M. Caux regardait le plafond et M. Hercule Poirot ôtait avec des trésors de concentration un grain de poussière sur la manche de son pardessus. Pleins de tact, aucun d'eux ne regardait Van Aldin.

Ce fut M. Carrège, conscient des devoirs de sa charge, qui attaqua le sujet délicat.

— Peut-être savez-vous, monsieur, qui... euh, qui a écrit cette lettre ? murmura-t-il.

— Oui, je le sais, répondit Van Aldin, accablé.

— Ah ? fit le juge, d'un ton interrogateur.

— Un escroc, qui se fait appeler le comte de la Roche.

Le silence se fit. Puis Poirot se pencha, redressa une règle sur le bureau du juge, et s'adressa à Van Aldin :

— Nous comprenons, nous comprenons tous très bien qu'il vous soit douloureux d'aborder ces questions, mais croyez-moi, monsieur, les cachotteries ne sont plus de mise. Si justice doit être faite, il faut que nous sachions toute la vérité. Si vous voulez bien réfléchir une minute, vous en serez vite convaincu.

Van Aldin resta d'abord silencieux puis, comme à contrecœur, il hocha la tête.

— Vous avez raison, monsieur Poirot. Aussi pénible que cela soit pour moi, je n'ai pas le droit de soustraire les faits à la justice.

Le commissaire poussa un soupir de soulagement et le juge d'instruction se cala de nouveau sur son siège. Il rajusta son lorgnon sur son nez pointu.

— Pourriez-vous nous raconter à votre manière, monsieur Van Aldin, tout ce que vous savez sur ce gentleman ?

— Tout a commencé il y a une douzaine d'années, à Paris. Ma fille était alors très jeune, pleine d'idées folles et romantiques, comme toutes les jeunes filles. À mon insu, elle a fait la connaissance de ce comte de la Roche. Peut-être avez-vous entendu parler de lui ?

Ensemble, le commissaire et Poirot firent un signe affirmatif.

— Il se fait appeler le comte de la Roche, poursuivit Van Aldin, mais je doute fort qu'il ait droit à ce titre.

— Vous ne trouveriez pas son nom dans le Gotha, reconnut le commissaire.

— Je l'ai compris très vite, reprit Van Aldin. C'était un bel homme, une crapule très convaincante, qui exerçait une véritable fascination sur les femmes. Ruth en est tombée amoureuse, mais j'ai immédiatement mis le holà à l'affaire. Cet homme n'était en effet qu'un vulgaire gredin.

— Vous avez raison, dit le commissaire. Le comte de la Roche est connu de nos services. Si cela était possible, nous l'aurions déjà mis sous les verrous, mais, ma foi ! ce n'est pas facile. Il est rusé, il s'arrange toujours pour se lier avec des femmes de la haute société. S'il obtient d'elles de l'argent – pour une affaire imaginaire ou en les faisant chanter –, elles ne portent évidemment pas plainte. Elles ne veulent pas se ridiculiser aux yeux du monde. Sans compter qu'il exerce sur elles un extraordinaire pouvoir.

— C'est un fait, reprit Van Aldin, accablé. Ainsi, comme je vous l'ai dit, j'ai très vite mis un terme à cette affaire. J'ai expliqué à Ruth qui il était réellement et il a bien fallu qu'elle me croie. Un an plus tard environ, elle a rencontré son mari actuel. Je pensais que toute cette affaire était terminée, mais à mon grand étonnement, j'ai découvert, il y a une semaine, que ma fille avait repris des relations avec le comte de la Roche. Ils s'étaient rencontrés à maintes reprises à Londres et à Paris. Je lui ai reproché son imprudence, car il faut que je vous dise, messieurs, que, sur mon insistance, ma fille s'était décidée à entamer une procédure de divorce.

— Voilà qui est intéressant, murmura doucement Poirot, les yeux au plafond.

Van Aldin lui jeta un regard incisif et poursuivit.

— Je lui ai fait remarquer qu'elle commettait une folie en continuant de voir le comte dans ces circonstances. Je pensais l'avoir convaincue...

Le juge toussota avec délicatesse.

— À en croire cette lettre..., commença-t-il.

Van Aldin serra les mâchoires.

— Je sais. Aussi déplaisantes qu'elles soient, il faut regarder les choses en face. Il me paraît clair que Ruth avait prévu de se rendre à Paris et d'y rencontrer le comte de la Roche. À la suite de mes avertissements, elle lui a sans doute écrit pour lui proposer un autre lieu de rendez-vous.

— Les îles d'Or, lieu retiré et idyllique, dit rêveusement le commissaire, juste en face d'Hyères.

Van Aldin fit un signe de tête affirmatif.

— Mon Dieu ! Comment Ruth a-t-elle pu se comporter de façon si stupide ? s'exclama-t-il avec amertume. Et cette histoire de livre sur les bijoux ! Il avait certainement les rubis en tête depuis le début.

— Il existe des rubis très célèbres, dit Poirot, qui faisaient partie à l'origine des joyaux de la Couronne de Russie. Ils sont uniques et ils ont une valeur colossale. Le bruit a couru récemment qu'ils auraient été

144

cédés à un Américain. Devons-nous en conclure, monsieur, que vous êtes l'acquéreur ?

— Oui, répondit Van Aldin. Je les ai achetés il y a une dizaine de jours à Paris.

— Excusez-moi, monsieur, mais depuis combien de temps étiez-vous en négociation pour l'achat de ces rubis ?

— Depuis un peu plus de deux mois. Pourquoi ?

— Ce type de transaction ne passe pas inaperçu. Il y a toujours foule sur la piste de bijoux pareils.

Une grimace défigura Van Aldin.

— Je me souviens d'une plaisanterie que j'ai faite quand je les ai donnés à ma fille. Je lui ai demandé de ne pas les emporter avec elle sur la Riviera, car je ne tenais pas à ce qu'elle soit volée ou assassinée pour ces rubis. Mon Dieu ! Ces choses qu'on dit, sans penser qu'elles peuvent se réaliser !

Un silence compatissant suivit. Puis Poirot déclara posément :

— Reprenons les faits dans l'ordre. D'après ce que nous savons, voici comment les choses se sont passées. Le comte de la Roche sait que vous avez acheté ces bijoux. Par un habile stratagème, il pousse Mrs Kettering à les lui apporter. Ce serait donc lui l'homme que Mason a vu dans le train à Paris.

Les trois autres approuvèrent.

— Madame est d'abord surprise de le voir, mais il se rend rapidement maître de la situation. On congédie Mason et on fait venir un panier-repas. Nous savons par le contrôleur qu'il a préparé la couchette

145

du premier compartiment ; mais il n'est pas entré dans l'autre, et quelqu'un pouvait très bien s'y cacher. Jusque-là, le comte est passé inaperçu. Personne n'est au courant de sa présence dans le train, excepté Madame. Il a fait en sorte que la femme de chambre ne puisse pas voir son visage. Tout ce qu'elle a pu dire, c'est qu'il était grand et brun. Une description, vous en conviendrez, des plus vagues. Ils sont donc seuls, et le train fonce dans la nuit. Il n'y aura ni cris, ni lutte, car elle croit que cet homme l'aime.

Plein de sympathie, il se tourna vers Van Aldin :

— La mort, monsieur, a dû être presque instantanée. Nous n'insisterons pas sur ce point. Le comte s'empare du coffret à bijoux qui se trouve à portée de sa main. Peu après, le train arrive à Lyon.

M. Carrège hocha la tête.

— Précisément. Le contrôleur descend. Notre homme peut facilement s'échapper sans se faire remarquer et monter dans un train pour Paris ou toute autre destination de son choix. Le crime sera mis au compte d'un vulgaire voleur. Sans cette lettre retrouvée dans le sac à main de Madame, nous aurions ignoré l'existence du comte.

— C'est une erreur de sa part de ne pas avoir fouillé son sac, déclara le commissaire.

— Il a sans doute pensé qu'elle l'avait détruite. La garder, c'était... excusez-moi, monsieur, une bêtise monumentale.

— Et pourtant, murmura Poirot, le comte aurait dû y penser.

— Que voulez-vous dire ?

— Nous sommes tous d'accord sur un point : s'il y a un sujet que le comte de la Roche connaît à fond, c'est bien les femmes. Et les connaissant comme il les connaît, il n'a pas prévu que Mrs Kettering conserverait cette lettre ?

— Oui, oui, reconnut le juge dubitatif, il y a du vrai dans ce que vous dites. Mais dans des moments pareils, vous comprenez, un homme n'est plus maître de lui. Il ne raisonne pas froidement. Seigneur ! s'exclama-t-il avec conviction, si nos criminels agissaient tous avec sang-froid et intelligence, comment pourrions-nous les capturer ?

Poirot sourit.

— L'affaire me semble claire, reprit le juge, mais difficile à prouver. Le comte a l'habitude de nous filer entre les doigts, et à moins que la femme de chambre ne puisse l'identifier...

— Ce qui est peu probable, dit Poirot.

— En effet, en effet. (Le juge se caressa le menton.) Cela ne va pas être facile.

— Si c'est lui qui a commis le crime..., commença Poirot.

M. Caux l'interrompit.

— Si..., vous avez dit *si* ?

— Oui, monsieur le commissaire, j'ai dit *si*.

L'autre le dévisagea.

— Vous avez raison, dit-il enfin, nous brûlons les étapes. Le comte a peut-être un alibi, auquel cas nous aurions l'air d'imbéciles.

147

— Ah, ça ! c'est sans importance, répliqua Poirot. Il est bien évident que, s'il a commis le crime, il a un alibi. J'ai dit *si* pour une raison bien précise.

— Laquelle ?

— La psychologie, dit Poirot en agitant énergiquement son index.

— Pardon ? dit le commissaire.

— La psychologie n'est pas respectée. Le comte est un gredin... oui. Le comte est un escroc... oui. Le comte s'attaque aux femmes... Il se proposait de voler les bijoux de Madame ? Encore, oui. Les hommes de ce genre sont tous des lâches. Ils ne prennent pas de risques. Ils jouent la sécurité, préparent des coups bas, honteux... Mais le meurtre ! Mille fois non !

Et il secoua la tête pour manifester sa désapprobation.

Le juge d'instruction ne semblait pas disposé à partager son opinion.

— Et puis un beau jour, ces gens-là perdent la tête et vont trop loin, observa-t-il avec sagesse. C'est sans doute ce qui s'est passé. Sans vouloir vous contredire, monsieur Poirot...

— C'est mon point de vue, se hâta de préciser Poirot. Mais bien entendu l'affaire est entre vos mains. Vous ferez comme bon vous semblera.

— Pour ma part, je suis tranquille : le comte de la Roche est bien l'homme que nous cherchons, dit M. Carrège. Vous êtes de mon avis, monsieur le commissaire ?

— Tout à fait.

— Et vous, monsieur Van Aldin ?

— Oui. Cet homme est un parfait bandit, sans aucun doute.

— Il ne sera pas simple de lui mettre la main dessus, dit le juge, mais nous ferons de notre mieux. Nous allons câbler des ordres immédiatement.

— Permettez-moi de vous offrir mes services, dit Poirot. Cela ne devrait soulever aucune difficulté.

— Hein ?

Les autres le dévisagèrent. Le petit bonhomme leur adressa un sourire radieux.

— Mon métier consiste à savoir ce qui se passe, expliqua-t-il. Le comte est un homme intelligent. Il se trouve actuellement dans une villa qu'il a louée, la villa Marina à Antibes.

16

Poirot discute l'affaire

Ils considérèrent tous Poirot avec respect. Celui-ci marquait indubitablement un point. Le commissaire se mit à rire, d'un rire un peu jaune.

— Vous nous apprenez notre métier ! s'exclama-t-il. M. Poirot en sait davantage que la police.

Poirot contemplait le plafond avec une feinte modestie.

— Que voulez-vous ? Tout savoir, c'est mon dada. Il faut dire que j'ai tout mon temps. Je ne suis pas débordé de travail.

— Ah ! soupira le commissaire en secouant la tête avec conviction, en ce qui me concerne...

Et il fit un geste grandiloquent pour évoquer les charges qui pesaient sur ses épaules.

Poirot se tourna soudain vers Van Aldin.

— Partagez-vous cette opinion, monsieur ? Êtes-vous certain que le comte de la Roche est le meurtrier ?

— Eh bien... il me semble que oui. Oui, certainement.

Cette réponse quelque peu hésitante provoqua l'étonnement du juge. Conscient d'être observé, Van Aldin demanda, comme pour chasser une idée importune :

— Et mon gendre ? Lui avez-vous annoncé la nouvelle ? Je crois savoir qu'il est à Nice actuellement.

— Bien sûr, monsieur. (Le commissaire hésita, puis murmura très discrètement :) Vous savez sans doute, monsieur Van Aldin, que Mr Kettering voyageait également dans le Train Bleu la nuit dernière ?

— Oui, je l'ai appris juste avant de quitter Londres, reconnut-il.

— Il prétend, poursuivit le commissaire, qu'il ignorait la présence de sa femme dans le train.

— Pardi ! répondit Van Aldin d'un air sombre. Cela lui aurait fait un sacré choc de la rencontrer là.

Les trois hommes le regardèrent d'un air interrogateur.

— Je n'irai pas par quatre chemins, messieurs. Personne ne sait ce que ma pauvre enfant a dû endurer. Derek Kettering ne voyageait pas seul. Il était avec une femme.

— Ah ?

— Avec Mireille, la danseuse.

M. Carrège et le commissaire échangèrent un regard et hochèrent la tête, comme si ces propos venaient confirmer une de leurs conversations.

M. Carrège se renversa dans son fauteuil, joignit les mains et leva les yeux au plafond.

— Ah ! murmura-t-il de nouveau. Nous nous demandions... Le bruit courait...

— Cette dame est très connue, remarqua M. Caux.

— Et très chère, compléta doucement Poirot.

Van Aldin était devenu tout rouge. Il se pencha en avant et frappa du poing sur la table.

— Écoutez ! Mon gendre est un fieffé scélérat ! hurla-t-il, le regard furieux. Oh ! et puis je ne sais pas. Il est beau et charmant. Je m'y suis parfois laissé prendre. Il a dû faire semblant d'avoir le cœur brisé lorsque vous lui avez appris la nouvelle. S'il ne la connaissait pas déjà, bien sûr.

— Oh ! il a paru stupéfait. Et bouleversé.

— Quel petit hypocrite ! dit Van Aldin. Il a simulé une grande douleur, j'imagine ?

— N... on, répondit le commissaire prudemment. Je ne dirais pas ça... qu'en pensez-vous, monsieur Carrège ?

Le juge joignit les mains et ferma à demi les yeux.

— Horrifié, choqué, stupéfait, sans aucun doute, déclara-t-il, objectif. Mais une grande douleur... non, il n'en a pas manifesté.

— Permettez-moi de vous demander, monsieur, intervint Poirot, si Mr Kettering tire profit de la mort de sa femme ?

— Il hérite de deux millions, dit Van Aldin.

— De dollars ?

— De livres. J'ai donné cette somme à Ruth le jour

de son mariage. Puisqu'elle n'a pas fait de testament et qu'elle ne laisse pas d'enfants, cet argent revient à son mari.

— Dont elle était sur le point de divorcer, murmura Poirot. Précisément !

Le commissaire se tourna vivement vers lui.

— Voulez-vous dire..., commença-t-il.

— Je ne veux rien dire, répondit Poirot. J'ordonne les faits, c'est tout.

Il se leva. Van Aldin le regardait avec de plus en plus d'intérêt.

— Je ne pense pas pouvoir vous être encore utile, monsieur le juge, dit poliment Poirot en saluant M. Carrège. Vous me tiendrez au courant de la suite des événements. Je vous en serais reconnaissant.

— Mais certainement, certainement.

Van Aldin se leva également.

— Vous n'avez plus besoin de moi ?

— Non, monsieur. Nous avons tous les renseignements nécessaires pour l'instant.

— Dans ce cas, je vais faire quelques pas avec M. Poirot. S'il n'y voit pas d'inconvénient, bien entendu.

— J'en serai enchanté, monsieur, dit celui-ci en s'inclinant.

Van Aldin alluma un gros cigare, après en avoir offert un à Poirot, qui l'avait refusé et allumait une de ses minuscules cigarettes. Doué d'une étonnante force de caractère, Van Aldin semblait avoir retrouvé son attitude habituelle. Ils marchèrent quelque temps en silence.

— J'ai cru comprendre, monsieur Poirot, que vous n'exercez plus votre profession ? dit-il enfin.

— C'est exact, monsieur. Je profite de la vie.

— Et pourtant, vous aidez la police dans cette affaire ?

— Monsieur, si un docteur passe dans la rue au moment où se produit un accident, continuera-t-il son chemin en déclarant : « Je suis à la retraite, je poursuis ma promenade », alors qu'un homme se vide à ses pieds ? Si je m'étais déjà trouvé à Nice et que la police m'ait demandé de participer aux recherches, j'aurais refusé. Mais cette affaire, c'est le Bon Dieu qui me l'a envoyée.

— Vous étiez sur les lieux du crime, dit Van Aldin pensivement. Vous avez examiné le compartiment ?

Poirot hocha la tête.

— Vous y avez sans doute découvert, disons, des indices révélateurs ?

— Peut-être.

— J'espère que vous voyez où je veux en venir ? La culpabilité du comte de la Roche me semble établie, mais je ne suis pas un imbécile. Je vous observe depuis plus d'une heure, et j'ai compris que, pour une raison quelconque, vous n'êtes pas d'accord avec cette théorie.

— Je peux me tromper.

— Venons-en à la faveur que je réclame. Accepteriez-vous de travailler pour moi ?

155

— Pour vous, personnellement ?

— C'est comme ça que je l'entends.

Poirot demeura silencieux quelques instants.

— Vous rendez-vous compte de ce que vous me demandez ?

— Oui, je crois.

— Très bien. J'accepte. Mais dans ce cas, j'exige des réponses franches à toutes mes questions.

— Certainement. Cela va de soi.

Poirot changea aussitôt de manières. Il se fit soudain brusque et méthodique.

— Cette histoire de divorce, dit-il. C'est vous qui avez conseillé à votre fille d'entamer la procédure ?

— Oui.

— Quand ?

— Il y a environ dix jours. Elle m'avait envoyé une lettre où elle se plaignait de la conduite de son mari et je lui ai expliqué que le divorce était la seule solution.

— De quoi se plaignait-elle exactement ?

— De ce qu'il entretenait des relations avec une femme trop connue, celle dont nous parlions tout à l'heure, cette Mireille.

— La danseuse ? Ah ! Et Mrs Kettering y voyait une objection ? Elle était très attachée à son mari ?

— Pas vraiment, dit Van Aldin d'une voix un peu hésitante.

— Elle en souffrait moins dans son cœur que dans son amour-propre. C'est ce que vous vouliez dire ?

— Oui, on pourrait le formuler de cette façon.

156

— J'imagine que ce mariage a été un échec dès le début ?

— Derek Kettering est pourri jusqu'à la moelle, dit Van Aldin. Il est incapable de rendre une femme heureuse.

— Vous le considérez comme un vaurien ? C'est bien cela ?

Van Aldin acquiesça.

— Très bien ! Vous conseillez donc à Madame d'entamer une procédure de divorce, elle accepte et vous consultez vos avocats. Quand Mr Kettering a-t-il eu vent de la chose ?

— Je l'ai convoqué personnellement et je l'ai mis au courant de ce que je comptais faire.

— Et qu'a-t-il dit ? murmura doucement Poirot.

— Il s'est montré d'une odieuse insolence, répondit Van Aldin en se rembrunissant à ce souvenir.

— Excusez ma question, monsieur, mais a-t-il fait allusion au comte de la Roche ?

— Il ne l'a pas nommé, répondit Van Aldin avec un grognement involontaire, mais il m'a fait comprendre qu'il connaissait son existence.

— Puis-je vous demander quelle était la situation financière de Mr Kettering à ce moment-là ?

— Comment voulez-vous que je le sache ? dit Van Aldin après une brève hésitation.

— Je pensais que vous vous seriez renseigné.

— Eh bien... vous avez raison. Je l'ai fait. J'ai découvert que Kettering était sur la paille.

— Et il hérite à présent de deux millions de livres !
La vie... C'est une chose étrange, non ?

Van Aldin lui lança un regard scrutateur.

— Que voulez-vous dire ?

— Je moralise, je réfléchis, je philosophe... Mais reprenons là où nous en étions. Mr Kettering n'a pas décidé d'accepter sans lutte ce divorce ?

Van Aldin ne répondit pas tout de suite.

— Je ne sais pas exactement quelles étaient ses intentions.

— Avez-vous eu d'autres entrevues avec lui ?

— Non, finit-il par dire après un court silence.

Poirot s'arrêta net, souleva son chapeau et lui tendit la main.

— Au revoir, monsieur. Je ne peux rien pour vous.

— Qu'est-ce qui vous prend ? demanda Van Aldin, furieux.

— Si vous ne me dites pas la vérité, je ne peux pas vous aider.

— Je ne comprends pas ce que vous voulez dire.

— Je pense que si. Vous pouvez compter, monsieur Van Aldin, sur mon entière discrétion.

— Très bien, dans ce cas... J'admets ne pas vous avoir dit la vérité à l'instant. J'ai effectivement communiqué encore une fois avec mon gendre.

— Et alors ?

— Pour être exact, je lui ai envoyé mon secrétaire, le major Knighton, pour lui proposer cent mille livres cash s'il ne faisait pas obstacle au divorce.

— Une coquette somme, dit Poirot. Et quelle a été la réponse de Monsieur votre gendre ?

— Il m'a fait dire que je pouvais aller au diable.

— Ah ! dit Poirot sans la moindre émotion.

Pour l'instant, il ne faisait qu'enregistrer les faits, méthodiquement.

— Mr Kettering a déclaré à la police n'avoir ni vu ni parlé à sa femme pendant le voyage. Êtes-vous enclin à le croire, monsieur ?

— Je dirais même qu'il a dû prendre particulièrement soin de l'éviter.

— Pourquoi ?

— Parce qu'il était en compagnie de cette femme.

— Mireille ?

— Oui.

— Comment le savez-vous ?

— J'avais chargé quelqu'un de le surveiller. C'est comme ça que j'ai appris qu'ils avaient pris ce train tous les deux.

— Je vois. Dans ce cas, comme vous me l'avez déjà dit, il n'a certainement pas cherché à voir Mrs Kettering.

Poirot se tut et Van Aldin le laissa à ses méditations.

17

Un aristocrate

— Vous êtes déjà venu sur la Riviera, George ? demanda Poirot à son valet de chambre, le lendemain matin.

George était un personnage au visage de bois, plus anglais que nature.

— Oui, monsieur. Je suis venu ici il y a deux ans, lorsque j'étais au service de lord Edward Frampton.

— Et aujourd'hui, murmura son maître, vous êtes ici avec Hercule Poirot. Quelle promotion !

Le valet ne répondit pas. Après un silence de rigueur, il demanda :

— Le costume marron, monsieur ? Le vent est un peu frais aujourd'hui.

— Il y a une tache de graisse sur le gilet, objecta Poirot. Un morceau de filet de sole à la jeannette a atterri à cet endroit au cours de mon déjeuner au Ritz mardi dernier.

— La tache ne s'y trouve plus, monsieur, déclara George d'un ton de reproche. Je l'ai retirée.

— Très bien ! Je suis content de vous, George.

— Merci, monsieur.

Après un silence, Poirot murmura rêveusement :

— Supposons, mon bon George, que vous soyez né dans le même monde que votre dernier maître, lord Edward Frampton, que, sans un sou, vous ayez épousé une femme extrêmement riche, mais que cette femme vous demande le divorce, pour d'excellentes raisons. Que feriez-vous ?

— Je m'efforcerais, monsieur, de la faire changer d'avis.

— Utiliseriez-vous la force ou la persuasion ?

George parut choqué.

— Excusez-moi, monsieur, mais un gentleman ne se conduit pas comme un boutiquier de Whitechapel. Il ne s'abaisserait à aucune vilenie.

— Croyez-vous, George ? Je me le demande. Après tout, vous avez peut-être raison.

On frappa à la porte. George l'entrebâilla de quelques centimètres. Après quelques mots échangés à voix basse, le valet revint vers Poirot.

— Un billet, monsieur.

Envoyé par M. Caux, le commissaire de police :

« Nous allons procéder à l'interrogatoire du comte de la Roche. Le juge d'instruction souhaite votre présence. »

— Vite, mon costume, George ! je suis très pressé.

Un quart d'heure plus tard, tiré à quatre épingles dans son costume marron, Poirot pénétrait dans le bureau du juge. M. Caux était déjà là, et l'accueillit avec empressement.

— L'affaire est assez déconcertante, murmura M. Caux.

— Le comte semble être arrivé à Nice le jour qui a précédé le crime.

— Si c'est vrai, la question est réglée, commenta Poirot.

M. Carrège s'éclaircit la voix.

— Nous n'accepterons cet alibi qu'après une sérieuse enquête, déclara-t-il.

Il agita sa clochette. Dans la minute qui suivit, on vit entrer un homme brun, de grande taille, habillé avec un goût exquis et à l'allure assez hautaine. Le comte avait un air si aristocratique qu'il eût semblé pure hérésie d'insinuer que son père n'était qu'un obscur grainetier de Nantes... ce qui était le cas. À le voir, on eût juré que tous ses ancêtres avaient péri sous la guillotine pendant la Révolution.

— Me voici, messieurs, dit le comte avec hauteur. Puis-je connaître la raison de cette convocation ?

— Asseyez-vous, je vous prie, monsieur le comte, dit poliment le juge d'instruction. Nous enquêtons sur la mort de Mrs Kettering.

— La mort de Mrs Kettering ? Je ne comprends pas.

— Vous... la connaissiez, je crois ?

163

— En effet. Mais quel rapport cela a-t-il avec cette affaire ?

Ajustant son monocle, il se mit à regarder froidement autour de lui en s'attardant sur Poirot qui le contemplait avec une sorte d'admiration si naïve, que sa vanité en fut flattée. M. Carrège se renversa dans son fauteuil et s'éclaircit la voix.

— Vous ne savez peut-être pas, monsieur le comte... que Mrs Kettering a été assassinée ?

— Assassinée ? Mon Dieu, mais c'est horrible !

La surprise et la douleur étaient si parfaitement imitées que, ma foi, elles auraient pu passer pour authentiques.

— Mrs Kettering a été étranglée entre Paris et Lyon, poursuivit M. Carrège, et on lui a volé ses bijoux.

— C'est monstrueux ! s'écria le comte. La police devrait faire quelque chose contre ces bandits. Personne n'est plus en sécurité, aujourd'hui.

— Nous avons trouvé une de vos lettres dans le sac à main de cette dame, continua le juge. Elle allait à votre rencontre, semble-t-il.

Le comte haussa les épaules.

— À quoi bon vous le cacher ? Nous sommes entre gens du monde. En privé et entre nous, je l'avoue.

— Vous l'avez donc rejointe à Paris, puis vous avez poursuivi le voyage avec elle, n'est-ce pas ?

— C'était le plan initial, mais il a été modifié selon son désir. Je devais la retrouver à Hyères.

— Vous ne l'avez pas rejointe dans le train à la gare de Lyon, le 14 au soir ?

— Pas du tout. Je suis justement arrivé à Nice ce matin-là. Cela m'aurait été tout à fait impossible.

— C'est juste, dit M. Carrège. Mais, pour la forme, pourriez-vous me donner une idée de votre emploi du temps pendant la soirée et la nuit du 14 ?

Le comte réfléchit un instant.

— J'ai dîné à Monte-Carlo au Café de Paris. Je me suis ensuite rendu au Sporting, où j'ai gagné quelques milliers de francs, dit-il avec un haussement d'épaules. Je suis rentré chez moi vers 1 heure du matin.

— Pardonnez-moi, monsieur, par quel moyen êtes-vous rentré ?

— Dans mon cabriolet deux places.

— Personne ne vous accompagnait ?

— Personne.

— Quelqu'un pourrait-il confirmer vos dires ?

— Je doute que beaucoup de mes amis m'aient vu ce soir-là. J'ai dîné seul.

— C'est un domestique qui vous a ouvert quand vous êtes rentré ?

— J'ai ouvert la porte avec ma propre clef.

— Ah ! murmura le juge.

Il agita de nouveau sa clochette. Un garçon de bureau fit son apparition.

— Faites entrer Mason, la femme de chambre, dit M. Carrège.

— Très bien, monsieur le juge.

On introduisit Ada Mason.

— Mademoiselle, voulez-vous avoir l'obligeance de regarder attentivement ce gentleman ? Essayez de vous rappeler. Est-ce l'homme qui a pénétré dans le compartiment de votre maîtresse à Paris ?

La femme de chambre examina longuement et attentivement le comte qui, comme le nota Poirot, paraissait plutôt gêné.

— Je ne peux pas dire que j'en sois sûre, monsieur, dit enfin Mason. Ça pourrait être oui et ça pourrait être non. Comme je ne l'ai vu que de dos, c'est difficile à dire. Je pense quand même que c'est plutôt lui.

— Mais vous n'en êtes pas sûre ?

— Non..., dit Mason d'une voix hésitante. Non, je n'en suis pas sûre.

— Avez-vous déjà vu ce gentleman auparavant, à Curzon Street ?

Mason secoua la tête.

— Je ne voyais généralement pas les visiteurs, sauf quand ils séjournaient à la maison.

— Très bien, cela suffira, dit vivement le juge.

De toute évidence, il était déçu.

— Un instant, dit Poirot. Puis-je poser une question à Mademoiselle ?

— Certainement, monsieur Poirot, je vous en prie.

— Que sont devenus les billets ?

— Les billets, monsieur ?

— Oui, les billets de Londres à Nice. Était-ce vous ou votre maîtresse qui les conservait ?

— Madame avait son billet de Pullman, et j'avais les autres.

— Qu'en avez-vous fait ?

— Je les ai remis au contrôleur du train français, monsieur. Il m'a assuré que c'était l'usage. J'espère que j'ai bien fait ?

— Très bien, très bien. C'est juste un petit détail.

M. Caux et le juge le regardèrent avec curiosité. Mason se retira sur un bref signe du juge. Poirot griffonna quelque chose sur un bout de papier et le tendit à M. Carrège. Celui-ci en prit connaissance et son visage s'éclaira subitement.

— Eh bien, messieurs, demanda le comte d'un air hautain, allez-vous me retenir encore longtemps ?

— Assurément non, s'empressa de répondre M. Carrège, très aimable. Votre position dans cette affaire est très claire, maintenant. Après avoir lu votre lettre à cette dame, vous comprendrez que nous étions tenus de vous interroger.

Le comte se leva, prit sa jolie canne et, sur un salut assez bref, sortit.

— Eh bien voilà, dit M. Carrège. Vous aviez raison, monsieur Poirot : il vaut mieux qu'il ne se croie pas soupçonné. Deux de mes hommes le surveilleront nuit et jour, et nous contrôlerons en même temps son alibi, qui me semble plutôt... flou.

— Peut-être..., dit Poirot, pensif.

— J'ai prié Mr Kettering de passer ici ce matin, poursuivit le juge, bien que nous n'ayons pas réellement de questions à lui poser. Il y a cependant un ou deux points suspects...

Il s'arrêta et se frotta le nez.

— Tels que ? demanda Poirot.

— Eh bien – le juge toussota –, cette femme avec qui il dit avoir voyagé, Mlle Mireille. Elle est descendue dans un hôtel et lui dans un autre. Cela me paraît... plutôt bizarre.

— Comme s'ils cherchaient à se montrer prudents, suggéra M. Caux.

— Exactement ! s'exclama M. Carrège sur un ton triomphant. Et pourquoi auraient-ils à se montrer prudents ?

— Un excès de prudence éveille forcément les soupçons, remarqua Poirot.

— Précisément.

— Nous pourrions poser une ou deux questions à Mr Kettering, murmura Poirot.

Le juge donna des ordres et, au bout de quelques minutes, Derek Kettering entrait, toujours aussi charmant.

— Bonjour, monsieur, dit poliment le juge.

— Bonjour, dit Derek d'un ton sec. Vous m'avez fait venir. Il y a du nouveau ?

— Asseyez-vous, je vous en prie.

Derek s'assit et jeta son chapeau et sa canne sur la table.

— Eh bien ? demanda-t-il avec impatience.

— Nous n'avons jusqu'ici aucun élément nouveau, dit M. Carrège prudemment.

— Voilà qui est intéressant. Et c'est pour m'apprendre ça que vous m'avez convoqué ?

— Nous avons pensé, monsieur, que vous souhai-

168

teriez être informé des progrès de l'enquête, dit le juge d'un ton sévère.

— Même si ces progrès n'existent pas ?

— Nous désirons également vous poser quelques questions.

— Faites.

— Vous êtes sûr de n'avoir ni vu ni parlé à votre femme dans le train ?

— J'ai déjà répondu à cette question. J'en suis sûr.

— Vous aviez sans doute vos raisons pour ça.

Derek le regarda d'un air soupçonneux.

— Je – ne – sa – vais – pas – qu'elle – se – trou – vait – dans – ce – train, dit-il en détachant chaque syllabe, comme s'il s'adressait à un faible d'esprit.

— C'est ce que vous dites, oui, murmura M. Carrège.

Derek fronça les sourcils.

— J'aimerais comprendre où vous voulez en venir. Savez-vous ce que je pense, monsieur Carrège ?

— Que pensez-vous, monsieur ?

— Je pense que la réputation de la police française est très surfaite. Vous devez avoir des informations sur ces bandits. Il est honteux qu'un tel événement puisse se produire dans un train de luxe comme celui-là, et que la police française se révèle incapable d'y faire face.

— N'ayez crainte, monsieur, nous nous en occupons.

— Je crois savoir que Mrs Kettering n'a pas laissé

169

de testament ? intervint soudain Poirot, les mains jointes et les yeux au plafond.

— Je pense en effet qu'elle n'en a pas fait, dit Kettering. Pourquoi ?

— Vous héritez là d'une jolie somme, dit Poirot. D'une petite fortune.

Sans quitter le plafond des yeux, il trouva le moyen de voir que le rouge de la colère était monté aux joues de Derek Kettering.

— Que voulez-vous dire, et d'ailleurs qui êtes-vous ?

Poirot décroisa les jambes et abandonna le plafond pour le regarder droit dans les yeux.

— Je m'appelle Hercule Poirot, dit-il posément, et je suis probablement le plus grand détective du monde. Êtes-vous bien sûr de n'avoir ni vu ni parlé à votre femme dans ce train ?

— Où voulez-vous en venir ? Vous pensez... vous voulez insinuer... que je l'ai tuée ? (Soudain, il éclata de rire.) Il faut que je reste calme. C'est trop absurde. Enfin, si je l'avais assassinée, aurais-je eu besoin de lui voler ses bijoux ?

— C'est juste, murmura Poirot, l'air déconfit. Je n'y avais pas pensé.

— Si un meurtre a jamais eu de façon incontestable le vol pour mobile, c'est bien celui-ci, déclara Derek Kettering. Pauvre Ruth, ces maudits rubis lui auront été fatals. On a dû savoir qu'elle les transportait avec elle. Ce n'est pas la première fois que ces pierres sèment la mort.

Poirot se redressa soudain. Une petite lueur verte brillait dans ses yeux. Il ressemblait de façon extraordinaire à un chat au poil luisant et bien nourri.

— Encore une question, monsieur Kettering, dit-il. Quand avez-vous vu votre femme pour la dernière fois ?

— Attendez voir... Ce devait être... oui, il y a plus de trois semaines. J'ai bien peur de ne pas pouvoir vous donner de date exacte.

— Cela n'a pas d'importance. C'est tout ce que je voulais savoir, dit Poirot.

— Vous avez encore des questions ? demanda Derek Kettering avec impatience.

Il regardait M. Carrège, qui chercha l'inspiration auprès de Poirot. Celui-ci lui répondit par un léger hochement de tête.

— Non, Mr Kettering, dit le juge poliment. Nous ne vous ennuierons pas plus longtemps. Au revoir, monsieur.

— Au revoir, répondit Kettering, qui sortit en claquant la porte derrière lui.

Dès qu'il fut parti, Poirot demanda vivement :

— Quand avez-vous parlé de ces rubis à Mr Kettering ?

— Je ne lui en ai pas parlé, répondit M. Carrège. C'est hier après-midi que Mr Van Aldin nous en a appris l'existence.

— Oui. Mais le comte en parlait dans sa lettre.

M. Carrège eut l'air peiné.

— Je n'ai évidemment pas parlé de cette lettre à

Mr Kettering, dit-il, vexé. Cela aurait été de l'indiscrétion à ce stade de l'affaire.

Poirot tambourina sur la table.

— Mais alors, comment connaissait-il leur existence ? demanda-t-il doucement. Sa femme ne pouvait pas lui en avoir parlé, puisqu'il ne l'avait pas vue depuis trois semaines. Il semble peu probable que Mr Van Aldin ou son secrétaire y aient fait allusion. Leurs entretiens portaient sur tout autre chose. De leur côté, les journaux n'en ont pas parlé....

Il se leva et prit sa canne et son chapeau.

— Et pourtant, murmura-t-il, notre gentleman connaît tout de leur existence. Bizarre ! Très bizarre !

18

Le déjeuner de Kettering

Derek Kettering se rendit directement au Negresco, où il commanda un double cocktail qu'il avala aussitôt. Puis il resta à contempler l'éblouissante mer bleue d'un air rêveur. Il jetait machinalement un œil sur les passants – une foule terne, sans élégance, dramatiquement dépourvue d'intérêt. Ah, une bien triste époque ! Soudain, il changea d'avis : une femme venait de s'asseoir à une table voisine, vêtue d'un ravissant tailleur orange et noir et d'un petit chapeau qui jetait une ombre sur son visage. Derek commanda encore un cocktail, les yeux de nouveau tournés vers la mer. Soudain, il sursauta, assailli par un parfum familier. La dame au costume orange et noir était à côté de lui maintenant, avec ce sourire insolent et séducteur qu'il connaissait si bien... Mireille !

— Derek ! murmura-t-elle. Cela te fait plaisir de me voir, non ?

Elle s'assit en face de lui.

— Voyons, dis-moi au moins bonjour, grosse bête !

— C'est un plaisir pour le moins inattendu. Quand as-tu quitté Londres ?

Elle haussa les épaules.

— Il y a un ou deux jours.

— Et le Parthénon ?

— Je les ai... Comment dit-on ça ?... envoyés balader !

— Vraiment ?

— Tu n'es pas très aimable, Derek.

— Tu en demandes beaucoup.

Mireille alluma une cigarette et en tira quelques bouffées.

— Tu penses peut-être que ce n'est pas prudent que je sois venue si vite ?

Derek la regarda, haussa les épaules et demanda pour la forme :

— Tu déjeunes ici ?

— Mais oui. Avec toi.

— Je suis désolé, mais j'ai un rendez-vous très important.

— Mon Dieu ! Vous, les hommes vous êtes comme des enfants ! s'exclama la danseuse. Mais oui, tu te conduis en enfant gâté comme le jour où tu es parti brusquement de chez moi, à Londres. Quel bonnet de nuit ! Ah ! Mais c'est inouï !

— Ma chère enfant, je ne vois vraiment pas de quoi tu veux parler. Nous avions constaté à Londres que les rats quittent le navire lorsqu'il est sur le point de sombrer. Il n'y a rien à ajouter.

Sa désinvolture était démentie par son air hagard et tendu. Elle se pencha soudain vers lui.

— Tu ne peux pas me tromper, moi, murmura-t-elle. Je sais... je sais ce que tu as fait pour moi.

Il lui jeta un regard aigu, mis en éveil par son ton plein de sous-entendus. Elle lui fit un petit signe de tête.

— Ah ! n'aie pas peur. Je suis la discrétion même. Tu es admirable ! Quel courage ! N'empêche que c'est moi qui t'ai donné cette idée lorsque je t'ai fait remarquer qu'il arrivait parfois des accidents. Tu n'es pas en danger ? La police ne te soupçonne pas ?

— Par tous les diables... !

— Chut !

Elle leva une longue main fine, au petit doigt orné d'une énorme émeraude.

— Tu as raison, je ne devrais pas parler comme ça dans un lieu public. Mais nous ne reviendrons plus sur cette histoire, car nos ennuis sont terminés ; nous allons mener ensemble une vie... une vie merveilleuse !

Derek éclata soudain d'un rire cruel.

— Ainsi les rats regagnent le navire ? Deux millions, cela fait une sacrée différence. J'aurais dû m'en douter. Tu veux sans doute m'aider à les dépenser, n'est-ce pas, Mireille ? Il est vrai que personne ne s'y entend mieux que toi, ajouta-t-il en éclatant de rire de nouveau.

— Chut ! fit la danseuse. Qu'est-ce qui te prend, Derek ? Tout le monde te regarde.

— Je vais te dire ce qui me prend ! J'en ai fini avec toi. Tu as compris ? C'est fini.

Mireille ne réagit pas comme il s'y attendait. Elle le regarda et sourit gentiment.

— Quel enfant tu fais ! Tu es en colère, tu es vexé, tout ça parce que je suis réaliste. Est-ce que je ne t'ai pas toujours dit que je t'adorais ?

Elle se pencha vers lui.

— Mais je te connais, Derek. Regarde-moi... tu vois, c'est Mireille qui te parle. Tu ne peux pas vivre sans elle, tu le sais bien. Je t'ai aimé avant, je t'aimerai cent fois plus maintenant. Je te rendrai la vie tout simplement merveilleuse. Mireille est unique au monde.

Elle avait le regard brûlant. Elle le vit pâlir, retenir son souffle et, ravie, se sourit à elle-même. Elle ne doutait pas de son pouvoir magique sur les hommes.

— La question est réglée, dit-elle doucement avec un petit rire. Et maintenant, Derek, tu m'invites à déjeuner ?

— Non.

Il reprit son souffle et se leva.

— Je suis désolé, je t'ai déjà dit que j'avais un rendez-vous.

— Tu déjeunes avec quelqu'un d'autre ? Allons donc ! Je ne te crois pas.

— Je déjeune avec cette femme, là-bas.

Il se dirigea brusquement vers une femme vêtue de

blanc qui venait d'arriver, à qui il demanda, encore un peu essoufflé :

— Miss Grey, voulez-vous... accepteriez-vous de déjeuner avec moi ? Nous nous sommes rencontrés chez lady Tamplin, si vous ne l'avez pas oublié.

Katherine le considéra un instant de ses yeux gris si expressifs.

— Merci, répondit-elle. J'accepte avec plaisir.

19

Une visite inattendue

Le comte de la Roche venait de terminer son déjeuner, composé d'une omelette aux fines herbes, d'une entrecôte béarnaise et d'un savarin au rhum. Du coin de sa serviette il s'essuya délicatement la moustache, et se leva de table. Il regarda avec une certaine fierté les quelques objets d'art disposés çà et là dans son salon : une tabatière Louis XV, un soulier de satin porté par Marie-Antoinette et d'autres bibelots historiques faisaient partie de sa mise en scène. Ils provenaient tous, expliquait-il à ses visiteuses, de l'héritage de ses ancêtres.

Arrivé sur la terrasse, son œil se posa sur la Méditerranée sans la voir. Il n'était pas d'humeur à goûter les beautés du paysage. Son plan si habilement conçu avait été réduit à néant, et il lui fallait maintenant en imaginer un autre. Il s'allongea dans un fauteuil en osier et, une cigarette à la main, se mit à réfléchir profondément.

Hippolyte, son valet de chambre, apporta le café et des liqueurs. Le comte se fit servir un très vieux cognac.

Le domestique allait se retirer, quand il l'arrêta du geste. Hippolyte se mit au garde-à-vous. Son air peu avenant était compensé par la correction de son maintien.

— Il est probable, dit le comte, que nous recevrons de nombreuses visites dans la villa pendant les jours à venir. Ces personnes s'efforceront de faire connaissance avec vous et avec Marie. Elles vous poseront sans doute beaucoup de questions à mon sujet.

— Oui, monsieur le comte.

— Cela s'est peut-être déjà produit ?

— Non, monsieur le comte.

— Personne n'est venu ! Vous en êtes certain ?

— Personne, monsieur le comte.

— Très bien. Néanmoins, on viendra, j'en suis sûr, et on vous posera des questions.

Hippolyte regarda son maître avec un air d'intelligente expectative. Le comte poursuivit lentement, les yeux au loin.

— Comme vous le savez, je suis arrivé ici mardi matin. Si la police ou toute autre personne venait à vous le demander, ne l'oubliez pas. Je suis arrivé le mardi 14, pas le mercredi 15. Vous avez compris ?

— Parfaitement, monsieur le comte.

— Quand l'honneur d'une femme est en jeu, il faut

savoir être discret. Je suis certain, Hippolyte, que vous en êtes capable.

— J'en suis capable, monsieur.

— Et Marie ?

— Marie également. Je réponds d'elle.

— Alors, tout va bien, murmura le comte.

Lorsque Hippolyte se fut retiré, le comte sirota son café, l'air pensif. De temps à autre il fronçait les sourcils, secouait la tête, la hochait.

Hippolyte vint interrompre ses cogitations.

— Une dame, monsieur.

— Une dame ? répéta le comte, très surpris. Non que la visite d'une dame à la villa Marina fût chose extraordinaire, mais, à ce moment précis, il ne voyait pas qui cela pouvait être.

— Je crois que Monsieur ne la connaît pas, murmura le valet de chambre obligeamment.

Le comte était de plus en plus intrigué.

— Faites-la entrer, Hippolyte.

Une éblouissante apparition, vêtue d'orange et de noir, se matérialisa sur la terrasse, accompagnée d'un violent parfum exotique.

— Monsieur le comte de la Roche ?

— Pour vous servir, mademoiselle, dit le comte en s'inclinant.

— Je m'appelle Mireille. Vous avez peut-être entendu parler de moi ?

— Ah ! Mais bien sûr, mademoiselle ! Qui n'a pas été envoûté par les danses de Mlle Mireille ? Un enchantement !

181

La danseuse reçut le compliment avec un sourire machinal.

— Excusez cette irruption bien peu protocolaire..., commença-t-elle.

— Asseyez-vous, je vous en prie, mademoiselle, s'écria le comte en lui avançant un siège.

Toutes courtoises que fussent ses manières, il ne l'en examinait pas moins attentivement. Des femmes, il ignorait peu de chose. Cependant, il n'avait pas l'expérience des dames qui faisaient partie, comme lui, des prédateurs. En un sens, ils étaient tous deux des oiseaux de proie. Il aurait perdu son temps à user envers elle de ses procédés habituels. Mireille était une Parisienne et une Parisienne coriace. Mais il avait compris tout de suite qu'il se trouvait aussi face à une femme en colère. Et une femme en colère parle toujours trop. Un homme avisé pouvait trouver le moyen d'en tirer avantage.

— C'est très aimable à vous, mademoiselle, de me faire l'honneur de votre visite.

— Nous avons des amis communs à Paris, dit Mireille, qui m'ont parlé de vous ; mais si je suis là aujourd'hui, c'est pour une tout autre raison. Ici, à Nice, on m'a encore parlé de vous... mais d'une façon très différente, vous comprenez ?

— Ah ? fit doucement le comte.

— Je vais être brutale, poursuivit la danseuse, mais croyez bien, monsieur, que j'ai vos intérêts à cœur. À Nice, monsieur le comte, on raconte que vous êtes l'assassin de la dame anglaise, Mrs Kettering.

— Moi ! L'assassin de Mrs Kettering ? Mais c'est absurde !

Il avait adopté un ton plus nonchalant qu'indigné pour l'encourager à continuer.

— Et pourtant, c'est vrai, insista-t-elle.

— Les gens adorent potiner, rétorqua le comte avec indifférence. Je ne m'abaisserai pas à prendre ces accusations au sérieux.

— Vous ne comprenez pas, dit Mireille, l'œil brillant. Ce ne sont pas des racontars colportés par la rue. Cela vient directement de la police.

— De la police ? Ah...

Le comte se redressa, soudain vigilant.

Mireille hocha vigoureusement la tête à plusieurs reprises.

— Oui, oui. Vous me comprenez à présent. J'ai des amis partout... Le préfet lui-même...

Elle laissa sa phrase en suspens, en la faisant suivre d'un mouvement d'épaules éloquent.

— Qui sait rester discret face à une jolie femme ? murmura galamment le comte.

— La police pense que vous avez tué Mrs Kettering. Mais elle se trompe.

— Elle se trompe évidemment, répliqua le comte.

— Vous dites ça mais vous ignorez la vérité. Moi, je la connais.

Le comte la regarda avec curiosité.

— Vous savez qui a tué Mrs Kettering ? C'est bien ce que vous avez dit, mademoiselle ?

— Oui.

— Et qui est-ce ? demanda-t-il vivement.

— Son mari. (Elle se pencha vers lui et, d'une voix vibrante de colère et d'excitation, répéta :) C'est son mari qui l'a tuée.

Le comte se laissa aller dans son fauteuil, le visage de marbre.

— Puis-je vous demander, mademoiselle, comment vous le savez ?

— Comment je le sais ? (Mireille se redressa avec un grand rire.) Il s'en est vanté devant moi avant son départ. Il était ruiné, au bord de la faillite, déshonoré. Seule la mort de sa femme pouvait le sauver. Il me l'a dit. Il voyageait dans le même train qu'elle, mais il ne voulait pas qu'elle le sache. Pourquoi, je vous le demande ? Pour pouvoir se glisser jusqu'à elle dans la nuit... Ah ! Je le vois comme si j'y étais, s'écria-t-elle en fermant les yeux.

— Peut-être, murmura le comte. Peut-être. Mais dans ce cas, il n'aurait pas volé les bijoux ?

— Les bijoux ! s'exclama Mireille. Les bijoux ! Ah ! Ces rubis...

Ses yeux s'embuèrent. Le comte l'observait avec curiosité, étonné comme toujours par l'effet magique qu'exerçaient les pierres précieuses sur le sexe féminin. Il la rappela à des considérations plus terre à terre.

— Que voulez-vous de moi, mademoiselle ?

Mireille redevint aussitôt présente et efficace.

— C'est très simple. Vous irez voir la police et vous leur direz que c'est Mr Kettering qui a commis ce crime.

— Et s'ils ne me croient pas ? S'ils m'en demandent une preuve ? fit-il sans la quitter des yeux.

Mireille se mit à rire et serra autour d'elle son manteau orange et noir.

— Envoyez-les-moi, monsieur le comte. Je la leur fournirai, cette preuve.

Sa mission était accomplie. Dans un grand tourbillon, elle s'en alla. Le comte la regarda s'éloigner, les sourcils délicatement levés.

— Elle est folle de rage, murmura-t-il. Qu'est-ce qui a pu la mettre dans cet état ? Elle dévoile trop clairement son jeu. Croit-elle réellement que Mr Kettering a tué sa femme ? En tout cas, elle espère me le faire croire. Et le faire croire également à la police.

Il sourit. Quoi qu'il en soit, il n'irait certainement pas voir la police. Bien d'autres possibilités s'offraient à lui qui, à en juger par son sourire, semblaient prometteuses.

Il se rembrunit, cependant. À en croire Mireille, la police le soupçonnait. C'était peut-être vrai, c'était peut-être faux ? Une femme en colère comme elle ne se souciait guère de véracité. En revanche, elle pouvait avoir eu accès à des informations confidentielles. Dans ce cas, il devait prendre certaines précautions.

Il rentra dans la maison et demanda de nouveau à Hippolyte si des inconnus s'étaient présentés chez lui.

Le valet de chambre lui affirma que non. Le comte monta dans sa chambre et alla relever le rouleau d'un vieux secrétaire qui s'y trouvait. Puis il fit délicatement jouer le ressort dissimulé au fond d'un des casiers. D'un tiroir secret, il sortit un petit paquet enveloppé de papier brun qu'il soupesa. Avec une petite grimace, il s'arracha un cheveu, le plaça sur le bord du tiroir qu'il referma soigneusement. Le petit paquet en main, il descendit l'escalier, sortit de la maison et se dirigea vers le garage où l'attendait son cabriolet rouge. Dix minutes plus tard, il filait en direction de Monte-Carlo.

Il passa quelques heures au casino, flâna un peu en ville, puis reprit sa voiture et roula jusqu'à Menton. Dans l'après-midi, il avait déjà remarqué qu'une voiture grise le suivait discrètement. Elle était de nouveau là. Il sourit. La route était escarpée. Le comte appuya à fond sur l'accélérateur. La petite voiture rouge avait été spécialement construite pour lui, et son moteur était beaucoup plus puissant que son apparence ne le laissait supposer. Elle bondit en avant.

Il se retourna. La voiture grise suivait. Enveloppée de poussière, la petite voiture rouge avalait la route et roulait maintenant à une allure dangereuse, mais le comte était un excellent conducteur. Il redescendit la colline, tournant et virant sans cesse, puis il ralentit et freina devant un bureau de poste. Sautant de son siège, il souleva le couvercle de son coffre à outils, en sortit le petit paquet enveloppé de papier brun et se précipita dans le bâtiment de la poste. Deux minutes plus tard, il roulait à nouveau en direction de Menton. Lorsque la voiture grise arriva, le comte prenait tranquillement son thé à une terrasse.

Il regagna ensuite Monte-Carlo, y dîna, et rentra

chez lui à 11 heures. Hippolyte vint à sa rencontre, l'air très ennuyé.

— Ah ! Monsieur le comte est arrivé. Monsieur le comte ne m'aurait pas téléphoné, par hasard ?

Le comte secoua la tête.

— Et pourtant, à 3 heures, j'ai reçu un message de Monsieur le comte, me demandant de venir le rejoindre à Nice, au Negresco.

— Vraiment ? Et vous y êtes allé ?

— Bien sûr, monsieur. Mais au Negresco, personne n'a pu me renseigner. Monsieur le comte n'était pas venu.

— Ah ! Et à la même heure, Marie faisait sans doute les courses pour le dîner ?

— C'est exact, monsieur le comte.

— Eh bien, cela n'a aucune importance. Il s'agit probablement d'une erreur.

Il monta au premier étage en souriant.

Il verrouilla la porte de sa chambre et inspecta minutieusement la pièce. Tout semblait en ordre. Il ouvrit les tiroirs et les placards. Enfin, il hocha la tête. Tout avait été remis à sa place, mais pas tout à fait exactement. De toute évidence, la pièce avait été fouillée de fond en comble.

Il s'approcha du bureau et déclencha le mécanisme secret. Le tiroir s'ouvrit, mais le cheveu n'était plus là.

— La police française est remarquable, murmura-t-il. Remarquable. Rien ne lui échappe.

20

Katherine se fait un ami

Le lendemain matin, Katherine et Lenox étaient assises sur la terrasse de la villa Marguerite. Malgré la différence d'âge, une sorte d'amitié naissait entre elles. Sans la présence de Lenox, Katherine aurait trouvé l'existence presque intolérable à la villa Marguerite. L'affaire Kettering était le principal sujet de conversation. Lady Tamplin exploitait au mieux son invitée et les réticences de Katherine ne la désarmaient guère. Lenox avait adopté une attitude détachée et semblait s'amuser des manœuvres de sa mère, tout en sympathisant avec Katherine. Loulou, dans sa naïveté et son enthousiasme sans limites, n'arrangeait pas les choses. Il présentait la jeune femme à tout un chacun en ces termes :

— Voici miss Grey. Vous êtes au courant de l'affaire du Train Bleu ? Eh bien, elle était dedans jusqu'au cou. Elle a eu une longue conversation avec Ruth Kettering quelques heures avant le meurtre ! Quelle chance, hein ?

Quelques remarques de ce genre avaient poussé Katherine, ce matin-là, à lancer, contrairement à son habitude, quelques remarques bien senties. Lorsque les deux jeunes femmes se retrouvèrent seules, Lenox lui fit observer de sa voix traînante :

— Vous n'avez encore jamais été exploitée, sans doute. Vous avez beaucoup à apprendre, Katherine.

— J'ai perdu mon sang-froid, je suis désolée. Cela m'arrive rarement.

— Il est grand temps de commencer à vous défouler. Loulou est un âne, mais il n'est pas méchant. En revanche avec maman, vous pourrez hurler jusqu'à sa mort sans résultat. Elle ouvrira ses grands yeux bleus mélancoliques et continuera de plus belle.

Katherine ne releva pas cette observation filiale, et Lenox poursuivit :

— Je ressemble plutôt à Loulou. J'adore les histoires de meurtre et puis... le fait de connaître Derek, cela change les choses.

Katherine approuva d'un signe de tête.

— Ainsi, vous avez déjeuné avec lui hier ? continua Lenox. Est-ce qu'il vous plaît ?

— Je ne sais pas, répondit Katherine après un temps de réflexion.

— Il est très séduisant.

— Oui, il est séduisant.

— Qu'est-ce que vous n'aimez pas chez lui ?

Katherine ne répondit pas, du moins pas directement.

— Il m'a parlé de la mort de sa femme et il m'a déclaré qu'il pouvait difficilement y voir autre chose qu'un fameux coup de chance.

— Et j'imagine que cela vous a choquée. (Lenox marqua une pause, puis ajouta d'une voix étrange :) Vous lui plaisez, Katherine.

— Il m'a offert un très bon déjeuner, dit Katherine en souriant.

Mais Lenox ne se laissa pas détourner de son sujet.

— Je m'en suis aperçue dès qu'il est arrivé, dit-elle, pensive. À sa façon de vous regarder. Pourtant vous n'êtes pas son genre, ce serait plutôt le contraire. Cela doit être comme la foi... elle vous frappe à un certain âge.

— On demande Mademoiselle au téléphone, annonça Marie de la fenêtre du salon. M. Hercule Poirot désire vous parler.

— Le drame continue ! Vite, Katherine, allez badiner avec votre détective.

La voix d'Hercule Poirot parvint nette et précise à l'oreille de Katherine.

— Mademoiselle Grey ? Bon. Mademoiselle, j'ai un message pour vous de la part de Mr Van Aldin, le père de Mrs Kettering. Il souhaiterait vous rencontrer, soit à la villa Marguerite soit à son hôtel, comme vous voudrez.

Katherine réfléchit un instant : la visite de Van Aldin à la villa Marguerite serait à la fois pénible et inutile. Et Lady Tamplin afficherait une joie excessive, elle qui ne perdait jamais une occasion de fréquenter des millionnaires. Elle répondit donc qu'elle préférait se rendre à Nice.

— Parfait, mademoiselle. Je viendrai moi-même vous chercher en voiture. Disons... dans trois quarts d'heure ?

Poirot arriva à l'heure dite, et comme Katherine l'attendait, ils partirent aussitôt.

— Eh bien, mademoiselle, comment allez-vous ?

Ses petits yeux brillants la confirmèrent dans sa première impression : M. Poirot avait quelque chose de fort séduisant.

— C'est notre roman policier, n'est-ce pas ? reprit Poirot. Je vous avais promis que nous mènerions l'enquête ensemble. Et moi, je tiens toujours mes promesses.

— Vous êtes très gentil, murmura Katherine.

— Ah ! vous vous moquez de moi. Vous voulez savoir où en est l'enquête, oui ou non ?

Katherine ayant reconnu qu'elle le désirait, Poirot se mit à lui brosser un portrait du comte de la Roche.

— Vous pensez que c'est lui l'assassin ?

— C'est l'hypothèse qui prévaut, dit Poirot.

— Et vous, vous le croyez ?

— Je n'ai pas dit cela. Et vous, mademoiselle, qu'en pensez-vous ?

Katherine hocha la tête.

— Que voulez-vous que j'en pense ? Je ne connais rien à ces choses-là, mais je dirais que...

192

— Oui ? fit Poirot d'un ton encourageant.

— Eh bien, à en juger par ce que vous dites, le comte ne semble pas homme à tuer qui que ce soit.

— Ah ! très bien, s'écria Poirot. Vous êtes d'accord avec moi. C'est exactement mon point de vue. (Il la regarda attentivement.) Dites-moi, vous avez rencontré Mr Kettering ?

— Oui, une fois chez lady Tamplin, et j'ai déjeuné avec lui hier.

— Un mauvais sujet, déclara Poirot en secouant la tête. Mais les femmes... elles aiment ça, non ?

Ses yeux brillaient. Katherine se mit à rire.

— C'est un homme qui ne passe certes pas inaperçu, poursuivit Poirot. Vous l'avez certainement remarqué dans le Train Bleu ?

— Oui.

— Dans le wagon-restaurant ?

— Non, je ne l'ai pas vu aux repas. Je ne l'ai vu qu'une fois, au moment où il entrait dans le compartiment de sa femme.

Poirot hocha la tête.

— C'est curieux, murmura-t-il. Je me souviens vous avoir entendue dire, mademoiselle, que vous étiez réveillée et que vous aviez regardé par la fenêtre à Lyon. Vous n'avez pas aperçu un homme grand et brun comme le comte de la Roche quitter le train ?

Katherine secoua la tête.

— Je ne crois pas avoir vu qui que ce soit. Il y avait un jeune garçon en casquette et en pardessus qui allait et venait sur le quai, mais je ne pense pas qu'il était descendu du train. Il y avait aussi un gros Français barbu, avec un pardessus sur son pyjama, qui voulait un café. Sinon, je n'ai vu que des employés du train.

Poirot hochait la tête.

— Voyez-vous, lui confia-t-il, le comte de la Roche a un alibi. Et un alibi, ça sent toujours très mauvais. C'est la porte ouverte à tous les soupçons. Mais, nous voici arrivés.

Ils montèrent aussitôt chez Van Aldin, où ils furent accueillis par Knighton. Poirot le présenta à Katherine. Après quelques politesses d'usage, Knighton alla prévenir Mr Van Aldin que miss Grey était arrivée.

Un murmure de voix leur parvint de la pièce voisine. Puis Van Aldin entra et tendit la main à Katherine, tout en l'examinant d'un regard pénétrant.

— Enchanté de faire votre connaissance, miss Grey, dit-il avec simplicité. Je tenais absolument à ce que vous me racontiez tout ce que vous savez à propos de Ruth.

Les manières sans affectation de Van Aldin plurent beaucoup à Katherine. Elle sentait chez lui une douleur profonde, qui n'avait pas besoin de se manifester par des signes extérieurs.

Il approcha une chaise à son intention.

— Asseyez-vous et racontez-moi ce que vous savez.

Poirot et Knighton se retirèrent discrètement, les laissant seuls. Katherine s'acquitta de sa tâche sans difficulté. Avec naturel et simplicité, elle fit du mieux qu'elle put le récit de sa conversation avec Ruth Kettering. Van Aldin l'écoutait en silence, enfoncé dans son fauteuil, une main sur les yeux. Quand elle eut terminé, il dit seulement :

— Merci, mon enfant.

Puis ils demeurèrent silencieux. Katherine avait conscience que toute parole de sympathie aurait été déplacée. Van Aldin reprit ensuite, sur un autre ton :

— Je vous suis très reconnaissant, miss Grey. Je pense que vous avez contribué à apaiser les dernières heures de la vie de ma pauvre Ruth. Maintenant, je voudrais vous demander quelque chose. M. Poirot vous a sans doute parlé de cet escroc dont ma pauvre petite fille s'était entichée. C'est l'homme qu'elle allait rejoindre. À votre avis, pensez-vous qu'elle avait décidé de revenir sur sa décision ?

— Honnêtement, je ne sais pas. Mais elle avait certainement pris une décision et semblait plus gaie.

— Elle ne vous a pas dit où elle devait rencontrer ce bandit ? À Paris ou à Hyères ?

Katherine secoua la tête.

— Elle ne m'a rien dit à ce sujet.

— Ah ! c'est là un point essentiel, déclara Van Aldin, songeur. Bah ! Nous finirons bien par le savoir.

Il se leva, ouvrit une porte et laissa entrer Poirot et Knighton.

Katherine déclina l'invitation à déjeuner de Van Aldin et Knighton l'accompagna jusqu'à la voiture qui l'attendait devant l'hôtel. Quand il remonta, Poirot et Van Aldin étaient en conversation animée.

— Si seulement nous savions quelle décision Ruth

avait prise ! dit Van Aldin. Elle avait peut-être l'intention de quitter le train à Paris et de me télégraphier. Ou de se rendre dans le Midi pour avoir une explication avec le comte ? Nous sommes dans les ténèbres les plus complètes. Mais nous savons au moins par la femme de chambre que Ruth a été à la fois surprise et consternée par l'arrivée inopinée du comte à la gare de Lyon, à Paris. De toute évidence, cette rencontre n'était pas prévue. Vous êtes d'accord avec moi, Knighton ?

Le secrétaire sursauta.

— Excusez-moi, monsieur. Je n'écoutais pas.

— Vous rêviez ? Ce n'est guère dans vos habitudes. Cette jeune personne vous a sans doute tourné la tête...

Knighton rougit.

— Elle est absolument charmante, ajouta Van Aldin, songeur. Avez-vous remarqué ses yeux ?

— Où est l'homme qui pourrait ne pas les remarquer ? demanda Knighton.

21

Au tennis

Plusieurs jours s'écoulèrent. Un matin, en revenant de promenade, Katherine trouva Lenox qui l'attendait, avec un grand sourire aux lèvres.

— Votre jeune homme a téléphoné, Katherine !

— Qui appelez-vous mon jeune homme ?

— Un nouveau... Le secrétaire de Rufus Van Aldin. Vous semblez avoir fait sur lui une très forte impression. Vous brisez tous les cœurs, Katherine. D'abord Derek Kettering, et maintenant le jeune Knighton. Le plus curieux, c'est que je me souviens très bien de lui. Pendant la guerre, il a été soigné à l'hôpital que dirigeait maman. À l'époque, j'avais à peine huit ans.

— Il était sérieusement blessé ?

— Une balle dans la jambe, si ma mémoire est bonne, une assez mauvaise blessure. Je pense que les docteurs l'ont mal soigné. Ils lui avaient assuré que tout rentrerait dans l'ordre, mais lorsqu'il a quitté l'hôpital, il boitait toujours.

— Tu as dit à Katherine que le jeune Knighton l'avait appelée ? demanda lady Tamplin qui arrivait. Quel charmant garçon ! Je ne me suis pas tout de suite souvenue de lui – ils étaient si nombreux ! –, mais après, tout m'est revenu.

— Il était trop insignifiant pour que tu t'en souviennes, dit Lenox. Mais maintenant qu'il est le secrétaire d'un millionnaire, cela change tout !

— Ma chérie ! dit lady Tamplin d'un ton de vague reproche.

— Pourquoi a-t-il appelé ? demanda Katherine.

— Il voulait savoir si vous seriez disposée à faire du tennis cet après-midi. Si oui, il viendrait vous chercher en voiture. Maman et moi, nous avons accepté pour vous avec empressement ! Pendant que vous marivauderez avec le secrétaire d'un millionnaire, vous me donnerez l'occasion de tenter ma chance avec le millionnaire lui-même. Il doit avoir la soixantaine et doit justement être à la recherche d'une gentille petite fille comme moi.

— J'aimerais beaucoup rencontrer Mr Van Aldin ! dit lady Tamplin sérieusement. J'ai tellement entendu parler de lui. Ces fameuses brutes de l'Ouest sont si... fascinantes, ajouta-t-elle dans un murmure.

— L'invitation venait de Mr Van Aldin, précisa Lenox, Mr Knighton a beaucoup insisté là-dessus. Il l'a tellement répété que je commence à croire qu'il y a anguille sous roche. Vous et Knighton formeriez un joli couple, Katherine. Vous avez ma bénédiction, mes enfants.

Katherine se mit à rire et monta se changer.

Knighton arriva peu après le déjeuner et supporta vaillamment les effusions de lady Tamplin.

— Lady Tamplin a bien peu changé, dit-il à Katherine tandis qu'ils roulaient vers Cannes.

— Physiquement ou moralement ?

— Les deux. J'imagine qu'elle doit avoir plus de quarante ans, et elle est encore très belle.

— C'est vrai, reconnut Katherine.

— Je suis heureux que vous soyez venue aujourd'hui, continua Knighton. M. Poirot sera là lui aussi. Quel petit homme extraordinaire ! Vous le connaissez bien, miss Grey ?

Katherine secoua la tête.

— Je l'ai rencontré dans le train. Je lisais un roman policier, et j'ai trouvé le moyen de lui dire que des choses pareilles, ça ne se produisait pas dans la réalité. Bien sûr, j'ignorais à qui j'avais affaire.

— C'est un homme remarquable, qui a fait beaucoup de choses remarquables. Il va droit au cœur du problème avec une espèce de génie, mais jusqu'à la fin, personne ne sait vraiment ce qu'il pense. Je me souviens de la disparition des bijoux de lady Clanravon dans un manoir du Yorkshire où je séjournais. Ce n'était pas un simple vol, et la police locale fut mise en échec. Je leur avais suggéré de faire appel à Hercule Poirot, je leur avais dit qu'il était le seul à pouvoir les aider, mais ils avaient préféré faire confiance à Scotland Yard.

— Et que s'est-il passé ? demanda Katherine, curieuse.

— Les bijoux n'ont jamais été retrouvés.

— Vous faites une entière confiance à Poirot ?

— Absolument. Le comte de la Roche est un vieux renard qui s'est toujours arrangé pour se tirer d'affaire. Mais il a trouvé maintenant un adversaire à sa taille en la personne d'Hercule Poirot.

— Le comte de la Roche, dit pensivement Katherine. Vous pensez vraiment que c'est lui l'assassin ?

— Bien sûr, répondit Knighton en la regardant d'un air étonné. Pas vous ?

— Oh si, dit Katherine vivement. C'est-à-dire... s'il ne s'agit pas d'un simple vol qui a mal tourné.

— Ce n'est pas impossible, évidemment. Mais le comte de la Roche me paraît tellement bien à sa place dans cette affaire...

— Et pourtant, il a un alibi.

— Oh ! les alibis ! s'exclama Knighton avec un sourire charmant de gamin. Vous qui lisez des romans policiers, miss Grey, vous devriez savoir qu'un alibi parfait soulève toujours les plus graves soupçons.

— Et vous pensez qu'il en va de même dans la réalité ?

— Pourquoi pas ? La fiction est basée sur la réalité.

— Mais elle la dépasse souvent, fit remarquer Katherine.

— Peut-être. Quoi qu'il en soit, si j'étais un criminel, je n'aimerais pas avoir Hercule Poirot à mes trousses.

— Moi non plus, dit Katherine en riant.

À leur arrivée, ils trouvèrent Poirot qui les attendait. Comme il faisait chaud, il était vêtu d'un costume de toile blanche, et il portait un camélia à la boutonnière.

— Bonjour, mademoiselle. J'ai l'air très anglais comme ça, vous ne trouvez pas ?

— Vous êtes très élégant, répondit Katherine avec tact.

— Vous vous moquez de moi, dit Poirot gaiement. Mais cela n'a pas d'importance. Papa Poirot rit toujours le dernier.

— Où est Mr Van Aldin ? demanda Knighton.

— Il nous rejoindra plus tard. Pour parler vrai, mon ami, Mr Van Aldin n'est pas content de moi. Ah ! Ces Américains !... le calme, le repos, ils ne savent pas ce que c'est. Mr Van Aldin voudrait me voir voler à la poursuite des criminels à travers toutes les ruelles de Nice.

— Pour ma part, j'aurais tendance à trouver que ce n'est pas une mauvaise idée, fit observer Knighton.

— Vous faites erreur, lui dit Poirot. Ces problèmes exigent de la finesse plutôt que de l'énergie. Sur un court de tennis, on rencontre à peu près tout le monde. C'est très important. Ah, voici Mr Kettering.

Derek vint brusquement à eux. Il avait l'air sombre et inquiet, comme si quelque chose l'avait soudain contrarié. Lui et Knighton se saluèrent avec une certaine froideur. Seul Poirot, qui semblait ne pas remarquer cette atmosphère tendue, bavardait aimablement, dans un louable effort pour mettre chacun à l'aise.

— Vous parlez le français de façon étonnante, monsieur Kettering. Vous pourriez presque passer pour un Français. C'est assez rare, chez les Anglais.

— J'aimerais en être capable, dit Katherine. Malheureusement mon français est douloureusement britannique.

Ils avaient à peine rejoint leurs sièges que Knighton apercevait son patron qui lui faisait des signes de l'autre bout du court.

— Moi, je trouve ce jeune homme très bien, dit Poirot, en suivant des yeux, avec un grand sourire, le secrétaire qui s'éloignait. Et vous, mademoiselle ?

— Il me plaît beaucoup.

— Et vous Mr Kettering ?

Mis en alerte par le regard malicieux du petit Belge, Derek choisit prudemment ses mots.

— Knighton est un très gentil garçon.

Katherine eut l'impression que Poirot était un peu déçu.

— Il vous admire beaucoup, monsieur Poirot, dit-elle.

Elle lui rapporta quelques-unes des choses que Knighton lui avait dites et elle s'amusa beaucoup de le voir gonfler la poitrine comme un oiseau, avec un air de fausse modestie qui ne pouvait tromper personne.

— Cela me rappelle, mademoiselle, dit-il soudain, que j'ai une question à vous poser. Lorsque vous étiez assise dans le train à côté de cette pauvre dame, vous avez dû laisser tomber votre étui à cigarettes.

Katherine parut surprise.

— Je ne crois pas, dit-elle.

Poirot tira de sa poche un étui de cuir bleu, marqué d'un « K » doré.

— Non, ce n'est pas à moi.

— Ah ! mille excuses. C'est sans doute le sien. « K » doit être là pour Kettering. Nous hésitions, car elle avait un autre étui à cigarettes dans son sac, et il semblait curieux qu'elle en ait eu deux. (Puis, se tournant brusquement vers Derek :) Vous ne savez pas, par hasard, si cet étui appartenait ou non à votre femme ?

Pris de court, Derek balbutia :

— Je... je ne sais pas. Sans doute, oui.

— Ce ne serait pas le vôtre, par hasard ?

— Si c'était le mien, vous ne l'auriez certainement pas trouvé chez ma femme.

— J'ai pensé que vous l'aviez peut-être laissé tomber lorsque vous étiez dans son compartiment, expliqua-t-il, l'œil candide.

— Je n'y suis jamais allé. Je l'ai déjà répété cent fois à la police.

— Mille pardons, dit Poirot, l'air navré. C'est Mademoiselle, ici présente, qui prétend vous avoir vu y entrer.

Il se tut, feignant le plus grand embarras.

Katherine regarda Derek. Il avait pâli, mais peut-être se faisait-elle des idées. Son rire en tout cas sonna très naturel.

— Vous faites erreur, miss Grey, dit-il, très à l'aise. D'après ce qu'on m'a dit, mon compartiment était soit juste à côté de celui de ma femme, soit une porte plus loin. Vous m'avez sûrement vu entrer dans mon propre compartiment.

Il se leva brusquement en voyant Van Aldin et Knighton approcher.

— Il faut que je vous quitte maintenant. Je ne peux pas supporter mon beau-père.

Van Aldin salua Katherine très poliment, mais il paraissait de mauvaise humeur.

— Vous avez l'air d'aimer regarder jouer au tennis, monsieur Poirot, grommela-t-il.

— Oui, j'y prends beaucoup de plaisir, répondit tranquillement Poirot.

— Vous avez de la chance d'être en France. En Amérique nous sommes d'une autre trempe. Les affaires passent avant le plaisir.

Loin de se sentir offensé, Poirot sourit gentiment à l'irascible millionnaire.

— Ne vous fâchez pas. À chacun ses méthodes. Pour ma part j'ai toujours pensé qu'il valait mieux joindre l'utile à l'agréable.

Il jeta un coup d'œil aux deux autres : ils étaient absorbés par leur conversation. Rassuré, il glissa à l'oreille de Van Aldin :

— Je ne suis pas ici seulement pour mon plaisir,

monsieur. Regardez ce grand vieillard, juste en face de nous, avec son teint jaune et sa barbe vénérable...

— Oui, eh bien ?

— Eh bien, c'est Mr Papopolous.

— Un Grec, c'est ça ?

— Un Grec, oui. Un antiquaire de réputation mondiale. Il a une petite boutique à Paris, mais la police le soupçonne de tout autre chose.

— De quoi donc ?

— De prendre livraison d'objets volés, et en particulier de bijoux. La taille et le sertissage des pierres précieuses n'ont aucun secret pour lui. Il traite avec les plus grands d'Europe comme avec la plus basse racaille.

Van Aldin regarda Poirot, son attention soudain éveillée.

— Eh bien ? demanda-t-il d'un ton complètement changé.

— Moi, Hercule Poirot, je me demande, dit-il en se frappant la poitrine de façon théâtrale : *Pourquoi Mr Papopolous est-il soudainement venu à Nice ?*

Van Aldin parut impressionné. S'il avait douté des compétences de Poirot, s'il l'avait pris un moment pour un faiseur, à la seconde, il lui rendit toute sa confiance. Il le regarda droit dans les yeux.

— Je vous dois des excuses, monsieur Poirot, dit-il.

— Bah ! s'écria celui-ci avec un grand geste de la main, cela n'a aucune importance. À présent, écoutez-moi, monsieur Van Aldin. J'ai du nouveau. Cela va vous intéresser. Comme vous le savez, le comte de la Roche est sous surveillance depuis son entretien avec le juge d'instruction. Le lendemain, la villa Marina a été fouillée par la police en son absence.

— Eh bien, dit Van Aldin, on a trouvé quelque chose ? Je parie que non.

Poirot lui fit un petit salut.

— Je rends hommage à votre perspicacité, monsieur Van Aldin. Comme il fallait s'y attendre, on n'a rien découvert de suspect. Le comte de la Roche n'est pas né d'hier. C'est un gentleman astucieux et plein d'expérience.

— Poursuivez, grommela Van Aldin, très intéressé.

— Il pouvait, bien sûr, n'avoir rien eu à cacher. Mais nous devions également envisager l'autre hypothèse. Si le comte dissimulait quelque chose, où l'avait-il mis ? Pas dans sa maison, qui avait été entièrement fouillée. Pas sur lui non plus, puisqu'il savait qu'il pouvait être arrêté à tout moment. Restait... sa voiture. Comme je vous l'ai déjà dit, il était surveillé. Il a été suivi le jour où il s'est rendu à Monte-Carlo. De là, il a pris la direction de Menton. Sa voiture est puissante et il a réussi à semer ses poursuivants. Pendant environ un quart d'heure, ils l'ont complètement perdu de vue.

— Et pendant ce temps, vous croyez qu'il a caché quelque chose sur le bord de la route ? demanda Van Aldin.

— Sur le bord de la route, non. Mais voilà, j'avais fait une petite proposition à M. Carrège, qui avait bien voulu l'approuver. Dans chaque bureau de poste de la région, nous avions placé une personne connaissant bien le comte de la Roche de vue. Parce que, voyez-vous, monsieur, le meilleur moyen de cacher quelque chose c'est de l'expédier quelque part par la poste.

— Et ensuite ? demanda Van Aldin, de plus en plus intéressé.

— Ensuite... voilà !

D'un geste théâtral, il tira de sa poche un paquet non ficelé et mal enveloppé dans du papier marron.

— Pendant ledit quart d'heure, notre gentleman avait posté ce colis.

— À quelle adresse ? demanda vivement Van Aldin.

Poirot hocha la tête.

— Le destinataire aurait pu nous apprendre quelque chose, mais ce n'est, hélas, pas le cas. Le colis a été envoyé à l'une de ces boîtes postales de Paris qui conservent lettres et paquets et les restituent moyennant une petite commission.

— Bon, mais qu'y a-t-il dedans ? demanda Van Aldin, avec impatience.

Poirot défit l'emballage et découvrit une petite boîte carrée en carton. Il regarda autour de lui.

— C'est le moment, dit-il tranquillement. Tous les yeux sont tournés vers les joueurs. Regardez, monsieur !

Il souleva le couvercle de la boîte pendant une fraction de seconde.

Van Aldin poussa une exclamation de stupeur. Il devint tout pâle.

— Mon Dieu ! les rubis !...

Il resta une minute comme hébété. Poirot remit la boîte dans sa poche et sourit. Sortant soudain de sa transe, Van Aldin se pencha vers Poirot et lui serra la main si énergiquement que le petit homme grimaça de douleur.

— Fantastique ! s'exclama Van Aldin, fantastique ! Vous êtes quelqu'un, monsieur Poirot. Oui, vous êtes vraiment quelqu'un.

— Oh, ce n'est rien, dit Poirot avec modestie. De l'ordre, de la méthode et se préparer à toutes éventualités, il n'y a rien là de bien sorcier.

— J'imagine que le comte de la Roche a été arrêté ? poursuivit Van Aldin, très excité.

— Non, répondit Poirot.

Van Aldin le regarda, stupéfait.

— Mais pourquoi ? Que vous faut-il de plus ?

— Son alibi est inattaquable.

— C'est ridicule !

— Oui, c'est ridicule, mais malheureusement, il faut le prouver.

— Pendant ce temps, il vous filera entre les doigts.

Poirot secoua énergiquement la tête.

— Non. Le comte ne peut pas se permettre de sacrifier son rang social. Il doit rester à tout prix et se payer de culot.

Van Aldin n'était pas convaincu.

— Mais je ne vois pas...

— Accordez-moi un peu de temps, monsieur, dit Poirot avec un geste apaisant. J'ai ma petite idée. Beaucoup de gens se sont moqués des petites idées d'Hercule Poirot, et ils ont eu tort.

— Bon. Allez-y. Quelle est cette petite idée ?

Poirot réfléchit un instant.

— Je viendrai vous voir à votre hôtel à 11 heures, demain matin. D'ici là, pas un mot à qui que ce soit.

22

Une visite matinale

Mr Papopolous prenait son petit déjeuner en compagnie de sa fille Zia, lorsqu'on frappa à la porte. C'était un chasseur, avec une carte. Il y jeta un coup d'œil, leva les sourcils et la tendit à sa fille.

— Hercule Poirot..., murmura Mr Papopolous en se grattant pensivement l'oreille gauche. Hercule Poirot ! Je me demande bien...

Le père et la fille se regardèrent.

— Je l'ai aperçu hier au tennis, dit Mr Papopolous. Je n'aime pas ça, Zia.

— Il t'a rendu de grands services, lui rappela sa fille.

— C'est vrai, reconnut Mr Papopolous. Et j'ai entendu dire qu'il était à la retraite maintenant.

Le père et sa fille avaient parlé en grec. Mr Papopolous ordonna au chasseur en français :

— Faites monter ce monsieur.

Très élégamment vêtu et balançant sa canne d'un air désinvolte, Hercule Poirot fit son entrée.

— Cher monsieur Papopolous.

— Cher monsieur Poirot.

— Mademoiselle Zia, fit Poirot avec une petite courbette.

— Vous nous excuserez de poursuivre notre petit déjeuner, dit Mr Papopolous en se versant une autre tasse de café. Votre venue est bien matinale !

— C'est honteux de ma part, dit Poirot, mais voyez-vous, je suis très pressé.

— Ah ! murmura Mr Papopolous, vous êtes sur une affaire ?

— Une affaire très sérieuse, dit Poirot. Le meurtre de Mrs Kettering.

— Attendez..., dit Mr Papopolous en regardant innocemment le plafond, n'est-ce pas cette femme qui est morte dans le Train Bleu ? J'ai lu cette histoire dans les journaux, mais il n'y était pas question de meurtre.

— Dans l'intérêt de la Justice, on a préféré le passer sous silence.

Ils se turent un moment.

— Et en quoi puis-je vous être utile, monsieur Poirot ? demanda poliment l'antiquaire.

— Voilà, dit Poirot, j'irai droit au but.

Il tira de sa poche la petite boîte qu'il avait montrée à Mr Van Aldin à Cannes, l'ouvrit et poussa les rubis devant Mr Papopolous.

Bien que Poirot l'observât de près, pas un muscle du visage du vieillard ne bougea. Il examina les bijoux avec un intérêt professionnel, puis regarda le détective d'un air interrogateur.

— Magnifiques, non ? demanda Poirot.

— Superbes, en effet, dit Mr Papopolous.

— À combien les évalueriez-vous ?

Un léger frémissement agita le visage du Grec.

— Suis-je obligé de vous le dire, monsieur Poirot ?

— Vous êtes très habile, monsieur Papopolous. Non, ce ne sera pas nécessaire. Ils ne valent sans doute pas cinq cent mille dollars.

Papopolous se mit à rire, et Poirot fit de même.

— Pour des copies, dit Papopolous en remettant les rubis à Poirot, comme je vous l'ai dit, ils sont absolument superbes. Serait-il indiscret, monsieur Poirot, de vous demander d'où vous les tenez ?

— Pas du tout. Je peux bien le dire à un vieil ami comme vous. Ils étaient en possession du comte de la Roche.

Mr Papopolous leva les sourcils dans une mimique éloquente.

— Vraiment ? murmura-t-il.

Poirot prit son air le plus innocent :

— Monsieur Papopolous, dit-il, je vais jouer cartes sur table. Les véritables bijoux ont été volés à Mrs Kettering dans le Train Bleu. Maintenant, je vais vous préciser d'abord ceci : je ne cherche pas à retrouver ces bijoux. C'est l'affaire de la police. Et je ne travaille pas pour la police, mais pour Mr Van Aldin.

Je veux mettre la main sur l'assassin de Mrs Kettering. Je ne m'intéresse aux bijoux que dans la mesure où ils me permettront de mettre la main sur le coupable. Vous comprenez ?

Il insista sur les deux derniers mots.

— Poursuivez, riposta Mr Papopolous, toujours impassible.

— Je pense que les bijoux changeront de main à Nice, si ce n'est déjà fait.

— Ah ! dit Mr Papopolous, en buvant son café à petites gorgées, plus noble et patriarcal que jamais.

— En vous voyant, continua Poirot avec entrain, je me suis dit : quelle chance ! Mon vieil ami, Mr Papopolous, se trouve justement à Nice. Il va pouvoir m'aider.

— Et comment imaginez-vous que je puisse vous aider ? demanda froidement l'antiquaire.

— J'ai tout de suite pensé que vous étiez à Nice pour affaires.

— Pas du tout. Je suis ici pour raison de santé, sur ordre du médecin.

Il émit une toux caverneuse.

— Je suis navré de l'apprendre, répondit Poirot, avec une feinte sympathie. Mais continuons. Lorsqu'un grand-duc russe, une archiduchesse autrichienne, ou un prince italien souhaite se défaire de bijoux de famille, à qui s'adresse-t-il ? À Mr Papopolous, n'est-ce pas ? Réputé dans le monde entier pour sa discrétion dans ce type de transactions.

L'autre s'inclina.

— Vous me flattez.

— La discrétion est une qualité inestimable, dit Poirot d'un air songeur. (Il fut récompensé par le sourire furtif qui éclaira le visage du Grec.) Mais moi aussi je sais me montrer discret.

Leurs regards se croisèrent.

Poirot continua, parlant très lentement, pesant visiblement ses mots avec soin.

— Je me suis dit encore ceci : si ces rubis ont changé de main à Nice, Mr Papopolous en aura entendu parler. Il sait tout ce qui se passe dans le monde des bijoux.

— Ah ! dit Mr Papopolous en prenant un croissant.

— La police, comprenez-vous, n'a rien à voir là-dedans. C'est une affaire strictement personnelle.

— Certains bruits ont couru..., dit prudemment Mr Papopolous.

— Lesquels ? demanda Poirot.

— Pour quelle raison devrais-je vous les communiquer ?

— J'en vois au moins une. Souvenez-vous, il y a dix-sept ans, un personnage très important vous avait confié des bijoux, et ceux-ci avaient disparu de façon inexplicable. Vous étiez, comme on dit, dans de mauvais draps.

Poirot regarda la jeune femme. Elle avait repoussé sa tasse et son assiette et, les coudes sur la table, le menton dans les mains, elle l'écoutait attentivement. Ne la quittant pas des yeux, il poursuivit :

— À cette époque, je me trouvais à Paris. Vous m'avez fait appeler et vous m'avez promis une reconnaissance éternelle si je retrouvais le bijou perdu. Eh bien ! je l'ai retrouvé.

Mr Papopolous poussa un long soupir.

— Ce fut le moment le plus pénible de ma carrière, murmura-t-il.

— Dix-sept ans, c'est long, dit Poirot songeur, mais je ne crois pas me tromper, monsieur, en affirmant que vous faites partie d'une race qui n'oublie jamais.

— Les Grecs ? murmura Papopolous, avec un sourire ironique.

— Je ne pensais pas aux Grecs.

Il y eut un silence, puis le vieillard se redressa fièrement.

— Vous avez raison, monsieur Poirot. Je suis Juif. Et, comme vous venez de le dire, nous avons de la mémoire.

— Vous acceptez donc de m'aider ?

— En ce qui concerne les bijoux, monsieur, je ne peux rien faire.

Comme Poirot auparavant, le vieil homme choisissait ses mots avec soin.

— Je ne sais rien. Je n'ai rien entendu dire. Mais je peux peut-être vous donner un bon tuyau. Si vous vous intéressez aux courses, bien sûr.

— Cela peut m'arriver, c'est selon, répondit Poirot sans le quitter des yeux.

— Il y a un cheval qui court à Longchamp en ce

216

moment et qui paraît intéressant. Je ne peux rien affirmer, bien sûr. Le renseignement m'est parvenu si indirectement...

Il s'interrompit, et fixa Poirot comme pour s'assurer qu'il le comprenait bien.

— Parfaitement, parfaitement, dit Poirot.

— Le cheval, dit Mr Papopolous en s'enfonçant dans son siège et en joignant les doigts, s'appelle le Marquis. Je crois savoir qu'il s'agit d'un cheval anglais. N'est-ce pas, Zia ?

— Oui, je le pense aussi.

Poirot se leva vivement.

— Je vous remercie, monsieur, dit-il. Rien ne vaut ce que les Anglais appellent un « tuyau d'écurie ». Au revoir, monsieur, et mille fois merci.

Il se tourna vers Zia.

— Au revoir, mademoiselle. Il me semble que notre dernière rencontre date d'hier, disons de deux ans, tout au plus.

— Il y a une grande différence entre seize ans et trente-trois, répliqua Zia d'un air triste.

— Pas dans votre cas, déclara Poirot galamment. Vous accepteriez peut-être de dîner avec moi un soir, avec votre père ?

— J'en serai enchantée, répondit Zia.

— Alors je vais arranger ça. Et maintenant, il faut que je me sauve.

Poirot sortit en fredonnant. Faisant tournoyer sa canne et souriant, il entra dans le premier bureau de poste venu pour expédier un télégramme. Il lui fallut quelque temps pour le rédiger, car il utilisait un code qui exigeait de lui des efforts de mémoire. Il y était question de la disparition d'une épingle de cravate, et le message était adressé à l'inspecteur Japp, à Scotland Yard.

Décodé, on pouvait lire : « *Télégraphiez-moi tout ce que vous savez sur un homme se faisant appeler le Marquis.* »

23

Une nouvelle hypothèse

Il était 11 heures précises lorsque Poirot se présenta chez Van Aldin. Il le trouva seul.

— Vous êtes ponctuel, monsieur Poirot, dit celui-ci avec un sourire, en se levant pour l'accueillir.

— Je suis toujours ponctuel, répondit Poirot. Sans ordre ni méthode... (Il s'interrompit.) Ah, mais j'ai déjà dû vous dire ça. Allons droit à l'objet de ma visite.

— Votre petite idée ?

— Oui, ma petite idée. (Poirot sourit.) Avant tout, monsieur, je voudrais interroger une nouvelle fois la femme de chambre, Ada Mason. Elle est ici ?

— Oui.

— Bon.

Van Aldin le regarda avec curiosité. Il sonna et dépêcha un groom à la recherche de Mason.

Poirot la reçut avec son habituelle courtoisie, ce qui ne manquait jamais de faire son petit effet sur les gens de sa condition.

— Bonjour, mademoiselle, dit-il gaiement. Asseyez-vous, je vous prie, si Monsieur le permet.

— Oui, oui, asseyez-vous mon enfant, dit Van Aldin.

— Merci, monsieur, dit Mason, guindée, en s'asseyant au bord d'une chaise.

Elle paraissait plus maigre et plus sèche que jamais.

— Je suis venu vous poser encore quelques petites questions, dit Poirot. Nous devons aller au fond de cette affaire. Je reviens une fois de plus à l'homme du train. On vous a montré le comte de la Roche. Vous avez déclaré que c'était peut-être lui mais que vous n'en étiez pas sûre.

— Comme je vous l'ai dit, monsieur, je n'ai pas pu voir son visage. C'est ça le problème.

Poirot sourit et hocha la tête.

— Précisément. Exactement. Je comprends bien votre problème. Maintenant, mademoiselle, vous étiez au service de Mrs Kettering depuis deux mois. Au cours de ces deux mois, combien de fois avez-vous vu votre maître ?

Mason réfléchit un instant.

— Deux fois seulement, monsieur, dit-elle finalement.

— De près ou de loin ?

— Eh bien, monsieur, il est venu une fois à Curzon Street. J'étais au premier étage. Je me suis penchée par-dessus la rampe de l'escalier et l'ai aperçu dans le vestibule. J'étais un peu curieuse, voyez-vous, étant donné... les circonstances.

Elle termina sa phrase par un toussotement discret.

— Et la deuxième ?

— J'étais dans le parc, monsieur, avec Annie, une autre femme de chambre. Elle me l'a montré qui se promenait en compagnie d'une étrangère.

Poirot approuva de nouveau.

— À présent, écoutez-moi bien, Mason. Cet homme que vous avez vu à la gare de Lyon parler avec votre maîtresse, comment savez-vous que ce n'était pas votre maître ?

— Mon maître, monsieur ? Oh, je ne crois pas.

— Mais vous n'en êtes pas sûre ? insista Poirot.

— Ma foi... je n'y ai jamais pensé, monsieur.

Mason semblait visiblement troublée par cette idée.

— Vous savez maintenant que votre maître était également dans ce train. Il n'y aurait rien eu d'étrange à ce qu'il passe dans le couloir.

— Mais le gentleman qui parlait avec ma maîtresse devait venir de dehors. Il était vêtu d'un pardessus et d'un chapeau mou.

— Oui, mademoiselle, mais réfléchissez une minute. Le train venait d'arriver en gare de Lyon et quelques voyageurs se promenaient sur le quai. Votre maîtresse s'apprêtait à en faire autant, c'est pourquoi elle avait endossé son vison, non ?

— Oui, monsieur, reconnut Mason.

— Eh bien, votre maître fait de même. Le train est

chauffé, mais, dans la gare, il fait froid. Il met son par
dessus et son chapeau, et marche le long du train en
regardant les fenêtres éclairées des compartiments
quand, soudain, il aperçoit Mrs Kettering. Tout naturellement, il monte dans son wagon et se rend dans
son compartiment. En le voyant, elle pousse un cri
de surprise et s'empresse de fermer la porte entre vos
deux compartiments pour qu'on n'entende pas leur
conversation.

S'enfonçant dans son fauteuil, Poirot observa l'effet
produit sur Mason par son raisonnement. Personne
ne savait mieux que lui qu'on ne devait pas brusquer
les gens de sa classe. Il fallait lui donner le temps de
se débarrasser de ses idées préconçues. Au bout d'un
instant elle déclara :

— Ma foi, bien sûr monsieur, les choses ont pu se
passer ainsi. Je n'y avais pas pensé. Le maître est grand
et brun et il a presque la même taille que l'homme
que j'ai aperçu. C'est le chapeau et le pardessus qui
m'ont fait croire qu'il venait de l'extérieur. Oui, c'était
peut-être le maître, mais je n'en jurerais pas.

— Merci beaucoup, mademoiselle. Vous pouvez
vous retirer. Oh ! encore un petit détail. (Il tira de sa
poche l'étui à cigarettes qu'il avait déjà montré à
Katherine.) Ce porte-cigarettes appartenait à votre
maîtresse ?

— Non, monsieur. Du moins...

Elle parut soudain surprise. De toute évidence,
une idée essayait de faire son chemin jusqu'à sa
conscience.

— Oui ? dit Poirot d'un ton encourageant.

— Je crois, monsieur, sans pouvoir l'affirmer, que ma maîtresse l'avait acheté pour l'offrir à mon maître.

— Ah, dit Poirot.

— Mais je ne saurais dire si elle le lui avait finalement offert.

— Bien entendu. Je crois que c'est tout ce que j'avais à vous demander, mademoiselle. Je vous souhaite un bon après-midi.

Ada Mason se retira discrètement, et referma la porte sans bruit.

Poirot regarda Van Aldin avec un petit sourire. Celui-ci paraissait frappé de stupeur.

— Vous pensez... Vous pensez que c'était Derek ? Pourtant, tout semble désigner l'autre... Le comte a bien été pris sur le fait en possession des bijoux ?

— Non.

— Mais vous m'avez dit...

— Qu'est-ce que je vous ai dit ?

— Cette histoire à propos des bijoux... Vous me les avez montrés.

— Non.

Van Aldin le dévisagea.

— Êtes-vous en train de me dire que vous ne m'avez pas montré les bijoux ?

— Exactement.

— Hier, au tennis ?

— Non.

— Qui est fou, monsieur Poirot, vous ou moi ?

— Ni l'un ni l'autre. Vous m'avez posé une question, je vous ai répondu. Vous m'avez demandé si je vous ai montré les bijoux hier ? J'ai dit : non. Ce que je vous ai montré, monsieur Van Aldin, était une excellente copie. Seul un expert pourrait la distinguer des véritables bijoux.

24

Poirot donne un conseil

Il fallut quelques minutes pour que Van Aldin retrouve ses esprits. Il regardait Poirot avec ahurissement. Celui-ci hocha gentiment la tête.

— Eh oui. Cela change tout, n'est-ce pas ?

— Une copie ! s'exclama Van Aldin. C'est là que vous vouliez en venir ? Vous n'avez jamais cru à la culpabilité du comte de la Roche ?

— J'avais des doutes, dit tranquillement Poirot. Je vous en avais d'ailleurs fait part. Un vol avec violence et meurtre... non, non, c'était difficile à imaginer. Cela ne correspondait pas à la personnalité du comte de la Roche.

— Vous croyez cependant qu'il avait l'intention de voler les rubis ?

— Cela ne fait aucun doute. Je vais vous exposer l'affaire comme je la vois. Le comte était au courant de l'existence des rubis et il avait préparé un plan. Il a prétendu qu'il écrivait un livre pour inciter votre fille à lui montrer les rubis. Puis il s'en est procuré une copie exacte. Il est clair qu'il avait l'intention de dérober les véritables bijoux et de les remplacer par cette imitation. Madame votre fille n'avait rien d'une experte en bijoux. Il lui aurait sans doute fallu long-temps pour se rendre compte de la substitution. Et à ce moment-là, eh bien... je ne pense pas qu'elle aurait intenté un procès au comte. Elle avait trop à perdre. Il possédait de nombreuses lettres d'elle... Eh oui, un plan sans faille, qu'il avait certainement déjà mis en œuvre auparavant.

— Cela semble très clair, en effet, dit Van Aldin d'un air songeur.

— Et parfaitement conforme à la personnalité du comte de la Roche, dit Poirot.

— Oui, mais alors... (Van Aldin lui jeta un regard interrogateur.) Que s'est-il passé ? Racontez-moi cela, monsieur Poirot.

— C'est simple, dit Poirot avec un haussement d'épaules. Quelqu'un lui a coupé l'herbe sous le pied.

Un long silence suivit.

Van Aldin semblait réfléchir. Il demanda enfin, sans tourner autour du pot :

— Depuis combien de temps soupçonnez-vous mon gendre, monsieur Poirot ?

— Depuis la première minute. Il avait un mobile et avait eu la possibilité de le faire. Tout le monde était convaincu que l'homme qui était entré dans le compartiment de Mrs Kettering à Paris était le comte de la Roche. Moi-même je l'ai cru. Puis un jour, vous m'avez raconté qu'il vous était arrivé de confondre le comte avec votre gendre. J'en ai déduit qu'ils devaient avoir la même taille et la même couleur de cheveux. Alors d'étranges idées me sont venues. La femme de chambre n'était au service de votre fille que depuis peu. Comme Mr Kettering ne vivait pas à Curzon Street, elle n'était peut-être pas capable de le reconnaître, d'autant plus que l'homme du compartiment avait pris soin de dissimuler son visage.

— Vous pensez... qu'il l'a tuée ? demanda Van Aldin d'une voix rauque.

Poirot eut un geste de protestation.

— Non, non, je n'ai pas dit cela. Mais c'est une possibilité, une sérieuse possibilité. Il était acculé, menacé de ruine. C'était le moyen de se tirer d'embarras.

— Mais pourquoi prendre les bijoux ?

— Pour faire croire à un crime banal commis par des bandits. Sinon, on l'aurait immédiatement soupçonné.

— Dans ce cas, qu'aurait-il fait des rubis ?

— Cela reste à découvrir. Il y a plusieurs solutions. Je connais quelqu'un à Nice qui peut nous aider : l'homme que je vous ai montré hier au tennis.

Poirot se leva. Van Aldin l'imita et lui posa une main sur l'épaule. D'une voix étranglée par l'émotion, il lui dit :

— Retrouvez le meurtrier de ma fille, c'est tout ce que je vous demande.

Poirot se redressa.

— Laissez faire Hercule Poirot, déclara-t-il avec superbe. N'ayez crainte, je découvrirai la vérité.

D'une chiquenaude, il retira un grain de poussière de son chapeau, adressa un sourire rassurant à Van Aldin et s'en alla. Néanmoins, aussitôt dans l'escalier, sa belle assurance le quitta.

« Tout cela est bel et bien, se dit-il, mais il reste des difficultés à résoudre. De grandes difficultés. »

Il allait sortir de l'hôtel quand il s'arrêta : une voiture était devant la porte. Debout près de la portière, Derek Kettering bavardait avec Katherine Grey, assise à l'intérieur. Puis la voiture démarra et Derek resta immobile à la regarder s'éloigner. Il haussa soudain les épaules dans un mouvement d'impatience, poussa un profond soupir, se retourna et se trouva nez à nez avec Hercule Poirot. Il sursauta malgré lui. Ils se regardèrent, Poirot impassible, Derek avec une espèce de désinvolture méfiante.

— C'est un amour, vous ne trouvez pas ? remarqua celui-ci d'un ton de vague raillerie.

— Oui, répondit Poirot, pensif. C'est en effet le mot qui lui convient. Adorable et très anglaise.

Et comme Derek ne répondait pas, il ajouta :

— Et malgré tout cela, également sympathique, non.

— Oui, on en rencontre peu comme elle, dit Derek à voix basse, comme pour lui-même.

Poirot acquiesça et répliqua, d'une voix calme et grave que Derek Kettering ne lui connaissait pas :

— Vous pardonnerez à un vieil homme, monsieur, s'il s'adresse à vous avec ce que vous pouvez considérer comme de l'impertinence, mais j'aimerais vous citer un de vos proverbes anglais : « La sagesse exige qu'on se débarrasse d'un amour avant de s'engager dans le suivant. »

— Que diable voulez-vous dire ? s'écria Kettering, furieux.

— Vous êtes en colère contre moi ? répondit Poirot sans s'émouvoir. Je m'y attendais. Quant à ce que je voulais dire... Je voulais dire, monsieur, qu'il y a ici une deuxième voiture avec une dame à l'intérieur. Si vous tournez la tête, vous la verrez.

Derek se retourna et son regard devint noir de colère.

— Mireille ! s'écria-t-il. Je vais la...

Poirot l'arrêta du geste.

— Êtes-vous sûr que ce que vous allez faire soit bien raisonnable ? demanda-t-il.

Une lueur verte brillait dans son regard, mais, dans sa colère, Derek n'était plus en état de comprendre l'avertissement.

— J'ai rompu avec elle, et elle le sait ! vociféra-t-il.

— Oui, mais elle ? Est-ce qu'elle a aussi rompu avec vous ?

Derek éclata d'un rire cassant.

— Elle ne rompra pas de plein gré avec deux millions de livres, faites-lui confiance.

Poirot leva les sourcils.

— Vous voyez les choses de façon plutôt cynique, murmura-t-il.

— Vous trouvez ? fit Derek avec un sourire sans joie. J'ai vécu assez longtemps dans le monde, monsieur Poirot, pour savoir que toutes les femmes se ressemblent. Toutes, sauf une, ajouta-t-il d'un ton soudain plus doux.

Il lança à Poirot un regard provocant.

— Celle-là, dit-il en indiquant d'un signe de tête la direction du Cap Martin.

— Ah ! fit Poirot.

Sa passivité était bien calculée pour exciter la nature impulsive de l'autre.

— Je sais ce que vous allez dire, déclara-t-il vivement : étant donné la vie que j'ai vécue, je ne suis pas digne d'elle. Je suis même indigne d'y songer. Qui veut noyer son chien l'accuse de la rage. Je sais qu'il est indécent de parler ainsi, alors que ma femme n'est morte que depuis quelques jours, assassinée qui plus est.

Il s'arrêta pour reprendre son souffle. Poirot en profita pour lui faire remarquer d'une voix plaintive :

— Je n'ai rien dit de tel...

— Non, mais vous alliez le faire.

— Ah ?

— Vous alliez dire que je n'ai aucune chance d'épouser Katherine.

— Non, dit Poirot, je ne dirai pas ça. Vous avez mauvaise réputation, certes, mais les femmes.., cela ne les décourage jamais. Si vous étiez un homme honorable, à la moralité irréprochable, n'ayant rien fait de ce qu'il ne devait pas faire... ayant même peut-être fait tout ce qu'il devait faire, eh bien ! dans ce cas, je douterais fort de votre réussite. Les qualités morales, voyez-vous, ne sont guère romantiques. Néanmoins, les veuves les apprécient.

Derek Kettering le foudroya du regard, lui tourna le dos et se dirigea vers la voiture.

Poirot le regarda faire avec intérêt. Une délicieuse apparition se pencha par la portière et se mit à parler. Mais Derek Kettering ne s'arrêta pas. Il souleva son chapeau et poursuivit son chemin.

— Bon. Ça y est ! dit Hercule Poirot. Le moment est venu de rentrer chez moi.

Il trouva l'imperturbable George en train de donner un coup de fer à son pantalon.

— La journée s'annonce agréable, George ! Un peu fatigante, mais pleine d'enseignements, dit-il.

George accueillit ces remarques avec son visage de bois habituel.

— Oui, monsieur.

— La personnalité d'un criminel, George, est une chose passionnante. Les meurtriers sont souvent des gens charmants.

— J'ai entendu dire que la compagnie du Dr Crippen était très recherchée. Et pourtant, il a coupé sa femme en petits morceaux.

— Vos observations sont toujours pertinentes, George.

La sonnerie du téléphone retentit. Poirot décrocha.

— Allô, allô... oui ! Hercule Poirot à l'appareil...

— Ici Knighton. Ne quittez pas, monsieur Poirot, Mr Van Aldin désire vous parler.

La voix de celui-ci se fit bientôt entendre.

— Monsieur Poirot ? Je voulais juste vous dire que Mason est venue me voir de son propre chef. Réflexion faite, elle est presque certaine que l'homme entrevu à Paris est bien Derek Kettering. Sur le moment, il lui avait paru vaguement familier, mais elle n'arrivait pas à le situer. À présent, elle n'a pour ainsi dire plus de doutes.

— Ah ! dit Poirot, merci, monsieur Van Aldin. Voilà un point d'acquis.

Après avoir raccroché, il resta immobile une minute, un étrange sourire aux lèvres. George dut répéter deux fois sa question avant d'obtenir une réponse.

— Hein ? Qu'est-ce que vous dites ?

— Monsieur déjeunera-t-il ici ou va-t-il sortir ?

— Ni l'un ni l'autre. Je vais aller m'allonger avec une tisane. Ce que j'attendais est arrivé, et quand cela arrive, je suis toujours un peu ému.

25

Méfiance

Au moment où Derek Kettering avait croisé la voiture, Mireille s'était penchée à la portière.

— Derek... il faut que je te parle !

Mais il s'était contenté de la saluer et avait poursuivi son chemin.

À l'hôtel, le concierge l'arrêta :

— Un gentleman veut vous voir, monsieur.

— Qui ça ?

— Il n'a pas donné son nom, mais il a dit qu'il s'agissait d'une affaire importante et qu'il vous attendrait.

— Où est-il ?

— Il s'est installé dans le petit salon. Il trouvait le hall trop passant.

Il n'y avait qu'une personne dans le petit salon, qui se leva à l'entrée de Derek, et s'inclina avec grâce.

Derek n'avait vu le comte de la Roche qu'une fois, mais il n'eut aucun mal à le reconnaître. Son œil devint noir. « Voyez-vous ça ! De tous les culots... », se dit-il.

— Le comte de la Roche, sans doute ? Je crains que vous n'ayez perdu votre temps en venant ici.

— J'espère que non, répondit le comte avec amabilité en découvrant des dents blanches éclatantes.

Le charme de ses manières était en général sans effet sur les hommes. Ils le détestaient tous, sans exception. Derek Kettering se sentait déjà l'impérieux désir d'envoyer promener le comte, hors du petit salon, d'un bon coup de pied. Mais le moment était mal venu pour déclencher un scandale. Comment Ruth avait-elle pu s'éprendre d'un tel individu ? Un goujat, pire qu'un goujat. Il regarda avec dégoût ses doigts manucurés.

— Je suis venu à propos d'une petite affaire. Je pense qu'il serait sage de m'écouter.

Le ton légèrement menaçant du comte ne lui échappa pas, mais il l'interpréta à sa façon. Une fois de plus, il se sentit démangé par le désir de le jeter dehors. Mais différentes raisons lui conseillaient d'écouter ce que le comte avait à lui dire.

Il s'assit et se mit à pianoter avec impatience sur la table.

— Eh bien, demanda-t-il sèchement, de quoi s'agit-il ?

Il n'était pas dans les habitudes du comte d'aller droit au but.

— Permettez-moi, monsieur, de vous présenter mes condoléances pour le deuil qui vous a récemment frappé.

— Si vous vous permettez d'être insolent, je vous passe par la fenêtre, déclara Derek posément, en lui montrant de la tête celle qui se trouvait juste derrière lui.

Le comte, mal à l'aise, changea de place.

— Je vous enverrai mes témoins, monsieur, si c'est ce que vous désirez, dit-il avec hauteur.

Derek éclata de rire.

— Un duel, hein ? Mon cher comte, je ne vous prends pas assez au sérieux pour en arriver là. En revanche, j'aurais plaisir à vous faire descendre la Promenade des Anglais à coups de pied dans le derrière.

Le comte n'était pas disposé à se sentir offensé. Il leva tout doucement les sourcils et murmura :

— Les Anglais sont des barbares !

— Eh bien, dit Derek, je vous écoute ?

— Je vais être franc, dit le comte, aller droit au but. C'est ce que nous souhaitons tous les deux, n'est-ce pas ?

Une fois encore, il sourit aimablement.

— Poursuivez, lui dit sèchement Derek.

Le comte leva les yeux au plafond, joignit les doigts et murmura :

— Vous venez d'hériter d'une somme considérable, monsieur.

— En quoi diable cela vous regarde-t-il ?

Le comte se redressa.

— Monsieur ! Mon nom est terni ! On m'accuse... d'un crime abominable.

— L'accusation ne vient pas de moi, lui répondit froidement Derek. On ne peut être juge et partie. Je n'ai exprimé aucune opinion.

— Je suis innocent, déclara le comte. Je le jure devant Dieu, ajouta-t-il en levant la main.

— Le juge d'instruction chargé de l'affaire s'appelle M. Carrège, lui signala Derek poliment.

Mais le comte ne parut pas l'entendre.

— Non seulement je suis injustement soupçonné d'un crime que je n'ai pas commis, mais j'ai également un terrible besoin d'argent, dit-il en toussotant d'une manière significative.

Derek se leva.

— Je l'attendais, dit-il doucement. Vous êtes un ignoble maître chanteur ! Je ne vous donnerai pas un sou. Ma femme est morte et aucun scandale ne saurait plus l'atteindre. Elle vous a sans doute écrit quelques lettres stupides. Mais si je vous les rachetais aujourd'hui pour une somme rondelette, je suis presque certain que vous en conserveriez encore une ou deux par-devers vous. Et laissez-moi vous dire, monsieur de la Roche, que le mot chantage est aussi méprisable en Angleterre qu'en France. C'est ma réponse. Au revoir !

— Un instant...

Derek s'apprêtait à quitter la pièce, le comte l'arrêta du geste.

— Vous vous trompez, monsieur, vous vous trompez complètement. Je suis, je l'espère, un gentleman. (Derek lui rit au nez.) Une lettre de femme est sacrée pour moi. (Il rejeta la tête en arrière d'un mouvement plein de noblesse.) La proposition que je comptais vous faire était d'une tout autre nature. Je suis, je vous l'ai dit, à court d'argent, et ma conscience pourrait m'obliger à fournir à la police certains renseignements.

Derek retourna lentement sur ses pas.

— Que voulez-vous dire ?

Le comte lui adressa de nouveau son charmant sourire.

— Je pense qu'il est inutile d'entrer dans les détails. Ne dit-on pas : Cherchez à qui profite le crime ? Comme je vous l'ai fait remarquer à l'instant, vous venez d'hériter d'une jolie fortune.

Derek se mit à rire.

— Si c'est tout..., dit-il d'un ton méprisant.

Le comte secoua la tête.

— Mais non, ce n'est pas tout, mon cher monsieur. Je ne serais pas venu vous voir si je n'avais pas en ma possession des renseignements beaucoup plus précis. Il est très déplaisant, monsieur, d'être arrêté et jugé pour meurtre.

Derek s'approcha. Son visage exprimait une telle fureur que le comte recula involontairement.

— Seriez-vous en train de me menacer ?

— Je m'arrêterai là, lui assura le comte.

— Voilà bien le bluff le plus monstrueux que j'aie jamais...

Le comte leva sa jolie main.

— Vous faites erreur. Il ne s'agit pas d'un bluff. Pour vous convaincre, j'ajouterai ceci : je tiens mes renseignements d'une dame. C'est elle qui a entre les mains la preuve de votre culpabilité.

— Elle ? Mais qui ?

— Mademoiselle Mireille.

Derek recula, comme frappé d'un coup de massue.

— Mireille, marmonna-t-il.

Le comte s'empressa de profiter de son avantage.

— Une bagatelle de cent mille francs, dit-il. Je n'en demande pas plus.

— Hein ? fit Derek d'un air absent.

— Je disais, monsieur, que la bagatelle de cent mille francs suffirait à... apaiser ma conscience.

Derek sembla se ressaisir. Il regarda gravement le comte.

— Vous voulez ma réponse maintenant ?

— S'il vous plaît, monsieur.

— Eh bien, la voici : allez au diable ! Vous comprenez ?

Laissant le comte trop interloqué pour répondre, Derek fit demi-tour et quitta la pièce.

Il sortit, héla un taxi et se rendit chez Mireille. La danseuse venait de rentrer à l'hôtel. Derek remit sa carte au concierge.

— Portez ceci à Mademoiselle et demandez-lui si elle peut me recevoir.

Très peu de temps après, un chasseur vint inviter Derek à le suivre.

Des effluves de parfum exotique l'assaillirent dès la porte franchie. L'appartement de la danseuse était rempli d'œillets, d'orchidées et de mimosas. Mireille se tenait près de la fenêtre, en peignoir de dentelle. Elle vint à lui, bras tendus.

— Derek ! Tu es revenu... J'en étais sûre...

Il la repoussa et la regarda gravement.

— Pourquoi m'as-tu envoyé le comte de la Roche ?

Son étonnement lui parut sincère.

— Moi ? Je t'ai envoyé le comte de la Roche ? Mais pour quoi faire ?

— Pour me faire chanter, apparemment, répondit Derek, l'air sombre.

Elle le dévisagea un instant. Puis soudain, elle sourit et hocha la tête.

— Bien sûr. De la part de ce type-là, il fallait s'y attendre. J'aurais dû m'en douter. Non, Derek, je ne te l'ai pas envoyé.

Il la scruta comme pour lire dans ses pensées.

— Je vais tout te raconter, avoua Mireille. J'en ai honte, mais il faut que je te le dise. L'autre jour, tu comprends, j'étais folle de rage... (Elle fit un geste éloquent.) Je ne suis pas d'un naturel patient. Je voulais me venger. Je suis allée trouver le comte de la Roche. Je lui ai demandé d'aller à la police, de leur raconter ça et ça, et patati et patata. Mais rassure-toi, Derek, je n'ai pas totalement perdu l'esprit : la preuve, c'est moi qui la détiens. La police ne peut rien sans moi, tu comprends ? Et maintenant...

Elle vint se blottir contre lui, le regard tendre.

Derek la repoussa brutalement. Debout, la poitrine haletante, les yeux mi-clos comme ceux d'un chat, elle le menaça :

— Prends garde, Derek ! Prends garde... tu m'es revenu, n'est-ce pas ?

— Je ne te reviendrai jamais, répondit-il d'un ton ferme.

— Ah !

Elle avait plus que jamais l'air d'un chat.

— Alors, il y a une autre femme ? Celle avec qui tu as déjeuné hier ? C'est ça ? J'ai raison ?

— Je compte lui demander de m'épouser. Autant que tu le saches.

— Cette espèce d'Anglaise guindée ? Et tu crois que je vais accepter cela ? Ah ! non, s'écria-t-elle en frémissant de tout son être. Écoute-moi bien, Derek. Tu te rappelles cette conversation que nous avons eue à Londres ? Tu disais que seule la mort de ta femme pouvait te tirer d'embarras. Tu déplorais son éblouissante santé. C'est alors que tu as pensé à un accident. Et même à quelque chose de plus qu'un accident.

— J'imagine que c'est cette conversation que tu as rapportée au comte de la Roche ? dit-il d'un ton méprisant.

Mireille se mit à rire.

— Tu me prends pour une idiote ? Que ferait la police d'une histoire aussi vague ? Je vais te donner une dernière chance. Renonce à cette Anglaise. Reviens-moi. Et alors, chéri, jamais je ne soufflerai mot de...

— De quoi ?

Elle rit doucement.

— Tu crois sans doute que personne ne t'a vu ?

— Que veux-tu dire ?

— Je te répète : tu crois sans doute que personne ne t'a vu, mais moi, je t'ai vu, Derek mon ami. Je t'ai vu sortir du compartiment de ta femme juste avant l'arrivée du train en gare de Lyon. Et j'en sais davantage. Je sais que lorsque tu as quitté son compartiment, elle était morte.

Il la regarda, les yeux écarquillés. Puis, comme en rêve, il fit demi-tour et sortit lentement d'un pas chancelant.

26

Un avertissement

— Ainsi, dit Poirot, nous sommes amis, et nous n'avons aucun secret l'un pour l'autre,

Katherine le regarda fixement. Elle avait cru déceler dans sa voix une note tout à fait inhabituelle de sérieux.

Ils étaient assis dans les jardins de Monte-Carlo. En arrivant, Katherine et ses amis étaient tombés sur Poirot et Knighton. Lady Tamplin avait aussitôt accaparé Knighton et l'abreuvait de souvenirs, dont Katherine aurait juré qu'ils étaient, pour la plupart, inventés. Ils s'étaient un peu éloignés. Lady Tamplin avait la main posée sur le bras de Knighton, lequel se retournait de temps en temps pour jeter un coup d'œil derrière lui. Poirot les observait, les yeux pétillant de malice.

— Bien sûr que nous sommes des amis, dit Katherine.

— Nous avons sympathisé dès le début, dit Poirot l'air songeur.

— Quand vous m'avez déclaré qu'un « roman policier » pouvait être une réalité.

— N'avais-je pas raison ? lança-t-il d'un ton de défi, l'index brandi. Nous voici plongés en plein cœur de celui-là. C'est normal pour moi, c'est mon métier. Mais pour vous, c'est autre chose. Oui, répéta-t-il, c'est autre chose.

Elle lui jeta un coup d'œil. On aurait dit que Poirot voulait lui faire prendre conscience d'une menace.

— Pourquoi dites-vous que je suis au cœur de cette histoire ? Il est vrai que j'ai eu une conversation avec Mrs Kettering juste avant sa mort, mais à présent, tout cela est fini. Je n'ai plus de rapport avec l'affaire.

— Ah, mademoiselle, mademoiselle, peut-on jamais affirmer : « J'en ai fini avec ceci ou cela » ?

— Qu'y a-t-il ? Vous essayez de me dire quelque chose. Mais les allusions m'échappent. Je préférerais que vous me disiez franchement ce que vous avez à me dire.

— Voilà qui est bien anglais, murmura-t-il en la regardant avec tristesse : tout est noir ou blanc, clair et bien défini. Mais la vie n'est pas comme cela, mademoiselle. Il est des événements qui projettent avant l'heure des ombres annonciatrices. (Il s'épongea le front avec un grand mouchoir de soie et murmura :) Ah ! Mais je deviens poète. Tenons-nous-en aux faits, comme vous dites. Et à propos, que pensez-vous de Richard Knighton ?

— Il me plaît beaucoup, dit Katherine avec chaleur. Il est charmant.

Poirot soupira.

— Qu'avez-vous ?

— Vous avez répondu avec tant d'ardeur ! Si vous m'aviez dit d'un ton indifférent : « Oh, il est tout à fait charmant », eh bien j'aurais été plus content.

Gênée, Katherine ne répondit pas. Poirot poursuivit d'une voix rêveuse :

— Qui sait ? Avec les femmes... Elles ont tellement de façons de dissimuler leurs sentiments... Après tout, l'ardeur en vaut peut-être bien une autre...

Il soupira de nouveau.

— Je ne comprends pas..., commença Katherine.

— Vous ne comprenez pas pourquoi je me montre si indiscret ? Je suis un vieil homme et de temps en temps, rarement, je rencontre sur ma route une personne dont le bonheur m'est cher. Nous sommes amis, mademoiselle. Vous l'avez dit vous-même. C'est juste que... j'aimerais vous voir heureuse.

Katherine regardait droit devant elle. De la pointe de son ombrelle, elle traçait des dessins dans le sable.

— Je vous ai posé une question sur le jeune Knighton. À présent, je voudrais vous en poser une autre. Comment trouvez-vous Derek Kettering ?

— Je le connais à peine.

— Ce n'est pas une réponse.

— Pour moi, c'en est une.

Il la regarda, frappé par son intonation. Puis il hocha gravement la tête.

— Vous avez peut-être raison. Voyez-vous, mademoiselle, moi qui en ai vu de toutes les couleurs, j'ai appris deux choses. Un homme honnête peut se perdre par amour pour une mauvaise femme, mais la réciproque est également vraie. Un gredin pourra détruire sa vie par amour pour une honnête femme.

Katherine leva soudain les yeux.

— Lorsque vous parlez de se détruire...

— Je l'entends de son point de vue. Le crime exige qu'on s'y consacre sans réserve, comme à n'importe quelle autre activité.

— Vous essayez de me mettre en garde, dit Katherine à voix basse. Contre qui ?

— Je ne peux lire dans votre cœur, mademoiselle, et je ne pense pas que vous me laisseriez le faire si j'en avais la possibilité. Je vous dirai juste ceci : certains hommes exercent sur les femmes une étrange fascination.

— Le comte de la Roche, par exemple, dit Katherine en souriant.

— Il en existe d'autres, beaucoup plus dangereux que le comte de la Roche. Ils ont des côtés séduisants : l'insouciance, la témérité, l'audace. Vous êtes sous le charme, mademoiselle, je le vois bien, mais je pense que cela ne va pas plus loin. Je l'espère, du moins. Les sentiments de l'homme auquel je fais allusion sont sincères. Néanmoins...

— Néanmoins ?

Il se leva, la regarda, puis à voix basse mais distincte, il lui dit :

— Vous pourriez peut-être aimer un voleur, mademoiselle, *mais pas un assassin*.

Là-dessus, il tourna les talons et s'éloigna. Il fit semblant de n'avoir pas entendu l'exclamation sourde qu'elle poussa. Il avait dit ce qu'il avait à dire. À elle maintenant de se pénétrer de sa dernière phrase, qui ne souffrait pas deux interprétations.

Derek Kettering, qui sortait du casino, l'aperçut seule sur le banc et la rejoignit.

— J'ai joué, lui annonça-t-il avec un rire léger, et j'ai perdu. Tout perdu... du moins tout ce que j'avais sur moi.

Katherine le regarda avec inquiétude. Elle avait tout de suite senti chez lui quelque chose d'inhabituel, une émotion contenue que mille petits signes trahissaient.

— J'imagine que vous avez toujours été joueur. Le risque vous fascine.

— Joueur, toujours et dans tous les domaines ? Vous n'avez pas tort. Vous ne trouvez pas cela grisant ? Tout risquer sur une seule mise...

Elle qui se croyait si paisible, si flegmatique, ne put s'empêcher de ressentir un petit frisson d'excitation.

— Je veux vous parler, poursuivit Derek. Qui sait si j'en retrouverai jamais l'occasion ? Le bruit court que j'ai assassiné ma femme... non, je vous en prie, ne m'interrompez pas. L'accusation est absurde, bien sûr.

Il s'arrêta une minute et reprit, plus posément :

— Devant la police et les autorités locales, j'ai dû

247

faire semblant et afficher, ma foi.., une attitude décente. Avec vous, je ne veux pas faire semblant. Je cherchais une fortune à épouser. J'étais en quête d'argent lorsque j'ai rencontré Ruth Van Aldin. Elle avait l'air d'une madone et j'ai... eh bien, j'ai pris toutes sortes de bonnes résolutions, mais j'ai été amèrement déçu. Ma femme aimait un autre homme au moment où elle m'a épousé. Elle ne s'est jamais intéressée à moi le moins du monde. Oh, je ne me plains pas : nous avions fait un marché. Elle voulait Leconbury et je voulais l'argent. Mais le malheur a voulu que Ruth fût américaine. Elle se souciait de moi comme d'une guigne, mais elle aurait voulu que je sois son chevalier servant. Elle prétendait même parfois qu'elle m'avait acheté et que je lui appartenais. En conséquence, je me suis conduit envers elle de façon abominable. Mon beau-père vous le dira et il n'aura pas tort. Au moment de la mort de Ruth, j'étais dans une situation désastreuse. (Soudain, il se mit à rire.) On se trouve toujours dans une situation désastreuse lorsqu'on se heurte à quelqu'un comme Rufus Van Aldin.

— Et ? demanda Katherine à voix basse.

— Alors..., dit Derek avec un haussement d'épaules, alors Ruth a été très providentiellement... assassinée.

Son rire choqua Katherine qui tressaillit.

— En effet, dit Derek, ce n'est pas du meilleur goût. Mais c'est la vérité. Maintenant, je dois ajouter quelque chose. À l'instant même où je vous ai vue, j'ai su que vous étiez la seule femme au monde qui comptait pour moi. Vous m'avez fait peur. J'ai pensé que vous alliez me porter malheur.

— Vous porter malheur ? s'écria vivement Katherine.

Frappé par son intonation, Derek la dévisagea.

— Pourquoi répétez-vous ça sur ce ton ?

— Cela me rappelle des choses qu'on m'a dites.

Derek sourit brusquement.

— Vous en entendrez encore beaucoup sur mon compte, et presque tout sera vrai. Et il y a pire, des choses que je ne vous dirai jamais. J'ai joué toute ma vie, et parfois très gros jeu. Mais je n'ai pas l'intention de me confesser à vous maintenant – ni d'ailleurs une autre fois. Le passé est le passé. Mais il y a une chose dont je veux que vous soyez certaine : je vous jure solennellement que je n'ai pas tué ma femme.

Sa déclaration, faite avec conviction, avait quand même un côté théâtral. Il rencontra le regard inquiet de Katherine et continua :

— Je sais. Je vous ai menti l'autre jour. C'est bien dans le compartiment de ma femme que je suis entré.

— Ah !

— Cela ne sera pas facile de vous faire comprendre pourquoi je l'ai fait, mais je vais essayer. Je l'ai fait sur une impulsion. Voyez-vous, j'espionnais plus ou moins ma femme, et j'ai fait en sorte qu'elle ne m'aperçoive pas dans le train. Mireille m'avait dit qu'elle devait rencontrer le comte de la Roche à Paris. Eh bien, autant que j'aie pu voir, cela n'a pas été le cas. J'ai eu honte et soudain j'ai pensé qu'il serait bon que nous nous expliquions une fois pour toutes. Alors j'ai ouvert la porte et je suis entré.

— Et ensuite ? demanda doucement Katherine.

— Ruth était endormie, le visage tourné vers la paroi. Je ne voyais que ses cheveux. J'aurais pu la réveiller, bien sûr. Mais je me suis ravisé soudain. Après tout, qu'avions-nous à nous dire que nous n'eussions déjà répété cent fois ? Et elle semblait dormir si paisiblement... J'ai quitté le compartiment en faisant le moins de bruit possible.

— Pourquoi avoir menti à la police ?

— Parce que je ne suis pas totalement stupide. Pour ce qui est du mobile, j'ai compris tout de suite que j'étais l'assassin idéal. Si j'avais avoué être entré dans son compartiment juste avant qu'elle ne soit assassinée, mon compte était bon.

— Je comprends.

Comprenait-elle vraiment ? Elle n'aurait pu l'affirmer. Elle était attirée par la personnalité magnétique de Derek, et cependant quelque chose en elle résistait, la retenait...

— Katherine...

— Je...

— Vous savez que je tiens beaucoup à vous. Et vous... tenez-vous à moi ?

— Je... je ne sais pas.

Là, elle était prise en défaut. Ou elle savait, ou elle ne savait pas. Si... si seulement...

Elle jeta un regard désespéré autour d'elle, comme

pour trouver de l'aide. Ses joues se colorèrent légèrement lorsqu'elle aperçut un grand jeune homme blond qui venait rapidement vers eux en boitant : Richard Knighton.

Elle l'accueillit avec chaleur et soulagement.

Quant à Derek, il se leva, le visage sombre comme un ciel d'orage.

— Lady Tamplin est allée tenter sa chance au jeu ? Je vais la rejoindre pour la faire profiter de ma martingale, déclara-t-il.

Il tourna les talons, et les laissa ensemble. Katherine se rassit. Son cœur battait à un rythme rapide et irrégulier, mais après quelques banalités échangées avec le paisible et plutôt timide Knighton, elle était redevenue elle-même.

Soudain, elle éprouva un choc : tout comme Derek, Knighton était en train de lui ouvrir son cœur. Mais à sa manière, gêné, balbutiant, sans flots d'éloquence.

— Dès que je vous ai vue... je ne devrais pas vous le dire déjà, mais Mr Van Aldin peut partir d'un jour à l'autre, et je n'aurai peut-être pas d'autre occasion... Vous ne pouvez pas m'aimer déjà... je sais... c'est impossible. J'ai quelques économies... pas beaucoup... Non, s'il vous plaît, ne me répondez pas tout de suite. Je connais votre réponse. Mais pour le cas où je serais obligé de partir subitement, je voulais que vous sachiez ce que... vous représentez pour moi.

Il était si gentil, si attendrissant... Katherine se sentit profondément touchée.

— Une chose encore... Je voulais vous dire... si

jamais vous aviez des ennuis... tout ce que je pourrai faire...

Il lui prit la main, la tint serrée un instant dans la sienne, puis s'en alla rapidement, sans se retourner.

Immobile, Katherine le regarda s'éloigner. Derek Kettering... Richard Knighton... deux hommes si différents. Knighton semblait bon et digne de confiance. Quant à Derek...

Soudain, Katherine éprouva une curieuse sensation. Elle avait l'impression de n'être plus seule, que quelqu'un était debout à côté d'elle et que ce quelqu'un, c'était Ruth Kettering, la femme morte. Il lui semblait que Ruth voulait absolument lui parler. Cette impression était si étrange, si vive qu'elle ne pouvait la chasser. C'était l'esprit de Ruth Kettering, elle en était certaine, qui essayait de lui transmettre un message d'une importance vitale. Puis, l'impression s'évanouit. Katherine se leva, un peu tremblante. Qu'est-ce que Ruth Kettering tenait donc tant à lui dire ?

27

Entretien avec Mireille

En quittant Katherine, Knighton s'était mis à la recherche d'Hercule Poirot qu'il trouva dans une des salles du casino, misant superbement l'enjeu minimum sur les nombres pairs. Quand Knighton s'approcha, le nombre trente-trois sortit et l'enjeu de Poirot fut ratissé.

— Pas de chance dit Knighton. Allez-vous miser encore une fois ?

— Pas pour le moment.

— Est-ce que vous éprouvez la fascination du jeu ?

— Pas à la roulette.

Knighton lui jeta un bref regard. Puis il se troubla, et d'un ton hésitant, avec une note de respect dans la voix, il demanda :

— Vous avez un instant, monsieur Poirot ? J'aimerais vous dire un mot.

— Je suis à votre disposition. Si nous sortions ? Il fait bon au soleil.

Dehors, Knighton respira profondément.

— J'adore la Riviera, dit-il. Je suis venu ici pour la première fois il y a douze ans, pendant la guerre, lorsque j'ai été envoyé à l'hôpital de lady Tamplin. Venant des Flandres, c'était le paradis.

— J'imagine, en effet.

— Comme la guerre semble loin ! dit Knighton d'un air songeur.

Ils marchèrent un moment en silence.

— Quelque chose vous préoccupe, n'est-ce pas ? dit Poirot.

Knighton le regarda, un peu étonné.

— Vous avez raison, avoua-t-il. Mais comment le savez-vous ?

— Cela ne se voit que trop clairement, répliqua Poirot, ironique.

— Je ne me savais pas si transparent.

— La physiognomonie, c'est mon métier, expliqua le petit homme avec dignité.

— Voici, monsieur Poirot. Vous avez entendu parler de Mireille, la danseuse ?

— La très chère amie de Derek Kettering ?

— Oui. Sachant cela, vous comprendrez donc que Mr Van Aldin soit prévenu contre elle. Elle lui a écrit pour lui demander un entretien. Il m'a chargé de lui répondre par un refus très net, ce que j'ai fait, évidemment. Elle est venue ce matin à l'hôtel et a fait passer sa carte à Mr Van Aldin, en lui faisant dire

qu'il était urgent et vital qu'elle le voie immédiatement.

— Vous m'intéressez, dit Poirot.

— Mr Van Aldin était furieux. Il m'a donné un
message pour elle, mais il se trouve que je n'étais pas
d'accord avec lui. Il me semblait à la fois probable et
vraisemblable qu'elle ait à nous transmettre de précieux renseignements. Nous savons qu'elle voyageait
dans le Train Bleu. Elle avait pu voir ou entendre
quelque chose qu'il était important que nous
sachions. N'est-ce pas votre avis, monsieur Poirot ?

— Bien sûr, dit Poirot. Si je peux me permettre,
l'attitude de Mr Van Aldin est tout à fait stupide.

— Je me réjouis que ce soit votre point de vue,
monsieur Poirot. À présent, je vais vous avouer quelque chose. J'étais si profondément convaincu que
Mr Van Aldin se conduisait de façon déraisonnable,
que je suis descendu voir cette dame et je me suis
entretenu personnellement avec elle.

— Et alors ?

— L'ennui, c'est qu'elle a insisté pour rencontrer
Mr Van Aldin en personne. Je lui ai transmis son
message en l'adoucissant comme je l'ai pu. Pour être
franc, je le lui ai présenté sous une tout autre forme.
Je lui ai dit que Mr Van Aldin était trop occupé
actuellement pour la recevoir, mais qu'elle pouvait me
charger de n'importe quelle commission pour lui. Elle
s'y est refusée et m'a quitté sans rien ajouter. J'ai
pourtant la très nette impression que cette femme sait
quelque chose.

— Cela me semble sérieux, dit Poirot. Savez-vous où elle habite ?

— Oui.

Knighton lui donna le nom de l'hôtel.

— Bien, dit Poirot, allons-y immédiatement.

Le secrétaire hésita.

— Et Mr Van Aldin ?

— Mr Van Aldin est un homme obstiné, répondit Poirot. Je ne discute jamais avec les obstinés. J'agis sans les consulter. Nous allons de ce pas voir cette femme. Je lui dirai que Mr Van Aldin vous a donné pleins pouvoirs, et vous tâcherez de ne pas me contredire.

Knighton ne semblait pas entièrement convaincu, mais Poirot ne tint pas compte de ses hésitations.

À l'hôtel, ayant eu confirmation que Mademoiselle était chez elle, Poirot lui fit monter sa carte et celle de Knighton sur lesquelles il avait ajouté au crayon : « de la part de Mr Van Aldin ».

On vint leur annoncer que Mlle Mireille les attendait.

Dès qu'ils furent introduits dans l'appartement de la danseuse, Poirot prit la direction des opérations :

— Mademoiselle, murmura-t-il en s'inclinant, nous venons de la part de Mr Van Aldin.

— Ah ! Et pourquoi n'est-il pas venu lui-même ?

— Il est souffrant, dit Poirot en mentant effrontément. L'angine de la Riviera l'a pris dans ses griffes, mais il a donné tous pouvoirs d'agir en son nom à moi-même, ainsi qu'à son secrétaire, Mr Knighton. À

moins, bien sûr, que Mademoiselle ne préfère attendre une quinzaine de jours.

Poirot avait la quasi-certitude que, pour un tempérament comme celui de Mireille, le mot « attendre »
était synonyme d'abomination.

— Eh bien, messieurs, je parlerai ! s'écria-t-elle. Je
me suis montrée patiente. J'ai tenu ma langue. Et
résultat ? Je me fais insulter ! Oui, insulter ! Ah ! Il
s'imagine pouvoir traiter Mireille comme ça ? S'en
débarrasser comme d'un vieux gant ? Jamais un
homme ne s'est lassé de moi. C'est toujours moi qui
me suis lassée d'eux.

Elle marchait de long en large, frémissante de rage.
Comme une petite table se trouvait sur son chemin,
elle l'envoya se fracasser contre le mur.

— Voilà ce que je lui ferai, moi ! cria-t-elle. Et
encore ça !

Elle s'empara d'un vase en cristal rempli de lis et
le jeta dans la cheminée où il se brisa en mille morceaux.

Gêné, Knighton la regardait avec une froide répro-
bation, typiquement anglaise. Poirot, en revanche,
l'œil brillant, s'amusait franchement.

— Ah, magnifique ! s'écria-t-il. On voit que
Madame a du tempérament.

— Je suis une artiste, dit Mireille. Tous les artistes
ont du tempérament. J'avais pourtant dit à Derek de
se méfier, mais il n'a pas voulu m'écouter... C'est vrai
ou c'est faux qu'il a l'intention d'épouser cette demoiselle anglaise ? demanda-t-elle soudain à Poirot.

Celui-ci toussota.

— On m'a dit, murmura-t-il, qu'il en est passion-
nément amoureux.

Mireille s'approcha d'eux.

— Il a assassiné sa femme ! hurla-t-elle. Voilà !
c'est dit maintenant ! Il me l'avait annoncé à l'avance.
Il se trouvait dans une impasse, et il a choisi le moyen
le plus facile d'en sortir.

— Vous dites que Mr Kettering a assassiné sa
femme ?

— Oui, oui et oui. N'est-ce pas ce que je viens de
vous dire ?

— La police, murmura Poirot, demandera des
preuves de cette... déclaration.

— Je l'ai vu sortir du compartiment de sa femme
cette nuit-là, dans le Train Bleu.

— Quand ? demanda vivement Poirot.

— Juste avant d'arriver à Lyon.

— Êtes-vous prête à le jurer ?

Un autre Poirot, vif et précis, venait d'apparaître.

— Oui.

Il y eut un moment de silence. Mireille haletait et
elle regardait tour à tour les deux hommes, d'un air
mi-provocant, mi-terrifié.

— Il s'agit d'une affaire grave, mademoiselle, dit
le détective. En êtes-vous consciente ?

— Parfaitement.

— Dans ce cas, vous comprendrez que nous ne
devons pas perdre une minute. Voulez-vous venir
immédiatement chez le juge d'instruction avec nous ?

Prise de court, Mireille hésita. Mais, comme Poirot l'avait prévu, elle n'avait pas d'échappatoire.

— Très bien, marmonna-t-elle. Je vais chercher mon manteau.

Restés seuls, Poirot et Knighton échangèrent un regard.

— Il faut battre le fer pendant qu'il est chaud, murmura Poirot. C'est une impulsive. Dans une heure, elle se repentira peut-être d'avoir parlé et se rétractera. Nous devons essayer d'éviter ça à tout prix.

Mireille reparut, enveloppée dans un manteau de velours beige, au col de léopard. Elle avait d'ailleurs l'air elle-même d'un fauve redoutable. Ses yeux brillaient de colère et de résolution.

Ils trouvèrent M. Caux et le juge d'instruction ensemble. Après quelques mots d'introduction de Poirot, Mlle Mireille fut poliment invitée à raconter son histoire. Elle répéta à peu près la même chose que ce qu'elle avait dit à Knighton et Poirot, mais elle le fit avec infiniment plus de sobriété.

— Votre histoire est bien extraordinaire, mademoiselle, dit lentement M. Carrège. (Il se laissa aller en arrière dans son fauteuil, ajusta son pince-nez et examina attentivement la danseuse.) Vous voudriez nous faire croire que Mr Kettering s'est vanté devant vous à l'avance de commettre un crime ?

— Oui, oui. Il affirmait que sa femme était en excellente santé, que si elle devait mourir, ce ne pouvait être que par accident, et qu'il y veillerait.

— Vous rendez-vous compte, mademoiselle, dit

sévèrement M. Carrège, que vous devenez par là même complice du crime ?

— Moi ? pas le moins du monde, monsieur. Je n'ai pas cru un instant qu'il parlait sérieusement. Bien sûr que non ! Je connais les hommes, monsieur ; ils tiennent les propos les plus insensés. Où irions-nous, s'il fallait prendre au pied de la lettre tout ce qu'ils disent ?

Le juge d'instruction prit l'air étonné.

— Devons-nous donc comprendre que vous considériez les menaces de Mr Kettering comme des paroles en l'air ? Puis-je vous demander, mademoiselle, pourquoi vous avez rompu vos engagements à Londres pour venir sur la Riviera ?

Mireille le regarda de ses grands yeux noirs attendrissants.

— Pour être avec l'homme que j'aimais, répondit-elle avec simplicité. Est-ce si anormal ?

— Mr Kettering vous avait donc priée de l'accompagner à Nice ? demanda Poirot gentiment.

Mireille sembla éprouver quelque difficulté à répondre. Elle hésita et déclara enfin, avec une indifférence hautaine :

— Dans ce genre d'affaire, je n'obéis qu'à moi-même, monsieur.

Que cette réponse n'en soit pas une, ils en furent conscients tous les trois. Mais ils ne le relevèrent pas.

— À quel moment avez-vous eu la certitude que Mr Kettering avait assassiné sa femme ?

— Comme je vous l'ai déjà dit, monsieur, j'ai vu

260

Mr Kettering sortir du compartiment de sa femme juste avant l'arrivée du train à Lyon. Il avait une expression... Oh sur le moment, je n'ai pas su l'interpréter... l'air hagard, épouvantable. Je ne pourrai jamais l'oublier.

Sa voix avait grimpé. Elle acheva sa phrase d'un ton perçant et avec une gesticulation excessive.

— Je vois, dit M. Carrège.

— Après, quand j'ai appris que Mrs Kettering était morte lorsque le train a quitté Lyon, alors.., alors, j'ai compris !

— Et pourtant, vous n'êtes pas allée trouver la police, mademoiselle, dit le commissaire doucement.

Mireille le toisa, superbe. Elle prenait un plaisir manifeste à son rôle.

— Devais-je trahir mon amant ? Ah non, ne demandez pas cela à une femme.

— Pourtant, maintenant..., insinua M. Caux.

— Maintenant, c'est différent. C'est lui qui m'a trahie ! Dois-je supporter ça en silence ?...

Le juge d'instruction l'arrêta.

— Bien sûr, bien sûr, murmura-t-il d'un ton apaisant. Et maintenant, mademoiselle, veuillez, je vous prie, lire le texte de votre déposition, vérifier son exactitude, et le signer.

Mireille ne s'attarda pas sur le document.

— Oui, c'est exact, dit-elle. (Elle se leva.) Vous n'avez plus besoin de moi, messieurs ?

— Pas pour le moment, mademoiselle.

— Vous allez arrêter Derek ?

— À l'instant, mademoiselle.

Mireille éclata d'un rire cruel et se drapa dans son manteau de velours.

— Il aurait dû y penser avant de m'insulter, s'écria-t-elle.

— Encore une petite chose, mademoiselle, dit Poirot en toussotant, juste un petit détail...

— Oui ?

— Qu'est-ce qui vous fait penser que Mrs Kettering était morte lorsque le train a quitté Lyon ?

Mireille lui jeta un regard interloqué.

— Mais elle *était* morte.

— Vraiment ?

— Bien sûr. Je...

Elle s'arrêta net. Poirot, qui la regardait attentivement, vit passer dans ses yeux une lueur de méfiance.

— On me l'a dit. Tout le monde le dit.

— Oh, dit Poirot, je ne savais pas qu'il en avait été question hors du bureau du juge d'instruction.

Mireille parut quelque peu décontenancée.

— Tout finit par se savoir, dit-elle d'un ton vague. Ces choses circulent... Quelqu'un me l'a dit. Je ne me rappelle plus qui.

Elle se dirigea vers la porte. Comme M. Caux se précipitait pour la lui ouvrir, Poirot demanda encore aimablement :

— Et les bijoux ? Excusez-moi, mademoiselle ? mais pouvez-vous nous apprendre quelque chose à ce propos ?

— Les bijoux ? Quels bijoux ?

— Les rubis de la Grande Catherine. Puisque vous avez entendu dire tant de choses, vous avez dû aussi en entendre parler.

— Je n'ai jamais entendu parler de bijoux, répliqua-t-elle sèchement.

Elle sortit. M. Caux regagna son siège et le juge d'instruction soupira.

— Une vraie furie ! s'exclama-t-il. Mais quelle allure ! Je me demande si elle dit la vérité. Je pense que oui.

— Il y a certainement une part de vérité dans son histoire, dit Poirot. Nous en avons la confirmation par miss Grey. Peu avant d'arriver à Lyon, elle a vu Mr Kettering entrer dans le compartiment de sa femme.

— Sa culpabilité semble clairement établie, dit le commissaire en soupirant. Quel dommage ! murmura-t-il.

— Que voulez-vous dire ? demanda Poirot.

— J'ai rêvé toute ma vie de mettre la main sur le comte de la Roche. Cette fois, j'ai bien cru que nous le tenions. L'autre... n'est pas aussi satisfaisant.

M. Carrège se frotta le nez.

— Si nous commettons une erreur, observa-t-il prudemment, nous aurons de sérieux ennuis. Mr Kettering fait partie de l'aristocratie. Les journaux se saisiront de l'affaire.

Il haussa les épaules, prévoyant le pire.

— Les bijoux à présent, dit le commissaire. Que pensez-vous qu'il ait fait des bijoux ?

— Il les a pris conformément à un plan préétabli. Cela ne fait aucun doute, dit M. Carrège. Il a d'ailleurs dû en être bien embarrassé.

— J'ai ma propre idée sur ces bijoux, fit Poirot avec un sourire. Dites-moi, messieurs, que savez-vous d'un homme qui se fait appeler le Marquis ?

Le commissaire se pencha vers lui, vivement intéressé.

— Le Marquis ? dit-il. Pensez-vous que le Marquis est mêlé à cette affaire, monsieur Poirot ?

— Je vous ai demandé ce que vous saviez de lui.

Le commissaire fit une grimace expressive.

— Je n'en sais pas autant que je le souhaiterais, observa-t-il avec regret. Il n'apparaît jamais, voyez-vous. Il fait exécuter par d'autres les basses besognes. Mais il appartient à la haute société. De cela nous sommes certains. Il ne vient pas d'un milieu du crime.

— Un Français ?

— Euh... oui. Du moins, nous le supposons. Il a opéré en France, en Angleterre et en Amérique. On lui attribue également toute une série de vols perpétrés en Suisse l'automne dernier. C'est de toute façon un grand seigneur, qui parle le français et l'anglais avec la même aisance, mais son origine demeure mystérieuse.

Poirot hocha la tête et se leva.

— Vous ne pouvez pas nous en dire plus, monsieur Poirot, insista le commissaire.

— Pas pour l'instant, mais des nouvelles m'attendent peut-être à l'hôtel.

M. Carrège paraissait mal à l'aise.

— Si le Marquis est impliqué dans cette affaire..., commença-t-il, s'interrompant aussitôt.

— Cela bouleverserait toutes nos idées, gémit M. Caux.

— Pas les miennes, dit Poirot. Au contraire. Au revoir, messieurs. Si des nouvelles importantes me parviennent, je vous les transmettrai aussitôt.

Il regagna son hôtel, l'air grave. Un télégramme l'attendait. Il tira un coupe-papier de sa poche, et l'ouvrit. C'était un long message. Il le lut deux fois, le glissa dans sa poche, et monta.

— Je suis épuisé, George, dit-il en arrivant. Voulez-vous me commander une tasse de chocolat, je vous prie ?

On apporta le chocolat et George le plaça sur une petite table à côté de son maître. Il allait se retirer, quand Poirot l'arrêta :

— Je crois savoir, George, que vous connaissez bien l'aristocratie anglaise ?

George répondit avec un sourire d'excuse :

— Il me semble pouvoir l'affirmer en effet, monsieur.

— Vous pensez sans doute, George, que les criminels sont tous issus des classes inférieures ?

— Pas toujours, monsieur. Le duc de Devize a eu beaucoup d'ennuis avec son plus jeune fils. Celui-ci a quitté Eton sous de graves suspicions et il a causé de grandes inquiétudes ensuite. La police refusait de croire à la kleptomanie. Un jeune homme très intelligent, monsieur, mais corrompu des pieds à la tête. Le duc l'a expédié en Australie, et j'ai entendu dire qu'il a été condamné là-bas sous un autre nom. C'est étrange, monsieur, mais c'est ainsi. Inutile de dire que ce jeune homme n'était pas dans le besoin.

Poirot hocha la tête.

— L'amour de l'aventure, sans doute, murmura-t-il. Et peut-être aussi une petite fêlure dans le crâne. Je me demande maintenant...

Il tira le télégramme de sa poche et le relut.

— Il y a eu aussi la fille de lady Mary Fox, poursuivit le valet tout à ses souvenirs. Elle escroquait les commerçants de façon éhontée, paraît-il. C'est très préoccupant, pour ces grandes familles. Et je pourrais en citer bien d'autres cas.

— Vous possédez une vaste expérience, George, murmura Poirot. Je me demande souvent comment, après avoir vécu presque exclusivement avec des gens titrés, vous avez pu vous abaisser à entrer à mon service. L'amour des émotions fortes sans doute.

— Pas exactement, monsieur, dit George. À l'époque où je cherchais une place, j'ai lu dans le journal que vous aviez été reçu à Buckingham Palace. Sa Majesté, disait-on, s'était comportée envers vous avec beaucoup d'amabilité et avait la plus haute opinion de vos talents.

— Ah ! dit Poirot, on aime toujours connaître le pourquoi des choses.

Il demeura un instant pensif, puis demanda :

— Vous avez téléphoné à Mlle Papopolous ?

— Oui, monsieur. Elle et son père seront enchantés de dîner avec vous ce soir.

— Bien, dit Poirot, l'air rêveur. (Il but le reste de son chocolat, replaça la tasse bien au milieu du plateau puis continua, comme s'adressant à lui-même :) L'écureuil, mon bon George, ramasse des noisettes. Il les emmagasine à l'automne afin d'en profiter plus tard. L'humanité, George, devrait tirer des leçons du comportement de ses frères inférieurs. C'est ce que j'ai toujours fait. J'ai été le chat, guettant la souris, le bon chien flairant sa piste sans jamais la quitter. Et l'écureuil aussi, mon bon George. J'ai emmagasiné un petit fait par-ci, un petit fait par-là. Et à présent, je vais dans ma réserve chercher une certaine noisette, une noisette que j'ai mise de côté il y a, voyons... dix-sept ans. Vous me suivez, George ?

— J'étais loin de penser, monsieur, qu'on puisse garder des noisettes aussi longtemps, mais je sais qu'à présent, on fait des merveilles avec les bocaux à conserves.

Poirot le regarda et sourit.

28

Poirot joue à l'écureuil

Poirot partit dîner avec trois quarts d'heure d'avance, pour la bonne raison qu'il ne se rendit pas directement à Monte-Carlo. Il se fit conduire d'abord chez lady Tamplin, au Cap Martin, où il demanda à voir miss Grey. Ces dames étaient en train de s'habiller. On introduisit Poirot dans un petit salon, où après quelques minutes d'attente, Lenox Tamplin vint le retrouver.

— Katherine n'est pas tout à fait prête, dit-elle. Voulez-vous que je lui transmette un message ou préférez-vous l'attendre ?

Poirot la regarda d'un air pensif. Il mit un moment à répondre, comme si sa décision allait peser d'un grand poids. Apparemment, la réponse à cette simple question revêtait une importance considérable.

— Non, dit-il enfin. Non, je ne pense pas qu'il soit

nécessaire que je l'attende. Je crois même qu'il vaut mieux que je ne l'attende pas. Ces choses-là sont souvent bien difficiles...

Lenox attendit poliment, un peu étonnée.

— J'ai une nouvelle à lui apprendre, poursuivit Poirot. Peut-être pourrez-vous le lui dire ? Mr Kettering a été arrêté ce soir pour le meurtre de sa femme.

— Et vous me demandez d'annoncer cela à Katherine ? demanda Lenox qui reprit son souffle, comme si elle venait de courir.

Poirot lui trouva soudain l'air pâle, les traits tirés.

— S'il vous plaît, mademoiselle.

— Pourquoi ? demanda Lenox. Vous pensez qu'elle en sera bouleversée ? Vous croyez qu'elle tient à lui ?

— Je ne sais pas, mademoiselle, dit Poirot. Je vous l'avoue franchement. D'habitude, je sais tout, mais cette fois... eh bien ce n'est pas le cas. Vous le savez peut-être mieux que moi.

— Oui, je le sais. Mais je ne vous le dirai pas.

Elle demeura silencieuse un instant, les sourcils froncés.

— Vous le croyez coupable ? demanda-t-elle brusquement.

Poirot eut un vague haussement d'épaules.

— La police le croit.

— Ah ! dit Lenox, vous ne répondez pas clairement. C'est donc que tout n'est pas clair.

Elle se tut de nouveau, la mine toujours renfrognée.

— Vous connaissez Derek Kettering depuis long-temps ? demanda Poirot gentiment.

— Depuis l'enfance, répondit-elle d'un ton bourru.

Poirot hocha la tête plusieurs fois sans rien dire.

Brusquement, Lenox attrapa une chaise et s'assit, les coudes sur la table et la tête dans les mains, face à Poirot.

— Sur quoi repose l'accusation ? demanda-t-elle. Le mobile, sans doute. La mort de sa femme doit lui rapporter de l'argent.

— Deux millions.

— Et si elle n'était pas morte, il aurait été ruiné ?

— Exactement.

— Mais cela ne suffit pas, insista Lenox. Il voya-geait dans le même train, je sais, mais cela ne constitue pas une preuve en soi-même.

— Un étui à cigarettes portant l'initiale « K » et n'appartenant pas à Mrs Kettering a été trouvé dans le compartiment de la victime, et deux personnes ont vu Derek Kettering entrer et sortir de ce comparti-ment juste avant l'arrivée du train à Lyon.

— Qui sont ces deux personnes ?

— Votre amie miss Grey, d'une part. Et Mlle Mireille, la danseuse, de l'autre.

— Et lui, Derek, qu'est-ce qu'il dit ? demanda vivement Lenox.

— Il nie fermement être entré dans le comparti-ment de sa femme.

— Quel idiot ! dit Lenox d'un ton cassant. Juste

avant Lyon, dites-vous ? Est-ce qu'on sait quand... elle est morte ?

— Les docteurs ne peuvent rien affirmer, dit Poirot. D'après eux, il est peu probable que la mort se soit produite après Lyon. En tout cas, nous savons avec certitude que Mrs Kettering était déjà morte peu de temps après avoir quitté Lyon.

— Comment le savez-vous ?

Poirot eut un sourire étrange.

— Quelqu'un d'autre est entré dans son compartiment et l'a trouvée morte.

— Et il n'a pas donné l'alarme ?

— Non.

— Pourquoi ?

— Il avait sans doute ses raisons.

Lenox le regarda de ses yeux perçants.

— Lesquelles ? Vous les connaissez ?

— Je crois... oui.

Tandis que Lenox tournait et retournait ces informations dans sa tête, Poirot l'observait en silence. Soudain, elle redressa la tête. Elle avait retrouvé des couleurs et ses yeux brillaient.

— Vous pensez qu'elle a été tuée par un voyageur, mais il peut très bien en être autrement. Quelqu'un a pu monter dans le train à Lyon, se rendre directement dans le compartiment de Mrs Kettering, la tuer, voler les rubis et repartir sans être vu. Si elle a été tuée pendant l'arrêt du train à Lyon, elle était vivante lorsque Derek est entré dans son compartiment, et morte lorsque l'autre personne l'a trouvée.

Poirot se renversa dans son fauteuil, respira profondément, hocha trois fois la tête, et soupira.

— Mademoiselle, dit-il, ce que vous venez de dire
est très juste, très vrai. Je me débattais dans les
ténèbres et vous m'avez montré la lumière ! Il y avait
un point qui m'intriguait, et vous l'avez résolu.

Il se leva.

— Et Derek ? demanda Lenox.

— Qui sait ? dit Poirot en haussant les épaules.
Mais laissez-moi vous dire, mademoiselle, que je ne
suis pas satisfait. Non, moi, Hercule Poirot, je ne suis
pas encore satisfait. J'aurai peut-être du nouveau dès
ce soir. En tout cas, je vais essayer.

— Vous devez rencontrer quelqu'un ?

— Oui.

— Quelqu'un qui sait quelque chose ?

— Quelqu'un qui pourrait savoir quelque chose.
Dans les affaires de ce genre, il faut retourner chaque
pouce de terrain. Au revoir, mademoiselle.

Lenox l'accompagna à la porte.

— Est-ce que je vous ai... aidé ? demanda-t-elle.

Poirot la regarda avec douceur.

— Oui, mademoiselle, vous m'avez aidé. Quoi
qu'il arrive, ne l'oubliez pas.

Dans la voiture, Poirot reprit son expression de
concentration soucieuse mais il avait dans l'œil cette
petite lueur verte, toujours annonciatrice de triomphe.

Il arriva à son rendez-vous avec quelques minutes
de retard. Mr Papopolous et sa fille étaient déjà là. Il

se confondit en excuses et se surpassa en politesses et attentions diverses. Ce soir-là, le Grec avait l'air particulièrement noble et bienfaisant, patriarche mélancolique à la vie irréprochable. Zia était très belle et d'excellente humeur. Le dîner fut des plus agréables, Poirot se montra sous son meilleur jour. Il fut étincelant, plein d'histoires drôles et de mots d'esprit, fit maints gracieux compliments à Zia Papopolous, et leur raconta ses plus intéressantes aventures. Le menu avait été soigneusement étudié et le vin était excellent.

Au terme du dîner, Mr Papopolous demanda poliment :

— Et le tuyau que je vous avais donné ? Avez-vous misé sur ce cheval ?

— Je suis en rapport avec... euh... mon bookmaker, répondit Poirot.

Ils se regardèrent.

— Un cheval célèbre, n'est-ce pas ?

— Non, dit Poirot. C'est plutôt ce que nos amis anglais appellent un « cheval noir », une quantité inconnue...

— Ah ! fit Mr Papopolous, pensif.

— Et maintenant, allons en face, miser à la roulette, dit Poirot joyeusement.

Au casino, ils se séparèrent, Poirot se consacrant tout entier à Zia, tandis que Papopolous partait de son côté.

Poirot n'eut pas de chance, mais Zia, qui était en veine, eut bientôt gagné quelques milliers de francs.

— Je crois que je ferais bien de m'arrêter, fit-elle remarquer à Poirot d'un ton plaisant.

Poirot la regarda, les yeux brillants.

— Magnifique ! s'exclama-t-il. Vous êtes bien la fille de votre père, mademoiselle Zia. Savoir s'arrêter, c'est tout le problème !

Il jeta un coup d'œil autour de lui.

— Je ne vois pas votre père, dit-il. Je vais aller chercher votre manteau et nous sortirons dans le jardin.

Toutefois, Poirot ne se rendit pas directement au vestiaire. Le regard toujours en éveil, il avait remarqué, peu de temps auparavant, que Mr Papopolous avait disparu et il était curieux de savoir ce qu'était devenu ce rusé personnage. Soudain, il l'aperçut dans le grand hall d'entrée. Debout près d'un pilier, il était en conversation avec une femme qui venait d'arriver. Et cette femme, c'était Mireille.

Poirot fit discrètement le tour du hall et, sans se faire remarquer, alla se placer juste derrière le pilier. Papopolous et la danseuse parlaient avec animation, ou plutôt la danseuse parlait, et la contribution de Papopolous se bornait à quelques rares monosyllabes ponctuées de gestes expressifs.

— Je vous dis qu'il me faut du temps, disait la danseuse. Accordez-moi du temps et j'obtiendrai l'argent.

— Attendre, répondit le Grec en haussant les épaules, c'est trop risqué.

— Un tout petit peu seulement... Il le faut ! Une

semaine, dix jours, c'est tout ce que je demande...
Soyez tranquille, vous aurez l'argent.

Papopolous bougea un peu. Et comme il regardait
avec inquiétude autour de lui, il aperçut soudain Poirot, souriant, juste à côté de lui.

— Ah ! vous voilà, monsieur Papopolous. Je vous
cherchais. Me permettez-vous d'emmener votre fille
faire une petite promenade dans les jardins ? Bonsoir,
mademoiselle, dit-il en s'inclinant devant Mireille.
Mille excuses ! Je ne vous avais pas vue.

La danseuse se montra visiblement irritée de voir
son tête-à-tête interrompu. Poirot ne fut pas long à
s'en apercevoir. Il s'esquiva aussitôt, Papopolous
ayant déjà murmuré : « Certainement, mais certainement » en réponse à sa question.

Il alla chercher le manteau de Zia, et ils sortirent
dans le jardin.

— C'est ici qu'ont lieu tous les suicides, dit Zia.

Poirot haussa les épaules.

— C'est ce qu'on dit... Les hommes sont stupides,
n'est-ce pas, mademoiselle ? Manger, boire, respirer
le bon air, c'est merveilleux. Il faut être fou pour
quitter tout cela parce qu'on n'a pas d'argent ou qu'on
a des peines de cœur. L'amour est la source de bien
des drames, n'est-ce pas ?

Zia se mit à rire.

— Vous ne devriez pas vous moquer de l'amour,
mademoiselle, dit Poirot, en la menaçant du doigt.
Vous qui êtes jeune et belle...

— Pas vraiment, dit Zia. Vous oubliez que j'ai

trente-trois ans, monsieur Poirot. Avec vous, mentir ne me servirait à rien. Comme vous le rappeliez à mon père, dix-sept ans ont passé depuis que vous nous avez rendu ce service à Paris.

— Beaucoup moins, me semble-t-il, lorsque je vous regarde, dit Poirot galamment. Vous avez si peu changé, mademoiselle. À l'époque, vous étiez un peu plus mince, un peu plus pâle et un peu plus sérieuse. Seize ans, et tout juste sortie de votre pension : pas tout à fait une petite pensionnaire, pas tout à fait une femme. Vous étiez délicieuse, charmante, mademoiselle Zia ; et je n'étais pas le seul à le penser.

— À seize ans, dit Zia, on est simple et même un peu simplette....

— Peut-être, dit Poirot. C'est fort possible. À seize ans, on est crédule, n'est-ce pas ? On croit tout ce que l'on vous dit.

S'il vit le rapide coup d'œil que lui jeta la jeune femme, il n'en laissa rien paraître. Il poursuivit d'un air rêveur :

— Ce fut une curieuse affaire tout de même. Votre père, mademoiselle, n'a jamais su le fin mot de l'histoire.

— Vraiment ?

— Lorsqu'il m'a demandé des explications, je lui ai simplement dit : « Je vous ai rendu ce que vous aviez perdu en évitant le scandale. Ne me posez pas d'autres questions. » Savez-vous pourquoi je lui ai parlé de la sorte, mademoiselle ?

— Je n'en ai pas la moindre idée, répondit la jeune femme froidement.

— Parce que j'avais un faible pour une petite pensionnaire, toute pâle, toute mince, et très sérieuse.

— Je ne vois pas de quoi vous parlez ! s'écria Zia, furieuse.

— Vous ne voyez pas, mademoiselle ? Vous avez oublié Antonio Pirezzio ?

Zia poussa une exclamation sourde.

— Il était venu travailler comme assistant dans la boutique, mais ce n'est pas ainsi qu'il pouvait obtenir ce qu'il voulait. Un assistant peut se permettre de lever les yeux sur la fille du patron, n'est-ce pas ? Surtout s'il est jeune, séduisant et beau parleur. Et les amoureux ne peuvent pas passer leur temps à s'aimer. Il leur arrivait donc de parler d'un sujet qui les intéressait tous les deux, comme de cet objet passionnant qui se trouvait momentanément entre les mains de Monsieur votre père. Comme vous le dites, mademoiselle, la jeunesse est bête et crédule. Vous avez donc cru ce jeune homme et vous lui avez montré où se trouvait ce fameux objet. Lorsque celui-ci disparut, que l'incroyable catastrophe se fut produite... Oh ! là ! là ! Malheureuse petite pensionnaire... Quelle horrible situation ! Elle avait peur, la pauvre petite. Fallait-il qu'elle parle ou qu'elle se taise ? Le cher Hercule Poirot entre en scène à ce moment-là. Un vrai miracle, la façon dont les choses s'arrangent alors. L'inestimable objet est restitué et aucune question indiscrète n'est posée.

Zia répliqua, l'air farouche.

— Vous étiez donc au courant ? Qui vous l'a dit ?... Antonio ?

Poirot secoua la tête.

— Personne ne m'a rien dit, dit-il d'un ton paisible. C'était une simple conjecture. Ma conjecture était juste, n'est-ce pas, mademoiselle ? Voyez-vous, si l'on n'est pas doué pour la conjecture, mieux vaut ne pas se faire détective.

Pendant quelques minutes, la jeune femme marcha à côté de lui en silence. Puis elle demanda d'une voix dure :

— Eh bien, que comptez-vous faire ? Le dire à mon père ?

— Non. Certainement pas.

Elle le regarda intriguée.

— Vous attendez quelque chose de moi ?

— J'ai besoin de votre aide, mademoiselle.

— Qu'est-ce qui vous fait penser que je pourrais vous aider ?

— Je ne le pense pas. Je l'espère seulement.

— Et si je refuse, vous direz la vérité à mon père ?

— Mais non, bien sûr que non ! Ôtez-vous cette idée de la tête, mademoiselle. Je ne suis pas un maître chanteur. Je ne tiens pas ce secret au-dessus de votre tête pour vous en menacer.

— Donc, si je refuse de vous aider..., commença la jeune femme.

— Vous refusez, et tout est dit.

— Alors pourquoi ?...

279

Elle s'interrompit.

— Je vais vous dire pourquoi. Les femmes, mademoiselle, sont généreuses. Si elles peuvent rendre service à ceux qui les ont aidées, elles le font. Je me suis montré généreux envers vous, mademoiselle. J'aurais pu parler, mais j'ai tenu ma langue.

Il y eut un autre silence. La jeune femme dit enfin :

— Mon père vous a mis sur la voie, l'autre jour.

— C'était très aimable de sa part.

— Je ne vois pas ce que je pourrais y ajouter...

Si Poirot était déçu, il n'en laissa rien paraître. Pas un muscle de son visage ne bougea.

— Eh bien ! dit-il joyeusement, parlons d'autre chose.

Et il se mit à bavarder gaiement. Zia, cependant, était distraite, répondait machinalement et pas toujours à propos. Ils retournaient vers le casino quand elle parut prendre une décision.

— Monsieur Poirot ?

— Mademoiselle ?

— Je... j'aimerais... vous aider si je le pouvais.

— C'est très aimable à vous, mademoiselle, très aimable.

Le silence se fit de nouveau. Poirot n'essaya pas de la brusquer. Il attendait, la laissait prendre son temps.

— Bah ! dit Zia, après tout, pourquoi ne vous le dirais-je pas ? Mon père est prudent, il pèse chaque mot. Mais je sais qu'avec vous, ce n'est pas nécessaire. Vous nous avez dit que vous cherchiez uniquement le meurtrier, pas les bijoux. Je vous crois. Vous avez eu raison de supposer que nous nous trouvions à Nice à cause des rubis. Ils ont été transférés ici conformément au plan. Mon père les a actuellement en sa possession. Il vous a donné une indication, l'autre jour, sur notre mystérieux client.

— Le Marquis ? murmura Poirot.

— Oui, le Marquis.

— Avez-vous déjà vu le Marquis, mademoiselle Zia ?

— Une fois. Mais pas très bien, ajouta-t-elle. À travers un trou de serrure.

— Cela complique évidemment les choses, dit Poirot avec bienveillance. Mais vous l'avez quand même vu. Sauriez-vous le reconnaître ?

Zia secoua la tête.

— Il portait un masque, expliqua-t-elle.

— Jeune ou vieux ?

— Il avait les cheveux blancs. Mais c'était peut-être une perruque. Dans ce cas, elle lui allait fort bien. Mais je ne crois pas qu'il soit vieux. Sa démarche et sa voix étaient jeunes.

— Sa voix..., répéta Poirot pensif. Ah, sa voix ! La reconnaîtriez-vous, mademoiselle Zia ?

— Peut-être.

— Il vous intéressait, hein ? C'est ce qui vous a poussée à regarder par le trou de la serrure ?

Zia acquiesça.

— Oui, c'est exact. J'étais curieuse. J'avais tellement entendu parler de lui... Pas comme d'un voleur ordinaire, plutôt comme d'un personnage historique ou de roman.

— Oui... oui, c'est peut-être ça.

— Mais ce n'est pas ce que je voulais vous dire. Je voulais vous signaler un petit fait qui peut, peut-être, vous être utile.

— Oui ? fit Poirot d'un ton encourageant.

— Comme je vous l'ai dit, mon père a pris livraison des rubis ici, à Nice. Je n'ai pas vu la personne qui les lui a remis, mais...

— Eh bien ?

— Je suis sûre d'une chose. *C'était une femme.*

29

Une lettre de St. Mary Mead

Chère Katherine, vivant à présent parmi les grands de ce monde, je ne pense pas que vous attacherez beaucoup d'importance à ces quelques nouvelles. Mais comme je vous ai toujours considérée comme une fille raisonnable, vous n'êtes peut-être pas devenue aussi bêcheuse que ça. Ici, c'est toujours la routine. L'arrivée du nouveau vicaire a fait beaucoup de bruit. Il n'est à mon avis ni plus ni moins qu'un adepte du rite romain et de ses pompes. Tout le monde s'en est plaint auprès du pasteur, mais vous le connaissez : tout charité chrétienne et pas très courageux. Ces derniers temps, mes bonnes m'ont donné bien du souci. La petite Annie était impossible : jupe au-dessus du genou et pas moyen de lui faire porter de bonnes chaussettes de laine. Toutes autant qu'elles sont ne supportent pas la moindre remarque. Par ailleurs, j'ai beaucoup souffert de rhumatismes d'un côté ou de l'autre, et le Dr Harris m'a persuadée d'aller voir un spécialiste à Londres – une dépense de trois livres, sans compter le prix du billet, comme je le lui ai fait remarquer. Mais en attendant jusqu'au mercredi, j'ai pu obtenir un tarif réduit pour le retour. Le spécialiste en question a fait la grimace et n'a pas arrêté de tourner autour du pot, jusqu'au moment où je lui ai dit : « Docteur, je suis une femme franche et j'aime qu'on me parle franchement : c'est un cancer, oui ou non ? » Alors là, évidemment, il a dû me dire que c'en était un. Il me donne un an, avec des soins et sans trop de douleurs, bien que je sois sûrement capable de supporter la douleur aussi bien que n'importe quelle autre chrétienne. La solitude me pèse parfois, la plupart de mes amies sont mortes ou parties. J'aimerais que vous soyez à St. Mary Mead, ma chère petite, ça c'est bien vrai. Si vous n'aviez pas hérité de cet argent et n'étiez pas entrée dans la haute société, je vous aurais offert le double des gages que vous donnait la pauvre Jeanne pour que vous preniez soin de moi. Mais enfin, il ne faut pas désirer ce qu'on ne peut pas obtenir. Néanmoins, si les choses tournaient mal pour vous... c'est toujours possible. J'ai entendu des centaines d'histoires de pseudo-aristocrates qui épousent des filles riches et les abandonnent après s'être emparé de leur argent... Vous êtes trop raisonnable pour qu'une chose pareille vous arrive. Mais sait-on jamais ? N'ayant jamais été particulièrement gâtée jusqu'à présent, cela pourrait vous monter à la tête. Dans ce cas, souvenez-vous que vous aurez toujours un foyer ici. Et sachez que mon franc-parler ne m'empêche pas d'avoir bon cœur.

Votre vieille amie affectionnée.

Amelia VINER

PS. J'ai vu dans le journal qu'on parlait de vous et de votre cousine, la vicomtesse Tamplin. J'ai découpé le passage et je l'ai rangé dans mon album. Je prie Dieu le dimanche pour qu'il vous garde de la vanité et de l'orgueil.

Katherine lut deux fois cette épître exemplaire, la posa sur la table, et contempla par la fenêtre de sa chambre les eaux bleues de la Méditerranée. La gorge serrée, elle fut soudain submergée par une vague de nostalgie. St. Mary Mead, c'était des petits événements familiers, quotidiens, insignifiants, stupides, oui, mais c'était son village... Elle se sentait prête à pleurer, la tête dans les bras.

En entrant à ce moment-là, Lenox la sauva.

— Hello, Katherine ! Qu'est-ce qui se passe ?

— Rien, dit Katherine en fourrant la lettre de miss Viner dans son sac.

— Vous avez un drôle d'air... Écoutez, j'espère que vous n'y verrez pas d'inconvénient, mais je me suis permis de téléphoner à votre ami détective, M. Poirot, pour lui demander de venir déjeuner avec nous à Nice. J'ai prétendu que l'invitation venait de vous parce que j'ai pensé que, pour moi, il ne viendrait peut-être pas.

— Vous aviez envie de le voir ? demanda Katherine.

— Oui. Je me suis amourachée de lui... Je n'avais jamais rencontré un homme aux yeux verts, comme ceux d'un chat.

— Ah, bon, dit Katherine d'un ton las.

Ces derniers jours avaient été éprouvants. On ne parlait que de l'arrestation de Derek Kettering et on avait débattu du mystère du Train Bleu de tous les points de vue possibles et imaginables.

— J'ai demandé une voiture en racontant un mensonge à maman, dit Lenox. Malheureusement, j'ai oublié lequel. Mais c'est sans importance, elle ne se souvient jamais de rien. Si elle savait où nous allons, elle voudrait nous accompagner, pour cuisiner M. Poirot.

Quand elles arrivèrent au Negresco, Poirot les attendait déjà.

Il se montra si plein de galanterie française, et les combla de tant de compliments qu'elles ne purent retenir leur hilarité. Pourtant, le repas fut loin d'être gai. Katherine était rêveuse et distraite ; quant à Lenox, entre deux accès de bavardage, elle sombrait dans de grands silences. Comme ils prenaient le café sur la terrasse, elle demanda brusquement à Poirot :

— Où en sont les choses ? Vous savez de quoi je parle...

Poirot haussa les épaules.

— Elles suivent leur cours.

— Et vous les laissez simplement suivre leur cours ?

Il regarda Lenox d'un air un peu triste.

— Vous êtes trop jeune, mademoiselle, pour savoir qu'il existe trois choses impossibles à brusquer : le bon Dieu, la Nature, et les vieillards.

— Balivernes ! s'exclama Lenox. Vous n'êtes pas vieux.

— Ah ! C'est charmant ce que vous venez de dire là.

— Tiens ! Voilà Mr Knighton, annonça Lenox.

Katherine jeta un rapide coup d'œil derrière elle.

— Il est avec Mr Van Aldin, ajouta Lenox. J'ai un mot à lui dire. Je reviens dans une minute.

Seul maintenant avec Katherine, Poirot se pencha vers elle et murmura :

— Vous êtes distraite, mademoiselle. Vos pensées sont bien loin d'ici, n'est-ce pas ?

— Aussi loin que l'Angleterre, pas au-delà.

Sur une impulsion, elle prit la lettre qu'elle venait de recevoir et la tendit à Poirot.

— Ce sont les premiers mots qui me parviennent de mon ancienne vie. D'une certaine façon, ça fait mal.

Il lut la lettre et la lui rendit.

— Alors, vous allez retourner à St. Mary Mead ?

— Mais non ! Pourquoi ça ?

— Ah ! dit Poirot, je me suis trompé... Excusez-moi une minute.

Il alla vivement rejoindre Lenox Tamplin, qui était

en conversation avec Van Aldin et Knighton. L'Américain paraissait vieilli et hagard. Il salua Poirot d'un bref signe de tête.

Comme il se tournait pour répondre à une remarque de Lenox, Poirot tira Knighton à l'écart.

— Mr Van Aldin a l'air malade, dit-il.

— Cela vous étonne ? Le scandale causé par l'arrestation de Derek Kettering l'a achevé. Il regrette même de vous avoir demandé de trouver la vérité.

— Il devrait rentrer en Angleterre, dit Poirot.

— Nous partons après-demain.

— Je suis heureux de l'apprendre.

Il hésita, le regard tourné vers la terrasse où Katherine était assise.

— J'aimerais que vous disiez cela à miss Grey, murmura-t-il.

— Que je lui dise quoi ?

— Que vous... enfin, que Mr Van Aldin rentre en Angleterre.

Knighton parut un peu surpris, mais il alla aussitôt rejoindre Katherine.

Satisfait, Poirot le regarda s'éloigner et alla rejoindre Lenox et l'Américain. Ils allèrent ensuite tous les trois retrouver les deux autres. La conversation devint générale, puis Van Aldin et son secrétaire les quittèrent. Poirot, lui aussi, s'apprêta à partir.

— Mille mercis pour votre invitation, mesdemoiselles. Ce déjeuner a été un vrai plaisir. Ma foi, j'en avais besoin ! (Il se frappa la poitrine.) À présent je suis un lion, un géant ! Ah, mademoiselle Katherine, vous ne savez pas de quoi je suis capable ! Vous ne connaissez que le doux et gentil Hercule Poirot, mais il existe un autre Hercule Poirot. Je vais maintenant persécuter, menacer, semer la terreur dans les cœurs...

Il les regarda, très content de lui-même. Elles prirent l'air terriblement impressionné, mais Lenox se mordait la lèvre et Katherine avait les coins de la bouche curieusement tordus.

— Je vais le faire, dit-il gravement. Oh ! oui, je réussirai !

Il partait quand Katherine le rappela.

— Monsieur Poirot, je... je voulais vous dire... vous aviez raison tout à l'heure. Je retourne en Angleterre.

Sous le regard perçant de Poirot, elle rougit.

— Je comprends, dit-il d'un ton grave.

— Non, je ne crois pas, dit Katherine.

— Je comprends plus de choses que vous n'imaginez, répliqua-t-il tranquillement.

Il la quitta, un étrange petit sourire aux lèvres, monta en voiture et se fit conduire à Antibes.

Hippolyte, le valet de chambre du comte de la Roche au visage de bois, était occupé à nettoyer la magnifique table en cristal taillé de son maître. Le comte de la Roche était parti pour la journée à Monte-Carlo. Regardant par hasard par la fenêtre, Hippolyte aperçut un visiteur qui se dirigeait à grands pas vers la porte d'entrée. Ce visiteur était d'un genre si peu commun qu'Hippolyte, malgré sa grande expérience, ne parvint pas à le situer. Il prévint sa femme, Marie, occupée à la cuisine, de l'arrivée de « ce type-là », comme il l'appela.

— C'est encore la police ? demanda-t-elle avec inquiétude.

— Regarde toi-même.

Marie regarda.

— Ce n'est certainement pas la police, dit-elle. Tant mieux.

— Ils ne nous ont pas beaucoup inquiétés, remarqua Hippolyte. En fait, sans l'avertissement de Monsieur le comte, jamais je n'aurais deviné que cet individu, chez le marchand de vin, était ce qu'il était.

La sonnette de la porte d'entrée retentit. Hippolyte prit un air grave et cérémonieux, pour aller ouvrir.

— Je suis désolé, Monsieur le comte est absent, dit-il.

Le petit homme aux moustaches lui sourit.

— Je sais. Vous êtes bien Hippolyte Flavelle, n'est-ce pas ?

— Oui, monsieur, c'est mon nom.

— Et vous avez une femme, Marie Flavelle ?

— Oui, monsieur, mais...

— Je désire vous voir tous les deux, dit l'inconnu en pénétrant prestement dans le vestibule. Votre femme est sans doute dans la cuisine. Je vais y aller.

Avant qu'Hippolyte soit revenu de sa surprise, le visiteur avait déjà trouvé la bonne porte au fond du vestibule et enfilé le couloir jusqu'à la cuisine. Marie le vit entrer, bouche bée.

— Voilà, dit l'inconnu en se laissant tomber dans un fauteuil de bois. Je suis Hercule Poirot.

— Monsieur ?

— Vous ne connaissez pas ce nom ?

— Je ne l'ai jamais entendu, dit Hippolyte.

— Permettez-moi de vous dire que vous avez reçu une mauvaise éducation. C'est celui d'un des grands hommes de ce siècle.

Il soupira et croisa les mains sur sa poitrine.

Hippolyte et Marie le regardaient, gênés. Ils ne savaient que faire de ce personnage étrange et inattendu.

— Monsieur   désire ?... murmura   Hippolyte machinalement.

— Je désire savoir pourquoi vous avez menti à la police.

— Moi ? J'ai menti à la police ? Je n'aurais jamais fait une chose pareille ! s'écria Hippolyte.

Poirot hocha la tête.

— C'est faux, dit-il. Vous avez menti à plusieurs reprises. Attendez. (Il tira un petit calepin de sa poche et le consulta.) Ah, oui ! au moins à sept occasions. Je vais vous en donner la liste.

D'une voix posée, il les énuméra toutes.

Hippolyte n'en revenait pas.

— Ce n'est pas de ces défaillances passées que je veux vous parler, poursuivit Poirot. Mais vous vous êtes cru sans doute très malin et j'ai d'abord voulu vous faire passer ça. Aujourd'hui, je m'intéresse à un mensonge très précis, à votre déclaration concernant l'arrivée du comte de la Roche dans cette maison le 14 janvier au matin.

— Mais ce n'est pas un mensonge, monsieur. C'est la pure vérité. Monsieur le comte est arrivé ici le mardi 14 janvier, au matin. N'est-ce pas, Marie ?

Marie approuva vivement.

— Oui, c'est exact. Je m'en souviens parfaitement.

— Oh, et qu'avez-vous servi à votre maître comme déjeuner ce jour-là ?

— Je...

Marie s'arrêta, essayant de reprendre ses esprits.

— C'est curieux, dit Poirot, comme on peut se rappeler certaines choses et en oublier d'autres...

Il donna un grand coup de poing sur la table. Ses yeux brillaient de colère.

— Eh oui ! c'est bien ce que je disais ! Vous mentez, et vous pensez que personne ne s'en aperçoit. Mais ils sont deux à être au courant... oui, deux : le bon Dieu d'abord..., dit-il en levant une main vers le ciel, et Hercule Poirot, acheva-t-il en se renversant dans son fauteuil et en fermant les yeux.

— Je vous assure, monsieur, que vous faites erreur. Monsieur le comte a quitté Paris lundi soir...

— Exact, dit Poirot. Par le rapide. Je ne sais pas où il a interrompu son voyage. Peut-être l'ignorez-vous aussi ? Mais ce que je sais, c'est qu'il est arrivé ici mercredi matin et non mardi matin.

— Monsieur se trompe, dit Marie, imperturbable.

Poirot se leva.

— Dans ce cas, la justice va suivre son cours, murmura-t-il. Dommage.

— Que voulez-vous dire, monsieur ? demanda Marie, mal à l'aise.

— Vous serez arrêtés et considérés donc comme complices du meurtre de Mrs Kettering, la dame anglaise qui a été assassinée.

— Assassinée !

Hippolyte était devenu blême et ses genoux tremblaient. Marie laissa tomber son rouleau à pâtisserie et commença à pleurer.

— C'est impossible, impossible. Je croyais...

— Puisque vous ne démordez pas de votre histoire, je n'ai plus rien à ajouter. Mais je pense que vous êtes aussi stupides l'un que l'autre.

Poirot se dirigeait vers la porte lorsqu'une voix émue l'arrêta :

— Monsieur, monsieur, un instant. Je... je ne pensais pas qu'il s'agissait d'une affaire pareille. Je croyais que c'était juste une histoire de femme. Monsieur le comte a déjà eu quelques démêlés avec la police à propos de femmes. Mais un meurtre... c'est très différent.

— Ma patience est à bout ! s'écria Poirot. (Il fit demi-tour et menaça Hippolyte du poing.) Vais-je passer ma journée ici à discuter avec deux imbéciles ? C'est la vérité que je veux. Si vous refusez de me la donner, cela vous regarde ! Pour la dernière fois, quand Monsieur le comte est-il arrivé à la villa Marina : mardi matin ou mercredi matin ?

— Mercredi, dit le valet d'une voix sourde, et Marie l'approuva.

Poirot les considéra un instant, puis inclina gravement la tête.

— Voilà qui est raisonnable, mes enfants, dit-il posément. Vous avez failli vous trouver dans de sales draps.

Il quitta la villa Marina en se souriant à lui-même.

— Voilà une hypothèse confirmée. Vais-je mettre l'autre à l'épreuve ?

Il était 6 heures lorsqu'on remit à Mireille la carte de M. Hercule Poirot. Elle la regarda fixement un moment, puis hocha la tête. Quand Poirot entra, elle marchait fiévreusement de long en large. Elle l'attaqua aussitôt avec fureur.

— Eh bien ? s'écria-t-elle. Que me voulez-vous encore ? Vous ne m'avez pas déjà assez torturée ? Vous m'avez déjà forcée à trahir mon pauvre Derek. Que voulez-vous de plus ?

— Juste une petite question, mademoiselle. Lorsque le train a quitté Lyon et que vous êtes entrée dans le compartiment de Mrs Kettering...

— Que dites-vous ?

Poirot la regarda avec un air de léger reproche et recommença :

— Lorsque vous êtes entrée dans le compartiment de Mrs Kettering...

— Je n'y suis jamais entrée !

— Et que vous l'avez trouvée...

— Je n'y suis jamais entrée !

— Ah ! Nom de... !

Pris de rage, il se mit à crier si fort qu'elle recula, effrayée.

— Vous tenez à mentir ? Prenez garde, mademoiselle, c'est dangereux. Je peux vous raconter ce qui s'est passé comme si j'y étais. Vous êtes entrée dans son compartiment et vous l'avez trouvée morte. Je le sais.

Elle baissa les yeux, ne pouvant plus soutenir son regard.

— Je... je ne suis pas..., commença-t-elle, et elle s'arrêta.

— Il n'y a qu'une seule chose que j'ignore, reprit Poirot. Je me demande, mademoiselle, si vous avez trouvé ce que vous cherchiez ou si...

— Ou si quoi ?

— Ou si on vous avait devancée.

— Je ne répondrai plus à vos questions ! hurla-t-elle.

Elle s'arracha à la poigne de fer de Poirot et se jeta par terre en criant et en sanglotant. Une femme de chambre accourut, épouvantée.

Hercule Poirot haussa les épaules, leva les sourcils et quitta tranquillement la pièce.

Mais il avait l'air satisfait.

30

Miss Viner donne son avis

Katherine regardait par la fenêtre de la chambre de miss Viner la pluie qui tombait sans violence, mais avec une tranquille et courtoise obstination. La fenêtre dormait sur un petit jardin. Une allée bordée de plates-bandes soignées où fleuriraient plus tard des roses et des jacinthes bleues, menait à la grille d'entrée.

Miss Viner était allongée dans un grand lit d'époque victorienne. Elle avait poussé de côté le plateau avec les restes de son petit déjeuner et était occupée à ouvrir sa correspondance, en faisant des remarques caustiques à son sujet.

Katherine relisait pour la deuxième fois la lettre qu'elle tenait à la main. Celle-ci portait l'en-tête de l'hôtel Ritz, à Paris.

Chère mademoiselle Katherine,

J'espère que vous êtes en bonne santé et que votre

retour dans l'hiver anglais ne vous a pas trop déprimée.
Moi, je poursuis mon enquête avec le plus grand zèle.
Ne croyez surtout pas que je sois ici en vacances. D'ici
peu je vais me rendre en Angleterre et j'espère avoir le
plaisir de vous revoir. C'est entendu, n'est-ce pas ? Dès
mon arrivée à Londres, je vous écrirai. Vous n'avez pas
oublié que nous sommes collègues dans cette affaire ?
Non, sûrement pas ! Croyez, mademoiselle, à mes sen-
timents dévoués et respectueux.

Hercule POIROT

Katherine fronça légèrement les sourcils. Comme si quelque chose, dans cette lettre, l'étonnait et l'intriguait.

— Un pique-nique pour la chorale des garçons ! s'exclama miss Viner. Je ne souscris qu'à condition que Tommy Saunders et Albert Dykes en soient exclus. Je me demande ce que ces deux garçons s'imaginent qu'ils viennent faire à l'église le dimanche. Tommy a chanté un jour : « Plus vite que ça, bon Dieu ! » et il n'a pas ouvert la bouche depuis. Quant à Albert Dykes, s'il ne suce pas des bonbons à la menthe, c'est que mon nez n'est plus ce qu'il était.

— Oui, ils sont insupportables, reconnut Katherine.

Elle ouvrit sa seconde lettre et ses joues s'empourprèrent soudain. La voix de miss Viner ne lui parvenait plus que de très loin.

Lorsque Katherine revint à ce qui l'entourait, miss Viner achevait triomphalement une longue histoire :

— ... Et je lui ai répondu : « Pas du tout, il se

trouve que miss Grey est la propre cousine de lady Tamplin. » Que pensez-vous de ça ?

— Vous preniez ma défense ? C'est très gentil de votre part.

— On peut voir les choses comme ça... Pour moi, un titre n'a aucune valeur. Épouse de pasteur ou non, cette femme est une vipère. Insinuer que vous auriez acheté votre droit d'entrée dans la haute société !

— Elle n'avait peut-être pas entièrement tort.

— Mais regardez-vous, continua miss Viner. Êtes-vous revenue parmi nous avec des allures de grande dame ? Non. Vous êtes toujours aussi raisonnable, avec vos bonnes chaussettes de laine et vos chaussures de marche. Hier encore, je disais à Ellen : « Ellen, regardez miss Grey. Elle a frayé avec les plus grands de ce pays, et est-ce qu'elle se promène pour autant comme vous, avec des jupes au-dessus des genoux, des bas de soie qui filent sur un regard, et les chaussures les plus ridicules que j'aie jamais vues ? »

Katherine sourit. Elle avait bien fait de tenir compte des préjugés de miss Viner. La vieille demoiselle continua, de plus en plus enthousiaste.

— Quel soulagement de voir que cet argent ne vous a pas tourné la tête ! J'ai cherché l'autre jour dans mes coupures de presse. J'en ai plusieurs sur lady Tamplin, son hôpital militaire et tout ça, mais impossible de remettre la main dessus. Je voudrais que vous y jetiez un coup d'œil, mon petit. Vous avez meilleure vue que moi. Elles sont toutes dans une boîte dans le tiroir du bureau.

Katherine regarda la lettre qu'elle tenait à la main et faillit dire quelque chose, mais se ravisa. Elle alla chercher les coupures de presse dans le bureau et se mit à les parcourir. Elle éprouvait maintenant une vive admiration pour le courage et le stoïcisme de miss Viner. Elle ne pouvait pas faire grand-chose pour sa vieille amie, mais savait par expérience combien les vieillards attachaient d'importance à des petites attentions apparemment insignifiantes.

— En voici une, annonça-t-elle. « La vicomtesse Tamplin, qui a transformé sa villa de Nice en hôpital militaire, vient d'être victime d'un vol sensationnel : ses bijoux ont disparu. Parmi eux se trouvaient de très célèbres émeraudes, un héritage de famille. »

— Probablement de la pâte de verre, dit miss Viner, comme la plupart des bijoux des femmes de la haute société.

— En voici une autre, avec son portrait : « Une charmante photographie de la vicomtesse Tamplin et de sa fille, Lenox. »

— Montrez-moi cela. On ne voit pas la figure de la petite, n'est-ce pas ? Cela vaut sans doute mieux. C'est la loi des contrastes qui régit ce bas monde. Les choses vont généralement de travers et les très jolies mères ont en général des enfants hideux. Le photographe a sans doute compris qu'il avait intérêt à montrer la fille de dos.

Katherine se mit à rire.

— « L'une des plus élégantes hôtesses de la Riviera cette année : la vicomtesse Tamplin, qui possède une villa au Cap Martin. Elle reçoit sa cousine, miss Grey, qui vient d'hériter, de façon tout à fait romanesque, d'une immense fortune. »

— C'est celle que je cherchais, dit miss Viner. Votre photo a dû paraître une autre fois ; elle m'a échappé. Vous voyez le genre : Mrs Unetelle ou Machin Chouette, à Trou-sur-Mer ou ailleurs, jambe levée et portant une canne de golf. Quelle épreuve cela doit être pour certains de se voir comme ça...

Katherine ne répondit pas. Elle défroissait machinalement de l'ongle le papier, l'air intrigué et inquiet. Elle tira de son enveloppe une des deux lettres qu'elle avait reçues, la parcourut encore, et se décida :

— Miss Viner... Je me demandais... Une de mes connaissances, quelqu'un que j'ai rencontré sur la Riviera, aimerait beaucoup venir me voir ici.

— Un homme ?

— Oui.

— Qui est-ce ?

— Le secrétaire de Mr Van Aldin, le millionnaire américain.

— Comment s'appelle-t-il ?

— Knighton. Richard Knighton.

— Hum... secrétaire d'un millionnaire. Et il veut vous rendre visite. Écoutez, Katherine, je le dis pour votre bien. Vous êtes une fille gentille et raisonnable, et même si vous avez la tête bien vissée sur les épaules, il n'y a pas de femme qui ne commette au moins une bêtise dans sa vie. Dix contre un que cet homme en veut à votre argent.

D'un geste, elle empêcha Katherine de répondre.

— Je m'attendais à quelque chose de ce genre, continua-t-elle. Qu'est-ce qu'un secrétaire de millionnaire ? Neuf fois sur dix, un jeune homme qui aime la vie facile. Avec des goûts de luxe, sans cervelle et sans esprit d'initiative. Et s'il existe une vie plus facile encore que celle de secrétaire de millionnaire, c'est bien celle de mari d'une femme riche. Je ne dis pas que vous ne puissiez plaire à un homme. Mais vous n'êtes plus jeune et malgré votre joli teint, vous n'êtes pas une beauté. Si je dis ça, c'est pour vous éviter de vous rendre ridicule. Mais si vous y êtes décidée, veillez à ce que votre fortune reste à votre nom. Voilà j'ai fini. Qu'avez-vous à répondre ?

— Rien, dit Katherine. Verriez-vous un inconvénient à ce qu'il vienne ?

— Je m'en lave les mains, répliqua miss Viner. J'ai fait mon devoir et, quoi qu'il arrive maintenant, vous en serez seule responsable. Voulez-vous l'inviter à déjeuner ou à dîner ? Ellen pourrait préparer un dîner, si elle ne perd pas la tête.

— Un déjeuner serait parfait. C'est extrêmement gentil de votre part, miss Viner. Je vais lui téléphoner, comme il me l'a demandé, pour lui dire que nous serons enchantées de l'avoir à déjeuner. Il viendra de Londres en voiture.

— Ellen pourra faire un steak et des tomates grillées. Elle les fait mal, mais mieux que le reste. Pas

302

de tarte, elle a la main trop lourde pour la pâtisserie, mais ses puddings ne sont pas mauvais. Et vous trouverez un bon Stilton chez Abbot. J'ai toujours entendu dire que les hommes aimaient le Stilton. Et mon père a laissé beaucoup de vin à la cave. Une bouteille de Moselle mousseux, peut-être ?

— Oh non ! miss Viner, ce n'est pas nécessaire.

— Allons donc ! mon enfant. Un homme n'est heureux que s'il boit quelque chose en mangeant. Il y a aussi un bon whisky d'avant-guerre, si vous pensez qu'il préférera ça. Faites ce que je vous dis et ne discutez pas. La clé de la cave se trouve dans le troisième tiroir de la commode, dans la seconde paire de chaussettes, du côté gauche.

Katherine obéit.

— Dans la seconde paire, faites attention. La première contient mes boucles d'oreilles en diamants et ma broche en filigrane.

— Oh ! s'exclama Katherine plutôt surprise, ne vaudrait-il pas mieux les mettre dans votre coffret à bijoux ?

Miss Viner émit un ricanement prolongé et terrifiant.

— Certainement pas ! J'ai bien trop de bon sens pour ça, merci. Ma chère petite, je me rappelle très bien mon pauvre père faisant construire un coffre-fort au sous-sol. Aux anges, il dit à ma mère : « À partir d'aujourd'hui, Mary, tu me remettras ton coffret à bijoux tous les soirs, et je l'enfermerai dans ce coffre-fort. » Ma mère était une femme pleine de tact qui savait que les hommes aiment imposer leur volonté. Elle lui apporta donc le coffret comme il le voulait.

» Mais une nuit, des cambrioleurs pénétrèrent dans la maison et ils allèrent tout naturellement droit au coffre ! Mon père avait si bien entretenu tout le village de son coffre-fort qu'on aurait pu croire qu'il contenait tous les trésors du roi Salomon. Ils emportèrent tout : les chopes et les tasses en argent, un plat en or qu'on lui avait offert et, naturellement, le coffret à bijoux.

Miss Viner soupira.

— Mon père était accablé par la disparition des bijoux : des pierres de Venise, de très jolis camées, des coraux et deux bagues avec de gros diamants. Bien sûr, ma mère lui avoua alors que, en femme avisée, elle avait roulé ses bijoux dans un corset, où ils étaient toujours en sécurité.

— Le coffret à bijoux était vide ?

— Oh, non ! mon petit. Il aurait été trop léger. Ma mère était une femme très intelligente. Elle gardait là ses boutons. Ce qui était très pratique : les boutons de bottine dans le compartiment supérieur, les boutons de pantalon dans celui du milieu, et en bas, les boutons divers. Curieusement, mon père lui en voulut. Il déclara qu'il détestait les tromperies. Mais il faut que je m'arrête. Vous devez aller téléphoner à votre ami. Rapportez-moi un beau morceau de viande et dites à Ellen de veiller à ce que ses bas n'aient pas de trous lorsqu'elle servira à table.

— Elle s'appelle Ellen ou Helen ? Je croyais...

Miss Viner ferma les yeux.

— Ma chère, je sais prononcer les *h* comme tout un chacun, mais Helen n'est pas un nom pour une domestique. Je me demande ce que les mères ont dans la tête, aujourd'hui, dans les basses classes.

La pluie avait cessé lorsque Knighton arriva. Katherine l'attendait à la porte sous un pâle soleil qui éclairait sa chevelure. Il alla vers elle avec un empressement juvénile.

— J'espère que je ne vous dérange pas, mais il fallait absolument que je vous retrouve. Votre amie n'y a pas vu d'inconvénient ?

— Venez faire sa connaissance. Elle peut être terrible, mais vous vous rendrez vite compte qu'elle possède un cœur d'or.

Miss Viner trônait dans le salon, majestueuse, couverte de tous les camées de la famille qui avaient été si providentiellement sauvés par sa mère. Elle accueillit Knighton avec une politesse sévère et digne qui en aurait refroidi plus d'un. Toutefois, au bout de dix minutes, les manières charmantes de Knighton l'avaient déjà dégelée. Le repas fut très gai et Ellen, ou Helen, dans sa nouvelle paire de bas sans échelles, réalisa de véritables prodiges. Katherine et Knighton partirent ensuite en promenade et revinrent prendre le thé en tête à tête. Miss Viner était allée se reposer.

Après le départ de Knighton, Katherine remonta lentement chez elle. Elle entendit miss Viner l'appeler et se rendit dans sa chambre.

— Votre ami est parti ?

— Oui. Merci de m'avoir permis de le recevoir ici.

— Inutile de me remercier. Me prenez-vous pour une vieille grippe-sou qui ne veut jamais rien faire pour personne ?

— Vous êtes un amour, lui dit Katherine d'un ton affectueux.

— Hum..., dit miss Viner, toute radoucie.

Comme Katherine s'en allait, elle la rappela.

— Katherine !

— Oui ?

— Je me suis trompée à propos de votre ami. Lorsqu'un homme veut se faire bien voir, il peut se montrer cordial, galant, plein de charmantes attentions. Mais quand il est réellement amoureux, il a toujours des airs d'agneau bêlant. Et celui-là vous regardait tout le temps avec des airs d'agneau bêlant. Je retire tout ce que je vous ai dit ce matin. Il est tout à fait sincère.

31

Le déjeuner de monsieur Aaron

— Ah ! s'exclama M. Joseph Aaron, avec un accent de profonde satisfaction.

Il but une longue gorgée, reposa sa chope en soupirant, s'essuya les lèvres, et sourit à son hôte, M. Hercule Poirot.

— Donnez-moi un bon steak et une chope de quelque chose qui en vaut la peine, et je laisse à d'autres vos délicatesses françaises, vos hors-d'œuvre, vos omelettes et vos petites cailles. Un bon steak, voilà ce qu'il me faut, répéta-t-il.

Poirot, qui venait de passer la commande, sourit avec bienveillance.

— Je n'ai d'ailleurs rien contre le pudding aux rognons. De la tarte aux pommes ? Oui, je prendrai de la tarte, dit M. Aaron. Merci, mademoiselle. Avec un pot de crème.

Le repas terminé, M. Aaron posa sa cuillère et sa fourchette, et, tout en grignotant un peu de fromage, changea de préoccupation.

— Il me semble, monsieur Poirot, que vous désiriez m'entretenir d'une petite affaire, dit-il. Si je peux vous aider, j'en serai très heureux.

— C'est très gentil à vous, répondit Poirot. Je me suis dit : si tu veux un renseignement, quel qu'il soit, en rapport avec le monde du Théâtre, il n'y a qu'une personne qui sait tout sur tout, c'est ton vieil ami, M. Joseph Aaron.

— Vous ne vous trompez pas beaucoup, remarqua celui-ci avec suffisance. Qu'il s'agisse du passé, du présent ou du futur, Joe Aaron est l'homme qu'il vous faut.

— Précisément. C'est pourquoi j'aimerais vous demander, monsieur Aaron, ce que vous savez d'une jeune personne dénommée Kidd.

— Kidd ? Kitty Kidd ?

— Kitty Kidd.

— Épatante. Se déguisait en homme, chantait, dansait. Celle-là ?

— Oui, celle-là.

— Absolument épatante. Elle gagnait très bien sa vie et ne manquait jamais d'engagements. Elle incarnait surtout des hommes, mais curieusement, elle n'était pas faite pour des rôles de composition.

— C'est ce que j'ai entendu dire, dit Poirot. Elle ne se produit plus depuis quelque temps, n'est-ce pas ?

— Oui. Elle a tout laissé tomber. Elle est partie en France avec un riche aristocrate. Je crois qu'elle a quitté la scène pour de bon.

— Quand ça ?

— Attendez voir... Il y a trois ans. Une grande perte, je peux vous le dire.

— Elle était intelligente ?

— Maligne comme une portée de singes – si tant est que les singes aient des portées !

— Connaissez-vous le nom de l'homme qu'elle est allée rejoindre à Paris ?

— Quelqu'un de la haute... ça, j'en suis sûr. Un comte peut-être, ou un marquis ? Maintenant que j'y pense, je crois bien que c'était un marquis.

— Et vous n'avez aucune idée de ce qu'elle est devenue ?

— Aucune. Je ne l'ai même pas rencontrée par hasard. Je suis prêt à parier qu'elle se la coule douce dans une station étrangère. Marquise jusqu'à la moelle des os. On ne la lui fait pas, à Kitty. Quoi qu'il arrive, elle tiendra toujours le bon bout.

— Je vois, dit Poirot, songeur.

— Je suis désolé de ne pouvoir vous en apprendre davantage. Vous m'avez rendu un fier service autrefois et j'aimerais pouvoir vous être utile.

— Oh ! mais nous sommes quittes. Vous m'avez rendu un grand service, vous aussi.

— Un prêté pour un rendu, ha ! ha ! dit M. Aaron.

— Votre profession doit être passionnante.

— Plus ou moins, cela dépend. Mais l'un dans

l'autre, ça peut aller. Tout bien considéré, je ne me débrouille pas trop mal, mais il faut garder l'œil ouvert. Impossible de prévoir de quoi le public va s'enticher demain.

— La danse est très en vogue depuis quelques années, murmura pensivement Poirot.

— Pour ma part, ces ballets russes ne m'ont jamais plu, mais le public les apprécie. Trop intellectuel pour moi.

— J'ai fait la connaissance d'une danseuse sur la Riviera... Mlle Mireille.

— Mireille ? Elle est sensationnelle ! Elle trouve toujours de l'argent pour la financer – mais elle sait ce que c'est que la danse. Je l'ai vue et je sais de quoi je parle. Je n'ai jamais beaucoup travaillé avec elle, mais il paraît que c'est une terreur. Elle pique des crises sans arrêt.

— Oui, dit Poirot songeur. Je peux me l'imaginer.

— Le tempérament ! s'exclama M. Aaron. Ils appellent ça du tempérament. Ma bourgeoise était danseuse avant de m'épouser, mais, par bonheur, elle n'a jamais eu de tempérament. On n'a pas besoin de tempérament chez soi, monsieur Poirot.

— Je suis d'accord avec vous, mon ami. Ce n'est pas l'endroit.

— Une femme doit être douce, attentionnée et bonne cuisinière.

— Mireille n'a pas exercé très longtemps, non ? demanda Poirot.

— Deux ans et demi environ, pas davantage. C'est

un duc français qui l'a lancée. J'ai entendu dire qu'elle est maintenant l'amie de l'ex-Premier ministre de Grèce. Ces gens-là s'arrangent pour s'enrichir sans bruit.

— Je l'ignorais, dit Poirot.

— Oh, elle n'est pas du genre à laisser l'herbe pousser sous ses pieds. On raconte que c'est pour elle que le jeune Kettering a assassiné sa femme. Je n'en suis pas sûr mais, quoi qu'il en soit, elle s'en est rudement bien tirée et il est en prison. Elle a dû se débrouiller toute seule. On dit qu'elle se promène avec un rubis de la taille d'un œuf de pigeon – non que j'aie jamais vu un œuf de pigeon, mais c'est l'expression qu'on emploie dans les romans.

— Un rubis de la taille d'un œuf de pigeon ! s'exclama Poirot, les yeux brillants. Comme c'est intéressant !

— J'ai appris cela par un ami. Mais pour ce que j'en sais, cela pourrait aussi bien être du verre teinté. Les femmes sont toutes les mêmes : elles passent leur temps à raconter des histoires sur leurs bijoux. Mireille va se vanter partout de ce que ce rubis serait maudit. Je crois qu'elle l'appelle Cœur de feu.

— Si ma mémoire est bonne, ce Cœur de feu est la pièce centrale d'un collier.

— Et voilà ! Ne vous l'avais-je pas dit ? Il n'y a pas de limite aux mensonges que les femmes sont capables d'inventer à propos de leurs bijoux. Celui-là, c'est une pierre unique, suspendue autour de son cou par une chaîne de platine ; comme je vous le disais tout à l'heure, dix contre un qu'il s'agit d'un morceau de verre coloré.

— Non, dit doucement Poirot. Non.., je ne sais pas pourquoi, mais je ne pense pas que ce soit un morceau de verre coloré.

32

Katherine et Poirot échangent
leurs impressions

— Vous avez changé, mademoiselle, observa soudain Poirot.

Katherine et lui étaient assis l'un en face de l'autre à une petite table de l'hôtel Savoy.

— Oui, vous avez changé, dit-il à nouveau.

— En quoi ai-je changé ?

— Mademoiselle, ces nuances sont difficiles à exprimer.

— J'ai vieilli.

— Oui, vous avez vieilli. Je ne veux pas dire par là que vous auriez maintenant des rides ou des pattes d'oie. Mais lorsque je vous ai rencontrée pour la première fois, vous viviez en spectatrice. Vous aviez l'œil calme et amusé d'une personne assistant à une représentation théâtrale.

— Et à présent ?

— À présent, vous n'observez plus. Cela va peut-être vous paraître absurde, mais vous avez le regard inquiet d'un lutteur engagé dans un jeu difficile.

— Ma vieille amie est en effet parfois un peu difficile, dit Katherine en souriant, mais je peux vous assurer que cela ne donne pas lieu à des combats mortels. Venez la voir un jour, monsieur Poirot. Je suis certaine que vous apprécierez son courage et sa force de caractère.

Ils restèrent silencieux tandis que le garçon leur servait avec art un poulet à la casserole. Lorsqu'il fut parti, Poirot reprit :

— Je vous ai déjà parlé de mon ami Hastings ? Celui qui prétend que je suis une huître humaine ? Eh bien, mademoiselle, je crois que j'ai rencontré mon maître. Vous faites cavalier seul encore plus que moi.

— Balivernes, dit Katherine d'un ton léger.

— Hercule Poirot ne parle jamais pour dire des balivernes. C'est la vérité.

Il y eut un nouveau silence. Puis Poirot demanda :

— Avez-vous revu certains de nos amis de la Riviera depuis votre retour ?

— J'ai reçu la visite de Richard Knighton.

— Ah ! Tiens, tiens !

Quelque chose dans le regard pétillant de Poirot obligea Katherine à baisser les yeux.

— Ainsi, Mr Van Aldin est à Londres ?

— Oui.

— J'essayerai de le voir demain ou après-demain.

— Vous avez du nouveau ?

— Qu'est-ce qui vous fait penser ça ?

— Je... je me posais la question, c'est tout.

Poirot la regarda de ses yeux perçants.

— Je vois bien, mademoiselle, que vous brûlez de me poser des questions. Pourquoi pas ? L'affaire du Train Bleu, c'est notre « roman policier », non ?

— Oui, j'aimerais vous demander certaines choses.

— Eh bien ?

Katherine le regarda soudain, l'air décidé.

— Qu'êtes-vous allé faire à Paris, monsieur Poirot ?

Poirot esquissa un sourire.

— Je suis passé à l'ambassade de Russie.

— Oh !

— Je vois que cela ne vous apprend rien. Mais je ne vais pas faire l'huître humaine. Je vais jouer cartes sur table, ce que ne font assurément jamais les huîtres. Vous vous doutez, n'est-ce pas, que je ne suis pas convaincu de la culpabilité de Derek Kettering ?

— Je me suis posé la question. À Nice, j'ai cru que vous considériez l'affaire comme résolue.

— Vous ne parlez pas en toute franchise, mademoiselle. Mais je reconnais tout. C'est moi – mes investigations – qui ont amené Derek Kettering là où il est maintenant. Sans moi, le juge d'instruction tenterait encore vainement d'imputer le crime au comte de la Roche. Eh bien, mademoiselle, ce que j'ai fait, je ne le regrette pas. Je n'ai qu'un seul devoir : découvrir la vérité, et cela m'a mené droit à Derek Kettering.

Mais l'enquête est-elle pour autant terminée ? C'est l'opinion de la police, mais moi, Hercule Poirot, je ne suis pas satisfait. (Il changea de sujet brusquement.) Dites-moi, mademoiselle, avez-vous eu des nouvelles de miss Lenox récemment ?

— Juste une courte lettre, très décousue. Je crois qu'elle m'en veut d'être rentrée en Angleterre.

Poirot hocha la tête.

— Le soir de l'arrestation de Mr Kettering, j'ai eu une conversation intéressante avec elle à plus d'un titre.

Il se tut de nouveau, et Katherine ne chercha pas à interrompre ses réflexions.

— Mademoiselle, dit-il enfin, j'en arrive à présent à un point délicat. Je vous dirai néanmoins ceci : il existe, je crois, une jeune personne qui aime Mr Kettering, reprenez-moi si je me trompe – et pour elle, ma foi... pour son bien, j'espère que j'ai raison et que la police a tort. Vous savez de qui je veux parler !

— Oui, je crois.

Poirot se pencha vers elle.

— Je ne suis pas satisfait, mademoiselle, non, pas du tout satisfait. Les faits, tous les faits essentiels mènent droit à Mr Kettering. Mais il y a une chose que nous avons oublié de prendre en compte.

— Laquelle ?

— Le visage défiguré de la victime. Je me suis demandé cent fois si Derek Kettering était homme à se livrer à un acte pareil après avoir commis son meurtre ? Pour quoi faire ? Dans quel but ? Est-ce compatible avec le tempérament de Mr Kettering ? Et je ne trouve aucune réponse satisfaisante à toutes ces questions, mademoiselle. Si bien que je reviens sans cesse au même point : pourquoi ? Et voici les seules choses dont je dispose pour m'aider à trouver la solution.

Il sortit son calepin et en tira quelques cheveux qu'il tint entre le pouce et l'index.

— Vous vous en souvenez, mademoiselle ? Vous m'avez vu retirer ces cheveux d'une couverture dans le train.

Katherine les examina avec la plus grande attention.

Poirot hochait la tête.

— Je vois que cela ne vous évoque rien, mademoiselle. Et pourtant, il me semble que, d'une certaine façon, vous en savez beaucoup.

— Il m'est venu des idées, dit Katherine, des idées bizarres... C'est pourquoi je vous ai demandé ce que vous faisiez à Paris, monsieur Poirot.

— Quand je vous ai écrit...

— Du Ritz ?

Poirot sourit.

— Oui, du Ritz. J'ai des goûts de luxe parfois... lorsqu'ils me sont payés par un millionnaire.

— Mais l'ambassade de Russie..., dit Katherine en fronçant les sourcils. Non, je ne vois pas ce qu'elle vient faire là-dedans.

— Il n'y a pas de rapport direct, mademoiselle. Je suis allé y chercher une information précise. J'y ai rencontré quelqu'un et je l'ai menacé ; parfaitement, mademoiselle, moi, Hercule Poirot, je l'ai menacé.

— Menacé... de la police ?

— Non, de la presse... une arme beaucoup plus redoutable.

Il regarda Katherine. Elle lui sourit, en secouant la tête.

— N'êtes-vous pas en train de rentrer dans votre coquille d'huître, monsieur Poirot ?

— Non, non ! Je ne tiens pas à faire des mystères. Écoutez, je vais tout vous dire. Je soupçonnais cet homme d'avoir joué un rôle capital dans la vente des bijoux à Mr Van Aldin. Je l'ai accusé et j'ai fini par lui soutirer toute l'histoire. J'ai appris où avait eu lieu la transaction et j'ai appris aussi beaucoup de choses sur l'homme qui faisait les cent pas dans la rue, un homme aux vénérables cheveux blancs, mais qui marchait du pas léger d'un jeune homme. Et cet homme, je l'ai nommé pour moi-même « Monsieur le Marquis ».

— Et maintenant vous êtes venu à Londres pour voir Mr Van Aldin ?

— Pas seulement. J'avais encore d'autres choses à faire. Depuis que je suis ici, j'ai déjà vu deux personnes : un agent théâtral et un médecin de Harley Street. Chacun d'eux m'a donné une information. Faites l'addition de tout ça, mademoiselle, et voyons si nous arrivons à la même conclusion.

— Moi ?

— Oui, vous. Je vais vous dire une chose, mademoiselle. Tout au long de l'enquête, je me suis

318

demandé si le vol et le meurtre avaient été commis par la même personne. Je n'en étais pas sûr...

— Et à présent ?

— À présent, *je sais*.

Il y eut un silence. Puis Katherine leva la tête, les yeux brillants.

— Je ne suis pas aussi intelligente que vous, monsieur Poirot. Je ne comprends pas où mènent la plupart des choses que vous me racontez. Les idées me sont venues à partir d'un angle tout différent...

— Oh, mais c'est toujours comme ça, dit Poirot. Un miroir reflète la vérité, mais chacun la regarde de sa place.

— Mes idées vous sembleront peut-être absurdes, mais...

— Oui ?

— Tenez, est-ce que cela peut vous aider ?

Elle lui tendit une coupure de journal. Poirot la lut, et acquiesça gravement.

— Comme je vous le disais, mademoiselle, chacun regarde de sa place le miroir, mais le miroir est le même, ainsi que les choses qu'il reflète...

— Je dois partir, dit Katherine en se levant. J'ai juste le temps d'attraper mon train. Monsieur Poirot...

— Oui, mademoiselle ?

— Ça... Ça ne peut pas durer, vous comprenez. Je... je ne pourrais pas le supporter plus longtemps.

Sa voix se brisa.

Il lui tapota la main d'un geste rassurant.

— Courage, mademoiselle, ce n'est pas le moment de flancher. Nous sommes tout près du but.

33

Une nouvelle hypothèse

— Mr Poirot demande à vous voir, monsieur.

— Qu'il aille au diable ! s'écria Van Aldin.

Knighton garda un silence bienveillant.

Van Aldin se leva et se mit à arpenter la pièce de long en large.

— Vous avez sans doute vu ces maudits journaux ce matin.

— Oui, monsieur, j'y ai jeté un coup d'œil.

— Ils lui tombent encore dessus à bras raccourcis ?

— J'en ai bien peur, monsieur.

Van Aldin se rassit, la main sur le front.

— Si j'avais pu prévoir..., grogna-t-il. Je regrette amèrement d'avoir chargé ce petit Belge de découvrir la vérité. Mais je ne songeais qu'à une chose : retrouver l'assassin de Ruth.

— Vous n'auriez quand même pas voulu que votre gendre échappe à la justice ?

— J'aurais préféré faire justice moi-même, fit Van Aldin en poussant un soupir.

— Je ne pense pas que cela aurait été sage, monsieur.

— Quoi qu'il en soit, vous êtes sûr que ce type veut me voir ?

— Oui, monsieur. Il a beaucoup insisté.

— Dans ce cas, il faudra en passer par là. Qu'il vienne ce matin, s'il veut.

Poirot arriva, plus pimpant et joyeux que jamais. L'absence de cordialité de Van Aldin ne parut pas le frapper ; il bavarda gaiement de tout et de rien. Il était venu à Londres, expliqua-t-il, pour voir son médecin et il mentionna le nom d'un éminent chirurgien.

— Non, non, il ne s'agit pas d'une blessure de guerre, mais d'un souvenir du temps où j'étais dans la police... la balle d'un affreux voyou.

Il montra son épaule gauche et fit une grimace expressive.

— J'ai toujours trouvé que vous aviez de la chance, monsieur Van Aldin. Vous ne correspondez pas à l'idée que nous nous faisons des millionnaires américains, martyrs de la dyspepsie.

— Je suis plutôt solide, dit Van Aldin. Je mène une vie simple, voyez-vous. Nourriture saine, en quantité raisonnable.

— Vous avez revu miss Grey, n'est-ce pas ? demanda Poirot à Knighton, d'un air innocent.

— Euh... oui, une ou deux fois, répondit-il.

Il rougit. Van Aldin s'exclama, surpris :

— C'est bizarre que vous ne m'en ayez rien dit, Knighton !

— Je ne pensais pas que cela pouvait vous intéresser, monsieur.

— J'aime beaucoup cette petite, déclara Van Aldin.

— C'est mille fois dommage qu'elle soit retournée s'enterrer à St. Mary Mead, fit remarquer Poirot.

— C'est très bien de sa part, riposta Knighton avec chaleur. Il existe peu de gens qui iraient s'enterrer là-bas pour s'occuper d'une vieille femme acariâtre, qui ne lui est rien.

— Bon, je me tais, dit Poirot, l'œil pétillant. Mais quand même, c'est bien dommage. À présent, messieurs, venons-en aux choses sérieuses.

Ils le regardèrent tous les deux, étonnés.

— Je ne veux ni vous causer un choc, ni vous inquiéter. Mais supposons, monsieur Van Aldin, qu'en fin de compte, Derek Kettering n'ait pas tué sa femme.

— Comment ?

Ils étaient frappés de stupeur.

— Supposons, comme je viens de vous le dire, que Derek Kettering n'ait pas tué sa femme ?

— Êtes-vous fou, monsieur Poirot ? demanda Van Aldin.

— Non, répondit Poirot, je ne suis pas fou. Excentrique, peut-être... du moins certains le pensent. Mais en ce qui concerne ma profession, j'ai la tête bien vissée sur les épaules, comme on dit. Monsieur Van Aldin, seriez-vous content ou déçu que ma supposition soit exacte ?

Van Aldin le regarda fixement.

— Naturellement, je serais content, dit-il enfin. S'agit-il d'un jeu de devinettes, monsieur Poirot, ou bien cela repose-t-il sur des faits ?

Poirot regarda le plafond.

— Il existe une possibilité pour que le comte de la Roche soit le meurtrier, dit-il tranquillement. Du moins, j'ai réussi à réfuter son alibi.

— Comment y êtes-vous parvenu ?

Poirot haussa modestement les épaules.

— J'ai mes propres méthodes. Un peu de tact, un peu d'intelligence... et le tour est joué.

— Mais les rubis..., dit Van Aldin. Les rubis que le comte avait en sa possession étaient faux.

— Et de toute évidence, il n'aurait commis le crime que pour s'en emparer. Mais vous oubliez une chose, monsieur Van Aldin. Pour ce qui est des bijoux, il aurait très bien pu être devancé.

— Mais c'est une théorie entièrement nouvelle ! s'écria Knighton.

— Croyez-vous vraiment toutes ces sornettes, monsieur Poirot ? demanda Van Aldin.

— Je n'ai aucune preuve, répondit Poirot sans s'émouvoir. Ce n'est pour l'instant qu'une hypothèse, mais laissez-moi vous dire, monsieur Van Aldin, que les faits valent la peine d'être vérifiés. Vous devriez m'accompagner sur la Riviera pour étudier l'affaire sur place.

— Vous pensez vraiment que c'est nécessaire – que j'y aille, j'entends ?

— Faites comme bon vous semblera, répondit Poirot avec une note de reproche qui n'échappa pas à Van Aldin.

— Bon, bon, très bien. Quand voulez-vous partir, monsieur Poirot ?

— Vous êtes très occupé en ce moment, monsieur, murmura Knighton.

Mais Van Aldin avait pris sa décision. Il écarta de la main toutes les objections.

— Cette affaire est de toutes la plus urgente, dit-il. Très bien, monsieur Poirot, demain. Par quel train ?

— Nous prendrons le Train Bleu, je pense, dit Poirot avec un sourire.

34

Encore le Train Bleu

« Le train des millionnaires », comme on le désignait parfois, épousa une courbe à une vitesse qui semblait dangereuse. Van Aldin, Knighton et Poirot étaient assis, silencieux. Knighton et Van Aldin occupaient deux compartiments communicants comme Mrs Kettering et sa femme de chambre en ce jour funeste. Le compartiment de Poirot se trouvait un peu plus loin, dans la même voiture.

Ce voyage, qui lui rappelait les plus douloureux souvenirs, était très pénible pour Van Aldin. Poirot et Knighton échangeaient de temps en temps quelques propos à voix basse afin de ne pas le déranger.

Cependant, lorsque le train eut achevé son lent parcours autour de la Ceinture et arriva gare de Lyon, Poirot déploya soudain une activité surprenante. Van Aldin comprit alors qu'un des objectifs de ce voyage, c'était de reconstituer le crime. Poirot jouait à lui seul tous les rôles. Il fut tour à tour la femme de chambre, brusquement cloîtrée dans son compartiment, Mrs Kettering surprise et inquiète de reconnaître son mari, et enfin Derek Kettering, découvrant que sa femme voyageait dans ce train. Il fit plusieurs essais, destinés à trouver la meilleure façon de se cacher dans le second compartiment.

Enfin, saisi d'une soudaine inspiration, il empoigna Van Aldin par le bras.

— Mon Dieu ! mais je n'avais pas pensé à cela ! Nous devons interrompre notre voyage à Paris. Vite, vite, il faut descendre.

Il s'empara des valises et se précipita hors du train, suivi par Van Aldin et Knighton, déconcertés mais obéissants. Van Aldin, ayant une fois de plus accordé sa confiance à Poirot, ne pouvait pas la lui retirer si vite. Ils furent arrêtés à la sortie. Leurs billets étaient restés entre les mains du contrôleur, un détail qu'ils avaient oublié tous les trois.

Les explications claires et rapides de Poirot furent sans effet sur l'employé impassible.

— Finissons-en ! dit brusquement Van Aldin. J'imagine que vous êtes pressé, monsieur Poirot. Pour l'amour du ciel, payez-lui le trajet depuis Calais et occupons-nous de ce que vous avez en tête !

Mais le flot de paroles de Poirot s'était soudain tari ; il paraissait changé en pierre, le bras en l'air comme frappé de paralysie.

— Je suis un imbécile, dit-il simplement. Ma foi,

je perds la tête ces temps-ci. Retournons au train et poursuivons tranquillement notre voyage. Avec un peu de chance, il ne sera pas encore parti.

Il était moins une. Le train se mit en branle au moment où Knighton, le dernier des trois, se précipitait à bord avec sa valise.

Le contrôleur leur fit de sérieuses remontrances et les aida à porter leurs bagages jusqu'à leurs compartiments. Van Aldin ne fit pas de commentaires, mais il était visiblement écœuré par la conduite extravagante de Poirot. Quand il se trouva seul quelques minutes avec Knighton, il remarqua :

— Ce voyage va finir en eau de boudin. Notre homme n'est plus maître de la situation. Il est intelligent jusqu'à un certain point, mais quelqu'un qui perd la tête et se met à courir de tous les côtés comme un lapin affolé n'est plus bon à rien.

Poirot les rejoignit au bout d'un moment et leur présenta ses plus plates excuses. Il semblait si accablé que des reproches auraient été superflus. Van Aldin accepta gravement ses excuses et s'abstint de tout commentaire désobligeant.

Après le dîner, à leur grande surprise, Poirot leur proposa de s'installer tous les trois dans le compartiment de Van Aldin.

Van Aldin le regarda avec curiosité.

— Est-ce que vous nous cachez quelque chose, monsieur Poirot ? demanda-t-il.

— Moi ? s'écria Poirot en écarquillant les yeux d'un air d'innocente surprise. Quelle idée !

Van Aldin ne dit rien, mais cette réponse ne l'avait pas satisfait. Le contrôleur reçut l'ordre de ne pas préparer les lits. La générosité du pourboire que lui remit Van Aldin l'empêcha de manifester sa surprise. Ils restèrent donc assis tous les trois, mais Poirot, très agité, n'arrêtait pas de gigoter sur son siège. Il demanda soudain au secrétaire :

— Mr Knighton, avez-vous verrouillé la porte de votre compartiment ? Je veux parler de la porte qui donne sur le couloir.

— Oui, je viens de le faire.

— Vous en êtes sûr ?

— Je peux aller vérifier, si vous voulez, dit Knighton en souriant.

— Non, non, ne vous dérangez pas. Je vais y aller moi-même.

Il passa par la porte de communication entre les deux compartiments et revint quelques secondes plus tard en hochant la tête.

— Oui, oui, c'est bien ce que vous aviez dit. Veuillez pardonner à un vieillard tatillon.

Il referma la porte de communication et reprit sa place dans le coin à droite.

Les heures passèrent. Ils somnolaient tous les trois par intermittence et se réveillaient en sursaut. C'était sans doute la première fois que des voyageurs ayant réservé des lits dans le train le plus luxueux du monde refusaient ensuite le confort pour lequel ils avaient payé. De temps à autre, Poirot consultait sa montre, hochait la tête, et se rendormait. À un moment donné, il se leva, ouvrit la porte de communication, jeta un regard attentif dans le compartiment voisin, et retourna s'asseoir en secouant la tête.

— Que se passe-t-il ? murmura Knighton. Vous vous attendez à ce que quelque chose se produise, n'est-ce pas ?

— Je suis sur les nerfs, avoua Poirot. Sur des charbons ardents. Le moindre bruit me fait sursauter.

Knighton bâilla.

— Quel épouvantable voyage ! murmura-t-il. J'imagine que vous savez à quoi vous jouez, monsieur Poirot.

Il s'installa du mieux qu'il put pour dormir. Lui et son patron avaient enfin succombé au sommeil lorsque Poirot, qui venait de regarder sa montre pour la quatorzième fois, tapa sur l'épaule de Van Aldin.

— Hein ? Quoi ?

— Nous arrivons à Lyon dans cinq ou dix minutes, monsieur.

— Mon Dieu ! s'écria-t-il. (Dans la semi-obscurité, il paraissait blême et hagard.) Alors il devait être à peu près cette heure-ci lorsque ma pauvre petite Ruth a été assassinée.

Il regardait droit devant lui, la bouche crispée, revivant en pensée la terrible tragédie qui avait endeuillé sa vie.

Les freins poussèrent leur gémissement habituel, le train ralentit, et entra en gare. Van Aldin baissa la vitre et se pencha par la fenêtre.

— Si ce n'est pas Derek, si votre nouvelle théorie

est juste, alors c'est ici que l'homme aurait quitté le train ? demanda-t-il en se tournant vers Poirot.

À sa surprise, Poirot secoua la tête.

— Non, dit-il d'un air pensif, aucun homme n'a quitté le train. À mon avis – oui, à mon avis, il s'agirait plutôt d'une *femme*.

Knighton poussa une exclamation sourde.

— Une femme ? demanda vivement Van Aldin.

— Oui, une femme, répéta Poirot en hochant la tête. Vous ne vous rappelez peut-être pas, monsieur Van Aldin, que miss Grey a déclaré dans sa déposition avoir vu un jeune garçon, vêtu d'une casquette et d'un par-dessus, descendre sur le quai pour se dégourdir ostensiblement les jambes. Ce jeune garçon était très probablement une femme.

— Mais qui ? demanda Van Aldin, sceptique.

Poirot répondit avec beaucoup de sérieux et sans la moindre hésitation :

— Son nom – du moins celui sous lequel elle a été connue durant de nombreuses années –, c'est Kitty Kidd. Mais vous, monsieur Van Aldin, vous la connaissez sous un autre.., sous le nom de *Ada Mason*.

Knighton se leva d'un bond.

— Quoi ?

Poirot se tourna brusquement vers lui.

— Ah ! pendant que j'y pense ! dit-il en sortant quelque chose de sa poche. Permettez-moi de vous offrir une cigarette tirée de votre propre étui. Vous avez commis une imprudence en le laissant tomber lorsque vous êtes monté dans le train, sur la Ceinture de Paris.

Knighton le regarda, pétrifié. Puis il esquissa un mouvement, mais Poirot l'arrêta d'un geste.

— Non, ne bougez pas, dit-il d'une voix douce. La police vous surveille du compartiment voisin. La porte de communication est ouverte. Quant à celle qui donne sur le couloir, je l'ai déverrouillée moi-même au départ de Paris, pour permettre justement à la police de prendre position à côté. Comme vous ne l'ignorez sans doute pas, la police française vous recherche, monsieur Knighton – ou, si vous préférez, monsieur le Marquis !

35

Explications

— Des explications ?

Poirot sourit. Il déjeunait avec Van Aldin, dans son appartement privé de l'hôtel Negresco. L'homme qu'il avait en face de lui avait l'air aussi soulagé qu'intrigué. Poirot se cala dans son siège, alluma une de ses minuscules cigarettes et, pensif, fixa le plafond.

— Oui, je vais vous donner des explications. Je commencerai par le point qui m'avait paru le plus curieux. Vous savez lequel : le visage défiguré de la victime. C'est quelque chose qu'on rencontre assez fréquemment dans les affaires criminelles, et qui soulève aussitôt le problème de l'identité de la victime. C'est donc la première question que je me suis posée. La femme morte était-elle vraiment Mrs Kettering ? Mais cette piste ne menait nulle part, car le témoignage de miss Grey était formel et digne de foi.

J'abandonnai donc cette idée. La morte était bien Ruth Kettering.

— Quand avez-vous commencé à soupçonner la femme de chambre ?

— Assez longtemps après. C'est un petit détail qui a attiré mon attention sur elle : l'étui à cigarettes découvert dans le compartiment, et qui, d'après elle, était un cadeau de Mrs Kettering à son mari. Étant donné les relations qui existaient entre les deux époux, cela paraissait fort improbable. Je me suis mis à douter de son témoignage. Il ne fallait pas oublier qu'elle était au service de sa maîtresse depuis deux mois seulement, ce qui était plutôt suspect. Il semblait impossible qu'elle fût mêlée au crime, puisqu'elle était restée à Paris et que, plus tard, plusieurs personnes avaient vu Mrs Kettering vivante. Toutefois...

Poirot leva un doigt et l'agita énergiquement sous le nez de Van Aldin.

— Toutefois, je suis un bon détective. Je suis soupçonneux. Je soupçonne tout et tout le monde. Je ne crois rien de ce que l'on me raconte. Je me suis dit : qu'est-ce qui nous prouve qu'Ada Mason est bien restée à Paris ? Au premier abord, il semblait qu'on pouvait répondre à la question de façon tout à fait satisfaisante. Il y avait le témoignage de votre secrétaire, Mr Knighton, personnalité absolument étrangère à l'affaire et que l'on pouvait considérer comme étant d'une totale impartialité. Il y avait aussi les propres paroles de la victime, ce qu'elle avait dit au contrôleur. Cependant, j'écartai provisoirement ce dernier point, car une idée étrange – peut-être folle, impossible – venait de germer dans mon esprit. Et si par hasard elle se révélait vraie, ce témoignage perdait toute sa valeur.

» Je me concentrai donc sur le principal obstacle à ma théorie : la déclaration de Richard Knighton, selon laquelle il avait vu Ada Mason au Ritz, après le départ de Paris du Train Bleu. Cela semblait concluant et pourtant, en examinant les faits attentivement, je notai deux choses. La première, c'est que, par une curieuse coïncidence, il était également à votre service depuis deux mois. La deuxième, que son nom commençait aussi par un K. Admettons – simple supposition – que l'étui à cigarettes retrouvé dans le compartiment ait été le sien. Si Ada Mason et lui travaillaient ensemble et si elle l'avait reconnu quand on le lui avait montré, ne devait-elle pas réagir précisément comme elle l'avait fait ? Tout d'abord prise de court, elle avait rapidement inventé une histoire qui pouvait étayer la culpabilité de Mr Kettering. Bien entendu, cela ne faisait pas partie du plan d'origine. C'est le comte de la Roche qui devait servir de bouc émissaire, bien qu'Ada Mason se soit gardée de le reconnaître, de façon trop catégorique, pour le cas où il aurait disposé d'un sérieux alibi. À présent, si vous voulez bien vous reporter à ce moment-là, vous vous rappellerez un fait significatif. J'avais suggéré à Ada Mason que l'homme qu'elle avait cru reconnaître n'était pas le comte de la Roche, mais Derek Kettering. Sur le moment, elle avait hésité. Mais ensuite, vous m'avez appelé à l'hôtel pour me raconter qu'elle était venue vous dire qu'après avoir réfléchi, elle était convaincue maintenant que l'homme en question était bien Derek Kettering. Je m'attendais à quelque chose de ce genre. Il ne pouvait y avoir qu'une explication à cette soudaine certitude. Après avoir quitté votre hôtel, elle avait eu le temps de consulter quelqu'un et de recevoir de nouvelles instructions. Qui lui avait donné ces instructions ? Richard Knighton. Il y avait encore un petit détail, qui pouvait n'avoir aucune signification, mais qui pouvait se révéler très important. Au cours d'une conversation, Knighton avait évoqué un vol de bijoux qui s'était produit dans une demeure du Yorkshire où il se trouvait. Peut-être une simple coïncidence, peut-être un nouveau maillon de la chaîne.

— Cependant, il y a une chose que je ne comprends toujours pas, monsieur Poirot. Je suis sans doute bouché.... Qui est monté dans le train à Paris, le comte de la Roche ou Derek Kettering ?

— C'est là l'extraordinaire simplicité de la chose. *Personne n'est monté.* Ah ! mille tonnerres, quelle habileté ! Vous saisissez ? D'où tenons-nous qu'un homme est venu ? Uniquement de la bouche d'Ada Mason. Et si nous lui faisons confiance, c'est parce que Knighton prétend l'avoir vue à Paris.

— Mais Ruth elle-même a dit à l'employé du train qu'elle avait laissé sa femme de chambre à Paris, objecta Van Aldin.

— Ah ! J'y viens. Nous avons ici le témoignage de Mrs Kettering, mais d'un autre côté, nous n'avons pas de témoignage du tout car un mort, monsieur Van Aldin, ne peut pas témoigner. Ce n'est pas son témoignage, c'est celui de l'employé du train – ce qui est bien différent.

— Vous pensez qu'il a menti ?

— Non, non, pas du tout. Il a dit ce qu'il croyait être la vérité. Mais ce n'est pas Mrs Kettering qui lui a dit avoir laissé sa femme de chambre à Paris.

Van Aldin ouvrit de grands yeux.

— Monsieur Van Aldin, Ruth Kettering était morte avant l'arrivée du train en gare de Lyon. C'est Ada Mason qui a acheté le panier-repas, habillée des vêtements très reconnaissables de sa maîtresse, et c'est elle qui a fait cette déclaration capitale à l'employé.

— Impossible !

— Mais si, monsieur Van Aldin, c'est possible. Chez les femmes, on remarque davantage la toilette que le visage. Ada Mason avait la même taille que votre fille. Vêtue de ce somptueux vison et du petit chapeau rouge laqué enfoncé jusqu'aux yeux, avec juste quelques boucles de cheveux auburn dépassant sur chaque oreille, rien d'étonnant à ce que le contrôleur s'y soit trompé. Il n'avait encore jamais parlé à Mrs Kettering. Il avait bien aperçu la femme de chambre lorsqu'elle lui avait remis les billets, mais son impression devait se résumer à une grande femme maigre, toute de noir vêtue. S'il avait été particulièrement intelligent, il serait peut-être allé jusqu'à remarquer que la maîtresse et la femme de chambre se ressemblaient vaguement, mais l'idée ne lui est sans doute même pas venue. Et n'oubliez pas qu'Ada Mason, ou Kitty Kidd, était une actrice, capable de changer de voix et d'apparence sur l'instant. Non, non, il n'y avait aucun danger qu'il reconnaisse la femme de chambre sous ce costume d'emprunt ; en revanche, lorsqu'il découvrirait la victime, il risquait de s'apercevoir qu'il ne s'agissait pas de la femme à qui il avait parlé la veille. Et maintenant nous comprenons la nécessité de la défigurer. Le principal danger auquel s'exposait Ada Mason était une éventuelle visite de miss Grey après le départ de Paris. Elle résolut le problème en commandant un panier-repas et en s'enfermant dans son compartiment.

— Mais qui a tué Ruth ? Et à quel moment ?

— Tout d'abord, ne perdez pas de vue que le crime a été conçu puis commis par les deux complices, Knighton et Ada Mason. Knighton se trouvait ce jour-là à Paris sur votre ordre. Il est monté dans le train quelque part, sur la Ceinture. Mrs Kettering a dû être surprise de le voir, mais n'a rien soupçonné. Peut-être a-t-il attiré son attention sur le paysage et, comme elle regardait par la fenêtre, il lui a glissé une corde autour du cou. Une seconde plus tard, tout était terminé. La porte du compartiment verrouillée, lui et Ada Mason se mettent à l'œuvre. Ils déshabillent la victime, enroulent le corps dans une couverture, et le déposent sur la banquette du compartiment voisin, parmi les valises et les sacs de voyage. Knighton descend du train, emportant avec lui le coffret à bijoux contenant les rubis. Puisque le crime sera censé avoir été commis environ douze heures plus tard, il ne court aucun risque. En outre, son témoignage ainsi que les propos de la pseudo-Mrs Kettering fourniront à sa complice un alibi parfait.

» À la gare de Lyon, Ada Mason se procure un panier-repas, s'enferme dans le cabinet de toilette et revêt à la hâte les vêtements de sa maîtresse. Elle ajuste également deux fausses boucles de cheveux auburn sous le petit chapeau rouge et s'arrange pour ressembler le plus possible à sa maîtresse. Lorsque l'employé se présente pour faire les lits, elle lui raconte qu'elle a dû laisser sa femme de chambre à Paris. Et pendant qu'il prépare sa couchette, elle regarde par la fenêtre, tournant ainsi le dos au couloir et aux voyageurs qui circulent. Sage précaution, car comme nous le savons, miss Grey passe justement dans le couloir et fera partie de ceux qui, plus tard, seront prêts à jurer que Mrs Kettering était en vie à cette heure-là.

— Poursuivez, dit Van Aldin.

— Avant que le train n'arrive à Lyon, Ada Mason installe le cadavre de sa maîtresse sur la couchette, y dépose ses vêtements soigneusement pliés, s'habille elle-même en homme et se prépare à quitter le train. Lorsque Derek Kettering entre dans le compartiment de sa femme, et la croit endormie sur sa couchette, le décor est planté. En attendant le moment propice pour descendre du train sans se faire remarquer, Ada Mason se cache dans le compartiment voisin. Dès que le contrôleur saute sur le quai à Lyon, elle le suit d'un pas de promenade, comme si elle prenait l'air. Puis

341

elle profite d'un moment où personne ne l'observe pour changer de quai ; elle prend un train qui retourne à Paris et va au Ritz où une autre complice de Knighton a retenu, la veille, une chambre à son nom. Il ne lui reste plus qu'à attendre tranquillement votre arrivée. Les bijoux ne sont pas et n'ont jamais été en sa possession. Aucun soupçon ne pèse sur Knighton qui les apporte à Nice sans la moindre crainte d'être découvert. La livraison à Mr Papopolous est déjà organisée, et, à la dernière minute, c'est à Mason qu'on les confie pour les lui remettre. Un plan parfaitement conçu, digne d'un stratège de génie comme le Marquis.

— Vous pensez vraiment que Richard Knighton est un criminel bien connu, qui opère depuis des années ?

Poirot hocha la tête.

— L'un des principaux atouts de ce monsieur qu'on appelle le Marquis, ce sont ses manières insinuantes et convaincantes. Vous avez été victime de son charme, monsieur Van Aldin, lorsque vous l'avez engagé comme secrétaire, alors que vous le connaissiez à peine.

— J'aurais juré qu'il ne cherchait pas à obtenir le poste ! s'écria Van Aldin.

— Il a été très astucieux – si astucieux qu'il a réussi à tromper un homme tel que vous, qui connaissez vos semblables !

— J'avais également examiné ses références. Elles étaient excellentes.

— Oui, oui, cela faisait partie de sa stratégie. En tant que Richard Knighton, sa vie était au-dessus de tout soupçon : bien né, avec des relations et de bons états de service pendant la guerre. Mais quand je me suis mis à chercher des renseignements sur le mystérieux Marquis, j'ai découvert de nombreux points communs entre les deux personnages. Knighton parlait français comme un Français, il avait vécu en Amérique, en France et en Angleterre quand le Marquis opérait dans ces pays. La dernière fois que le Marquis a fait parler de lui, c'est à propos d'une série de vols de bijoux organisés en Suisse, et c'est justement en Suisse que vous avez rencontré Richard Knighton. Et c'est précisément à ce moment-là que les premières rumeurs sur vos tractations en vue de l'achat des rubis ont commencé à circuler.

— Mais pourquoi tuer ? murmura Van Aldin, accablé. Un voleur habile pouvait s'emparer des bijoux sans risquer de passer sa tête dans un nœud coulant.

— Ce n'est pas le premier meurtre qu'il a à son actif, répliqua Poirot. C'est un tueur né. Et il pense aussi qu'il vaut mieux ne pas laisser de témoins derrière soi. Les morts ne parlent pas.

» Le Marquis éprouve une passion dévorante pour les bijoux historiques célèbres. Il avait tout prévu longtemps à l'avance en s'installant chez vous en qualité de secrétaire et en faisant engager sa complice comme femme de chambre chez votre fille à qui, pensait-il, étaient destinés les bijoux. Ce plan mûrement réfléchi, le Marquis n'a pas hésité à le court-circuiter en payant les services des deux gredins qui vous ont attaqué à Paris, la nuit où vous avez acheté les bijoux. Il n'a sans doute pas été surpris de voir ce plan-là échouer. De toute façon, il était sans risque. Rien ne pouvait le rattacher à Richard Knighton. Mais comme tous les grands hommes – et le Marquis est un grand homme – il a ses faiblesses. Il est tombé sincèrement amoureux de miss Grey et, comme il la soupçonnait d'aimer Derek Kettering, il n'a pu résister à la tentation de lui faire endosser le crime quand l'occasion s'en est présentée. Et maintenant, monsieur Van Aldin, je vais vous raconter quelque chose de très étrange. Miss Grey n'a pas une imagination débordante, et pourtant elle est persuadée d'avoir senti un jour, à côté d'elle, la présence de votre fille dans les jardins du casino à Monte-Carlo, juste après une longue conversation qu'elle avait eue avec Knighton. Il lui a semblé que la morte tentait à tout prix de lui dire quelque chose et, tout à coup, l'idée lui est venue qu'elle essayait de lui faire comprendre que Knighton était son meurtrier ! Cette idée lui a paru si extravagante qu'elle n'en a parlé à personne. Mais elle en était néanmoins convaincue et, aussi extraordinaire que cela puisse paraître, elle a agi en conséquence. Elle n'a pas repoussé les avances de Knighton et a fait semblant de croire, devant lui, à la culpabilité de Derek Kettering.

— Incroyable, dit Van Aldin.

— Oui, c'est très étrange. Ce sont des choses inexplicables. Oh, à propos, il y a un détail qui m'avait intrigué au plus haut point. Votre secrétaire boitait ostensiblement des suites d'une blessure de guerre. Non moins ostensiblement, le Marquis ne boitait pas. C'était une pierre d'achoppement. Mais un jour, miss Lenox Tamplin a raconté que le chirurgien qui avait soigné Knighton à l'hôpital avait été très étonné d'apprendre qu'il boitait. J'ai aussitôt pensé à une simulation. À Londres, je suis allé voir ce chirurgien ; il m'a donné un certain nombre de précisions techniques qui ont confirmé mes soupçons. Avant-hier, j'ai mentionné le nom de ce chirurgien devant Knighton. Normalement, il aurait dû me dire qu'il avait été soigné par lui pendant la guerre, mais il n'en a rien fait. Et c'est le petit détail qui a apporté la dernière touche à ma théorie. Miss Grey m'avait également montré une coupure de journal où il était question d'un vol commis à l'hôpital de lady Tamplin, au moment où Knighton s'y trouvait. Elle s'est rendu compte que nous suivions tous les deux la même piste lorsque je lui ai écrit du Ritz à Paris.

» J'ai eu du mal à mener mon enquête à l'hôtel, mais j'ai fini par obtenir ce que je désirais : la preuve qu'Ada Mason était arrivée au Ritz le lendemain du crime, et non la veille.

Il y eut un long silence, puis Van Aldin tendit la main à Poirot par-dessus la table.

— Vous savez ce que tout ceci représente pour moi, dit-il d'une voix rauque. Je vous enverrai un chèque dès demain matin, mais aucun chèque au monde ne saurait vous exprimer ce que je ressens. Vous êtes un type du tonnerre, monsieur Poirot.

Poirot se leva et bomba le torse.

— Je ne suis qu'Hercule Poirot, fit-il modestement. Pourtant, comme vous l'avez dit, je suis un grand homme moi aussi, à ma façon. Je suis très heureux de vous avoir rendu service. À présent, je vais réparer les dommages causés par le voyage. Hélas ! mon bon George n'est pas là.

Dans le hall de l'hôtel, il rencontra un ami, le vénérable Mr Papopolous, accompagné de sa fille Zia.

— Je pensais que vous aviez quitté Nice, monsieur Poirot, murmura le Grec en serrant la main que lui tendait affectueusement le détective.

— Les affaires m'ont obligé à revenir, mon cher monsieur Papopolous.

— Les affaires ?

— Oui, les affaires. Et à propos d'affaire, j'espère, mon cher ami, que vous êtes en meilleure santé.

— Bien meilleure. En fait, nous retournons à Paris demain.

— Je suis ravi de ces bonnes nouvelles. J'espère que vous n'avez pas complètement ruiné l'ex-Premier ministre grec...

— Moi ?

— J'ai cru comprendre que vous lui aviez vendu un magnifique rubis que porte – tout à fait entre nous – Mlle Mireille, la danseuse.

— Oui, murmura Mr Papopolous, oui, c'est exact.

— Un rubis qui n'est pas sans faire penser au célèbre Cœur de feu.

— Ils offrent, en effet, quelques points de ressemblance, dit le Grec d'un ton détaché.

— Vous avez la main heureuse avec les bijoux, monsieur Papopolous. Je vous félicite. Mademoiselle Zia, je suis désolé de vous voir regagner Paris si vite. J'aurais aimé vous rencontrer plus souvent maintenant que j'ai terminé mon travail.

— Serait-ce indiscret de vous demander en quoi consistait ce travail ? demanda Mr Papopolous.

— Pas du tout, pas du tout. Je viens de réussir à mettre la main sur le Marquis.

Une expression rêveuse apparut sur le noble visage de Mr Papopolous.

— Le Marquis ? murmura-t-il. Pourquoi ce nom me semble-t-il familier ? Non... je ne vois pas.

— Je suis bien sûr que vous ne pouvez pas le connaître, dit Poirot. L'homme dont je parle est un éminent criminel et voleur de bijoux. Il vient d'être arrêté pour le meurtre de Mrs Kettering, une dame anglaise.

— Ah, oui ? Ces histoires sont vraiment passionnantes !

Ils échangèrent des adieux polis, et quand Poirot fut hors de portée de voix, Mr Papopolous déclara à sa fille, d'un ton pénétré :

— Zia, cet homme est le diable !

— Moi, il me plaît.

— À moi aussi, reconnut Mr Papopolous. Mais tout de même, c'est le diable.

36

Au bord de la mer

C'était la fin de la saison des mimosas qui répandaient dans l'air une odeur légèrement désagréable. Des géraniums roses s'enroulaient autour de la balustrade de la villa de lady Tamplin et dessous, dans les plates-bandes, une multitude d'œillets exhalaient un parfum doux et pénétrant. La Méditerranée était plus bleue que jamais. Poirot était assis sur la terrasse en compagnie de Lenox Tamplin. Il avait juste fini de lui raconter la même histoire que celle qu'il avait racontée deux jours plus tôt à Van Aldin. Lenox l'avait écouté avec beaucoup d'attention, les sourcils froncés, le regard sombre.

Quand il eut terminé, elle demanda simplement :

— Et Derek ?

— Il a été relâché hier.

— Et... où est-il allé ?

— Il a quitté Nice hier soir.

— Pour St. Mary Mead ?

— Oui, pour St. Mary Mead.

Il y eut un silence.

— Je me suis trompée sur Katherine, dit Lenox. Je ne pensais pas qu'elle tenait à lui.

— Elle est très réservée. Elle ne fait confiance à personne.

— Elle aurait pu me faire confiance à moi, remarqua Lenox avec un soupçon d'amertume.

— Oui, mademoiselle, dit Poirot gravement, elle aurait pu vous faire confiance. Mais Katherine a passé une bonne partie de sa vie à écouter, et ceux qui ont l'habitude d'écouter ont du mal à parler. Ils gardent pour eux leurs peines et leurs joies.

— J'ai été stupide. Je pensais qu'elle s'intéressait à Knighton. J'aurais dû réfléchir... Si j'ai cru ça, c'est peut-être parce que cela m'arrangeait...

Poirot lui prit la main et la serra.

— Courage, mademoiselle, dit-il avec gentillesse.

Lenox avait le regard fixé au loin, sur la mer, et son visage, dans son inquiétante rigidité, n'était pas dépourvu d'une sorte de beauté tragique.

— Oh, de toute façon, cela n'aurait rien donné. Je suis trop jeune pour Derek ; il est comme un gosse qui n'a jamais grandi. Il a besoin d'une vraie femme...

Il y eut un long silence, puis Lenox se tourna brusquement vers Poirot.

— Mais je vous ai aidé, monsieur Poirot, je vous ai tout de même aidé ?

— Oui, mademoiselle. C'est vous qui la première m'avez mis sur la voie de la vérité lorsque vous m'avez dit que le meurtrier n'était pas nécessairement dans le train. Jusque-là, je ne voyais pas comment le crime avait pu être commis.

Lenox poussa un profond soupir.

— Je suis contente ! dit-elle. C'est au moins quelque chose...

Ils entendirent, dans le lointain, le sifflet strident d'un train.

— C'est ce maudit Train Bleu ! s'exclama Lenox. Les trains sont impitoyables, vous ne trouvez pas, monsieur Poirot ? Les gens meurent, sont assassinés, mais ils continuent comme si de rien n'était. Je dis des sottises, mais vous comprenez....

— Oui, oui. Je sais. La vie est comme un train, mademoiselle. Elle continue. Et c'est une bonne chose qu'il en soit ainsi.

— Pourquoi ?

— Parce que le train arrive toujours à destination et il existe un proverbe anglais, mademoiselle, qui dit...

— ... « Les amoureux se rencontrent au terme du voyage », récita Lenox en riant. Mais ce n'est pas le cas pour moi.

— Mais si ! mais si ! Vous êtes jeune, plus jeune que vous ne le croyez. Ayez confiance dans le train, mademoiselle, car c'est le Bon Dieu lui-même qui le conduit.

Le sifflet de la locomotive retentit de nouveau.

— Ayez confiance dans le train, mademoiselle, murmura à nouveau Poirot. Et faites confiance à Hercule Poirot. *Il sait.*

Composition PCA - 44400 Rezé

Imprimé par CAYFOSA QUEBECOR à Barcelone (Espagne)
32.10.1274.3./01 - ISBN : 978-2-01-321274-8
Loi n° 49-956 du 16 juillet 1949 sur les publications destinées à la jeunesse
Dépôt légal : mars 2007